图书在版编目（CIP）数据

旷野之渡 / 金丙著 . -- 成都：四川文艺出版社，
2023.2
ISBN 978-7-5411-6499-6

Ⅰ . ①旷… Ⅱ . ①金… Ⅲ . ①长篇小说－中国－当代
Ⅳ . ① I247.5

中国版本图书馆 CIP 数据核字（2022）第 225045 号

KUANGYE ZHI DU
旷野之渡
金丙　著

出 品 人	谭清洁
责任编辑	邓　敏
责任校对	段　敏
出版发行	四川文艺出版社　（成都市锦江区三色路 238 号）
网　　址	www.scwys.com
电　　话	021-64386496（发行部）　028-86361781（编辑部）
印　　刷	三河市金元印装有限公司
成品尺寸	145mm×210mm
开　　本	32 开
印　　张	16.75
插　　页	4
字　　数	520 千
版　　次	2023 年 2 月第一版
印　　次	2023 年 2 月第一次印刷
书　　号	ISBN 978-7-5411-6499-6
定　　价	69.80 元（全二册）

版权所有　侵权必究。如发现印装质量问题，影响阅读，请联系 021-64386496 调换。

08/31   12:02:45 - 9 years — 08/31

——我不走，佛祖盯着呢。

DUNBAR'S NUMBER — RULE OF 150

KUANGYEZHIDU

目 录

上卷·野

Chapter 1　四月柳絮
最初所有人以为他是个虽满身伤痕但心向光明的正派人士，结果他居然是阴晴不定的白切黑。
002

Chapter 2　深夜的水
理智让她蒙上眼若无其事，本心却一直在给她煽风点火。
028

Chapter 3　春夜的风
白酒浓烈似火。
046

Chapter 4　步步为营
离群索居者，不是野兽，就是神明。
064

Chapter 5　头顶是月，脚下是风
林温站在高高的出口，右手拿着冰凉的酒瓶，左手被周礼握得滚烫。
084

Chapter 6　崭新五月
林温发觉她在周礼跟前滋生出了坏脾气。
107

Chapter 7　窗户纸
你知不知道我是什么时候认识的你？
126

Chapter 8　男女博弈
她说别再找她，他抛出诱饵要她成天想。
137

Chapter 9　某夜，某车
"林温，"周礼这时开口，"你过界了。"
159

Chapter 10　从前之时
六年的时光，小女孩儿也悄悄长大了。
182

Chapter 11　我们试试
你可以把我当成那个六号，给我一个相亲考察期。
195

Chapter 12　只有"你"知道
这是林温松开警戒线的第一天。
232

Dunbar's number
Rule Of 150

上 _____ 卷.

"你是不是忘了,你拒绝我的理由都是因为别人,你讨厌复杂的关系,你不想跟前男友的朋友有牵扯,你不想让朋友间尴尬,但你从头到尾都没说过你不喜欢我。"

周礼从后贴近她的脸,低声问:"你承不承认?"

Chapter 1
四月柳絮

> 最初所有人以为他是个虽满身伤痕但心向光明的正派人士,结果他居然是阴晴不定的白切黑。

对面初中刚放学,老旧的马路被堵得水泄不通,沿街一排小吃店飘出各种炸串、臭豆腐、麻辣烫的香味,随香味一起嚣张的还有漫天飞舞的柳絮。

才四月初,春刚暖,花刚开,它就开始烦人。

林温走至人行道边沿准备穿过马路,侧过身,她的目光透过撒欢的柳絮,停留在远处色香俱全的炸串摊位上。拎着两大兜刚从超市采购回的东西,她腾不出手挥赶面前的烦恼。林温吹口气,散在脸颊边的碎发被风带起,柳絮却依旧坚韧不拔地盘旋在她的眼前。那些香味也是。

半晌,她脚尖慢吞吞地朝摊位方向转,身后突然传来一声车喇叭声,无视交规将马路阻断的初中生们被迫四散开,挤挤挨挨碰到林温。

林温偏身避开,看见刚才按喇叭的奔驰在她旁边缓缓停住,车窗降下,里头传来深沉浑厚的声音:"林温。"

林温认出车牌,她弯身望进车内,一绺发丝温柔地垂落颊边。

驾驶座上的男人一身黑西装,白衬衫,领口系着领带,发型是较为蓬松随性的风格,看起来经典老派,上镜很显成熟稳重。看他的样子像刚从电视台下班。

林温打招呼:"这么巧,周礼。"

周礼的目光在她脸上转一圈,才说:"刚出差回来就逛超市?"

"冰箱空了,反正也闲着。"马路上嘈杂,林温的音色天生偏轻绵,她这句回答提高了音量。

"现在是要回家？"周礼示意，"上车，我送你。"

"不用不用，没几步路。"林温客气。

周礼一手搭着方向盘，隔着副驾看着窗外那张脸，说："袁雪不是叫了大家吃饭？你到家把东西放下，我们正好一道过去。"

看时间已经临近饭点，林温闻言没再推辞，她把购物袋放在后座上，拉开副驾车门上了车。

林温出门前情绪失控刚哭过，出门的时候就随意套了双拖鞋，所以这会儿她的打扮不伦不类，脚上是尺码偏大的深灰色塑料拖鞋，身上是牛仔裤和杏色休闲西装，随意扎的丸子头好像下一刻就要进浴室洗澡。

她高中以后就没再哭过，现在一哭还跟小时候一样，血液上涌，鼻头红，眼周也泛红，维持时间还很长。此刻她逛完一圈超市，五官异色依旧明显，唇红加深，眼底像泛着水光，一点儿也不难看，但显然与平常素颜状态相异。

周礼视线从她的眼睛一掠而过，踩下油门，听见林温问他："你刚下班？"

"嗯，刚录完节目。"

"从电视台过来的吗？怎么经过这里？"林温见到周礼是有些意外的，毕竟电视台和中学南辕北辙。

"正好在这附近有点儿事，刚从那头过来就看见你站路边。"他只看到林温的背影，但林温的背影很好认。

几句话的工夫，车子拐进小区。林温的家就在中学后面，先前的客气不假，她穿过马路再走一小段就能到家。林温打开车门，刚想说她上楼放好东西马上下来，就见周礼也正开车门。

"我帮你把东西拎上去。"

林温赶紧道："不用，我上去一下很快就下来，你稍微等一会儿。"

"行了，"周礼已经把后座的购物袋拿了出来，两大袋东西分量不轻，他说，"我刚才就看你拿得费劲，走吧，一会儿晚了。"

林温并不想让周礼上楼。她跟周礼认识两三年了，熟归熟，但每次见面都是几人聚会的场合，周礼也并不在她的微信好友列表中，他们的朋友关系属于见面很熟悉、私下无联系。因为这会儿，她家里的"惨状"不适合对周礼开放。

周礼身形偏清瘦，个儿高腿长，他大步流星走到楼道门口，回头等林温。林温没赶上他的速度，人家差一步就要进楼了，她不好再拒绝，只能带他上去。

这片小区楼龄有三十年。三十年前，前面初中还是一所小学，林温的父亲当年是小学老师，购房有优惠，后来离职回到家乡小镇，房子一直没卖也没出租。

林温是老来女，在小镇长大，直到上大学才来到这座城市，大学四年她住校，偶尔父母来看她，她才来这里住几晚。等她去年毕业工作，她才正式搬到这儿。

这一带地段老，下楼就有吃的，走几步就是超市，附近还有小公园，基础设施很便利，只可惜小区建造久远，没有安装电梯，而她住顶层六楼，每次负重爬楼都很吃力。

今天周礼当苦力，林温走在前面步履轻松。脚上的拖鞋是男士尺码，林温收紧脚趾发力，不让拖鞋掉下来，一路嗒嗒嗒，走过三楼时她回头看周礼。

周礼差她几级台阶，微耷着眼皮似乎在看路，见她停下，他才抬眸。

"那袋我拎吧。"

"你走你的，先去开门。"周礼没给。

林温加快速度，拖鞋看着危险，嗒嗒声越发清脆。她平常瞧着温顺又稳重，一双不合脚的拖鞋倒穿出几分她这年龄该残留的活泼。周礼看她拐过弯消失，笑了下，摇了摇头。

林温开门进屋，从鞋柜拿出一双拖鞋放在门垫上，再去接周礼手中的购物袋。

"你随便坐，要喝东西吗？"

周礼扫过目之所及，还算淡定，他问："你这儿有什么喝的？"

"刚买的果汁和牛奶。"

周礼看向透明的塑料袋，牛奶盒的棱角已经把袋子戳出洞。

"难怪有这分量。"周礼评价。

确实挺重的，林温问他："还买了水果，给你洗点儿出来？"

"别忙了，"周礼道，"有白开水的话给我倒一杯。"

"有。"林温说完，讪讪地跨过一地狼藉，快速把散倒的垃圾袋草草收拾一下带进厨房。这就是她不想让周礼上楼的原因。

从阳台到客厅，地面上躺着不少被狂风骤雨打进来的枯枝、树叶，还有东一块西一块的泥印、水印。行李箱旁边是一大袋散开的海味零食，林温从海岛出差回来，零食是准备给好友袁雪的。垃圾袋原本倒在茶几边，口子没打结，里面的垃圾撒得到处都是，又脏又乱，仔细闻还能闻到轻微异味。

以前聚餐结束，周礼偶然有次送林温回家，今天还是头一回进林温家的门，周礼没再看这乱象。

"这是被打劫了？"他不见外地揶揄一句，走到沙发一坐，打量起这间面积不大的屋子。

蓝白色的正方形瓷砖通铺客厅和阳台，墙壁都是上段白漆，下段土黄色木饰面，设计繁复的水晶吊灯在小客厅里显得过于奢华，各种柜子统一淡蓝色漆面，一眼就能看出是木工的手艺。厨房门口有楼梯，楼上应该还有层阁楼。这里除了米色布艺沙发像是新的，整间屋无论硬装软装，都是九十年代的氛围感。

林温的声音从厨房传出："我出差那天忘了关阳台窗户。"

周礼说："你家就这么敞了一个礼拜？"

林温从厨房出来，把水杯递上，尴尬完也就镇定了："谁知道这几天会下雨。"

周礼握住沁凉的杯身，喝了口水说："雨还挺大，电视台附近有几辆车被广告牌给砸了。"

林温仿佛又看见柳絮在面前飞，她半是自言自语地说了句："今晚有的忙。"

这出乱象源于七天之前。

那日林温准备出差，临出发时收到男友任再斌的告别微信，大致意思是他觉得人生很疲惫，他想一个人静静地想一些事，再做一些决定。之后此人失联。

林温一向追求最简单的人际关系，在男女关系中，她认为男友最好能直线成为丈夫，这样可以省却许多不必要的麻烦。

事实上，就在一个月前任再斌还送她一枚戒指，虽然不算求婚，但她也听出对方的暗示，她满心以为直线目标再过不久就该实现了，谁知这条运行中的直线突然走得弯弯绕绕，甚至在她不知情的时候，男友单方面掉转了头。

就因为那条告别微信，林温的步调被打乱，出门前忘记关窗，也忘了把垃圾带下楼。一周后的今天她出差回来，拖着行李箱气喘吁吁爬完六楼，筋疲力尽之际目睹客厅惨状，她的情绪就没控制住。

她平常做家务很勤快，但在那一瞬间，她觉得垃圾要定时定点才能倒，现在不能倒垃圾，她根本无从下手，什么都做不了。

熏出眼泪只需要一点儿微不足道的洋葱。她的情绪来得就是这么突然。

但眼泪没用。人可以为生离死别流泪，但在生离死别之外的所有负面情绪，都是人生路上毫无意义的累赘。林温觉得成年人遇事要先解决情绪，这样才能更好地解决问题。所以一掐断眼泪，她就跑超市转移情绪去了，这才会在回来的路上碰见周礼。

周礼看了下腕表，提议："我叫我家阿姨过来一趟。"

"嗯？"

"反正要出门吃饭，趁吃饭这会儿让她帮你收拾了。"

林温意外道："那不用，待会儿回来我自己打扫就好。"

"你今天要是回来晚呢，还睡不睡了？"周礼弯腰把水杯搁茶几上，说她，"别见外了，叫个保洁省心省力。"

林温一想也是，说不定她回来后真要睡垃圾堆。

今晚其实是袁雪想帮她摆鸿门宴。虽然任再斌一走了之，但他的三个好兄弟还在，袁雪打算对他们严刑逼供。而周礼正是任再斌的兄弟之一。

林温没再推辞："那我去洗个脸，你再等一会儿。"

林温关上卫生间门，打开水龙头捧水冲脸。关水后听见周礼在讲电话，应该是跟他家阿姨。林温又把丸子头拆了。长发已经卷曲，有几缕还沾在湿漉漉的脸颊上，林温对着镜子整理头发，卷曲的头发没有办法梳直。她放下梳子，扯下毛巾擦拭脸上的水珠，不再去管头发。

周礼还在讲电话，看见卫生间门打开，他回了一句"行了，那挂了"，然后对出来的林温说："阿姨大概半个小时后到。"

林温点头说："对了，你跟阿姨说一声次卧不用打扫。"

次卧房门紧闭，周礼没见着什么样，他也没多问。

两人换鞋,林温把大门钥匙放进门口的牛奶箱里,和周礼一道下了楼。

林温从没请过保洁,上车后她在手机里搜了下保洁的价格,打算到时候照市价给周礼家的阿姨。

时间六点零九分,晚高峰还没过,他们被堵在半道上,整条路都是尾气,开不了窗户。车里闷,周礼打开空调,把西装和领带都脱了往后座一搁,跟林温聊天:"这次出差去了哪儿?"

"海岛,那里有个会。"

林温的大学专业是会展经济与管理,现在的公司主要承办各种文娱会务活动,比如演唱会、项目签订仪式、某某经济会议等。林温讲话声音轻,很容易被其他声淹没。周礼微垂着颈,一边调低车里的歌声,一边问:"你在那儿穿这样不热?"

"还好。"林温用手指捻了捻西装袖口,"也能防紫外线。"

周礼看了她脸上一眼,白白净净的。他又低下头继续按手机,跟林温有一句没一句地聊着。车流龟速行进,林温看了几次时间,约好六点半吃饭,她觉得会来不及,想给袁雪打个电话。正巧周礼放下手机,说道:"老汪刚说他送袁雪去医院了。"

"医院?"

"省妇保,"周礼加一句,"说是肚子又痛了。"

林温问:"有没有说要紧?"

"没说什么,应该没事。"车子慢慢跟上前,周礼道,"晚点儿再问问。"

袁雪跟老汪是一对,她怀孕已经一个多月,没确诊前只是一会儿恐孕一会儿又担心空欢喜,整个人矛盾重重,确诊后她时常一惊一乍,连肠胃不通畅都去找妇科医生,恨不得常住省妇保。

一开始林温也跟着提心吊胆,后来她实在不能跟袁雪共情,所以这次听说袁雪又去了医院,她并不怎么担心,只是道:"那晚饭吃不了了吧,不如我们去省妇保?"

前方正好可以左转掉头。周礼偏头看了眼林温。要是老汪他们几个,他会直接撑一句"你嘴巴落袁雪那儿了",但林温不是他的"直系"朋友,所以周礼好脾气地说:"都到这儿了,先吃饭吧,你不饿?"

林温想了想问:"那肖邦呢?"肖邦也是他们的兄弟之一。

"他店里走不开,袁雪没跟你说?"周礼的手搭在方向盘上。他手指修长,骨节分明,搭得也很随意,但完全没有移动打转向灯的迹象。

另外几个人都来不了,林温其实并不想和周礼去吃饭,可车已经开出这么远,她要是和周礼饿着肚子各回各家,也确实没道理。于是林温点了头,周礼这才将视线专注前方,车流也变得通畅了,他卷起衬衣袖子,调小空调,一脚油门下去,快速穿行。

两人没去原定的餐馆,而是就近找了一家,不用等号,一楼满员,二楼还空着。周礼点菜,询问林温的意见,林温更喜欢自己做饭,外食她不挑,说随周礼。

周礼只问了一次,没多客气,他做主点了柠檬酸菜鱼、牛奶包浆豆腐和外婆菜炒秋葵。

他跟服务员说话的时候,林温用茶水冲洗了碗筷,替他摆好,又倒了杯大麦茶放在他餐具边。他一边看着林温的动作,一边把菜单递回给服务员,不忘加一句:"再来份米饭。"

菜上得慢,两人边等边聊。

林温比周礼几人小四岁,大三那年她认识了还在隔壁大学读研的任再斌,那时周礼已经做了三年的财经节目主持人。对当时的她来说,学校和社会之间存在着巨大的鸿沟,周礼那几个人在她心中的定位是"大人",所以刚跟他们相识的那段时间,每次聚会她话都很少,接触次数增多之后,她才蜗牛似的跟他们熟悉起来。

菜上齐,林温添完饭,语气自然地问周礼:"任再斌跟你联系了吧?"

周礼刚接过饭勺,闻言眼皮也没掀地道:"所以袁雪突然说请大家吃饭,就这目的?"

林温没否认。

周礼说:"他没跟我联系。"

"他不见了一个礼拜,你们没尝试找过他?"

周礼盛完饭,抬眼看向她。林温眉形生得好,眉毛自然浓黑,鼻尖挺翘,唇廓丰满,这种色与型都浓烈的五官按理多少带点儿攻击性。

但她眼型是圆的,眼睛过于黑白分明,眼神就显得稚气灵动,澄澈得像张白纸一样让人放心。小脸也偏圆,仿佛没有棱角,皮肤白皙软嫩,再加上她那种连大声说话都没半分尖锐刺耳,依旧是自然的轻轻绵绵的音色,几番中和,占尽优势,她的漂亮是少见的人畜无害。所以即使她在试探询问,听起来也没任何攻击性,依旧像只绵羊。

"他走之前给老汪留了言,留言很清楚,说他要去旅游一阵散散心,手机关机,归期不定。"周礼嗓音磁性深沉,音色很动听,话里的内容却没半分用。

"他一个二十七八的大男人,有手有脚,还比我们多读了三年书,只不过是想一个人去旅游,我们要是掘地三尺,那才不合适。"他边说边不紧不慢地吃着饭菜,顺手还把酸菜鱼里的花椒粒给挑出来,又道,"我倒好奇你们俩怎么回事,怎么突然就闹了这么一出?"

周礼的衬衣袖子卷到了手肘,露出腕表和一截小臂。顶端一盏暖黄灯光将腕表折射出波光粼粼的色泽,周礼小臂上筋络凸显,所形成的线条让手臂呈现出一种在自然状态下的偾张紧实。他的手臂明明不算粗,也没让人觉得有肌肉,但这些流畅的线条却仿佛蓄满了比肌肉更嚣张的力量。

林温垂眸看着他的手臂思考,心知自己是问不出什么的,她没审问人的本事,而周礼也不是什么老实憨厚的人。林温又想到衷雪,干脆自然而然地转移话题,让周礼问问老汪那边情况怎么样了,老汪在电话那头说没事,他们刚出省妇保。

饭吃完,两个人下楼,楼梯是铁质的黑色网格,林温一脚没踩稳,身形一歪,她及时搭住身前周礼的肩膀,周礼一把握住她手腕,回头看她道:"没事吧,当心。"

周礼手劲过大,林温被捏疼了,她被扶着下了一级,然后抽出自己的手腕说:"没事,被网格绊了一下。"

"走慢点儿。"周礼继续下楼。

饭钱是周礼付的,林温没争抢,走出餐馆大门,林温说她自己坐车回去,周礼没让,说:"不差这点儿时间,我送你,走吧。"

周礼自己不嫌麻烦，林温就没再拒绝。

二十分钟后，车停到单元楼下，周礼说："阿姨已经回去了，钥匙给你放回了牛奶箱。"

林温顺势从钱包里拿出两百元现金，说："那你帮我给你家阿姨吧，今天谢了。"

周礼没拿，看着她说："用得着这么客气？钱收回去。"

林温打开车门道："你要这样，下次我要是还想找你帮忙，怎么好意思开口？"说着把钱放在了中控台，一挪腿就下了车，走开了几步又回头挥手，"路上小心。"

周礼看着人走进楼道门，才打开手套箱，把钱随意往里一扔，又从里面拿出烟和打火机，抽着烟，他慢慢往家开。

刚到地下车库停好车，汪臣潇的电话就过来了，无可奈何地说："袁雪下命令了，明晚再聚，谁都不准缺席。"

周礼笑了下，说："我无所谓，只要她明晚别肚子疼。"

"哎，你别说了，我算是怕了孕妇了，你说她平时胆子比谁都大，怀个孕怎么就这么能折腾？"

周礼拿上手套箱里的一些工作资料，正要下车，余光扫到副驾座椅上一根微卷的黑色长头发。他捻起头发，打开车门，又去后座拿上西装，边讲电话，手指头边无意识地绕着那根长发，缓步走向电梯。

夜未深，星光稀稀落落。偶尔有孩子的笑声传来，林温走到阳台，望向对面的学校田径场，大约是住校生在玩闹。林温站在阳台跟袁雪发了几条微信，没站多久就觉得小腿肉绷得发沉。

这趟出差太累，明天也不能调休，必须正常上班。林温把手机熄屏，洗完澡后直接上床睡，一觉到天明。

早晨林温在家里吃过早饭，又把昨天没精力收拾的行李箱给整理好，八点半她准时到公司。

林温在工位放下包，先去茶水间煮黑咖啡，碰见新来的实习女生刚端起两杯咖啡要走。两人颔首一笑。

　　林温也煮出两杯，另一杯带给她隔壁桌的彭美玉。彭美玉身高一米七，体重一百八，办公桌上摆得最多的是零食，早餐是黑咖啡就煎饼果子和一只油炸肉粽。她接过黑咖啡后道了声谢，请林温吃粽子，林温没要。

　　"我早饭吃过了。"

　　彭美玉问："又是家里自己做？"

　　"是啊。"

　　彭美玉佩服地说："你可真是宜室宜家啊宜室宜家。"一遍不够还叠一遍。

　　林温说："你要的话我明天给你带。"

　　彭美玉敬谢不敏："早上没点儿油水，你让我怎么坚持在公司摸鱼？你那些清汤寡水还是自己吃吧。"说着，她脚蹬地，椅子滑到林温身边，压低声音道，"你要带也给老大带啊，你看看那位新来的小美女，每天早上坚持不懈地给咱们组长'顺带'一杯咖啡，付出得有收益才划算嘛。"也幸好组长是女的，闲话才少一点儿。

　　每次聊人闲话林温都不参与，彭美玉早就发现了这一点。她一个人说也不觉得寂寞，反而因为林温没有跟哪个同事特别交好，她跟林温说悄悄话才更觉得放心。

　　林温当了一会儿听众后开始工作。她工作思考时手指会卷发尾玩，卷着卷着头皮一扎，她低头一看，是头发丝又卡进了戒指圈。自从一个月前戴上这枚戒指，她的这点儿小习惯总是遭到阻碍。林温解救出头发，低头看着戴在左手中指的戒指，她轻轻转动几下。

　　她感情经历稀少，在大一时她跟同班男生短暂交往过，那次恋爱以失败告终。

　　吸取经验，她以为下一段关系应该能顺利。大三时她认识了任再斌，任再斌虽然比她大四岁，但因为还在读研，所以他满是学生气。他笑时一口白牙，阳光又简单，朋友不算多，没有暧昧的异性，单纯有余稳重不足，林温觉得这样挺好，她自己年纪也小，不知道哪年哪月能被人夸一句稳重。任再斌追她很久，她答应的时候也很慎重。这是她仔细考察后为自己选择的男友，她是希望这段关系能稳定、简单和长久的。

傍晚准时下班，袁雪给她发微信，说已经到她公司楼下了。

林温拎上包，没忘记把海味零食带下去。

袁雪驾照还差几天才能拿到手，汪臣潇上班又不能负责接送，她是打车过来的，一直坐在车里等林温。接过零食，袁雪拆开一包当场吃，嚼了几下觉得味道不错，她朝林温递了递。

林温不要。

袁雪边吃边说："隔着电话我怕问了你搅得你没法儿工作，所以我还是当面问你吧，问完我还能把胸借你哭。"

袁雪最后一句是病句，但不妨碍别人听懂。林温习惯了袁雪的口无遮拦，只是车里还有陌生司机。

"你说你们俩之前没吵架，那你老实说，他外面是不是有人了？"

林温摇头。

袁雪皱眉问："这么肯定？"

林温说："我不知道。"

"啧，"袁雪扯动嘴角，"行了，那就破案了。"

"……你这么草率？"

"男人屁股一撅我就知道他拉什么颜色的屎，不信你等着瞧，今天晚上我就给你把他揪出来。"

前面司机没忍住看了眼后视镜，大约是在想屎还能有几种颜色。

袁雪平时化酷辣欧美妆，近期因为怀孕她素面朝天，除了健康的孕期护肤品，其余她一概不往脸上抹。但即使她外在清汤寡水，也掩不住她内在是重庆火锅底料。

火锅底料煮着煮着就沸腾了。

"要我说你也别太揪着了，干脆你就另外再找一个，管他去哪儿旅游，什么时候回来，男人满大街都是，凭你这张脸谁勾不到？最好你跟别人做全套，等他回来一看，哟，你比他还快，居然都怀上了，狠狠打他的脸！"

林温翻塑料袋，找出另一种口味的零食塞给袁雪，问："你要不要尝尝这个？"

袁雪一边拆一边说："这就是个渣男，我也是眼瘸，跟他大学同学四年居然都没看出他是个什么货……"

再多的吃的都堵不住袁雪的嘴，袁雪一会儿批判渣男，一会儿怂恿林温另觅新欢，一路嘴不停地抵达"老窝"，下车时她还在说。

"老窝"的门脸花枝招展，灯牌一亮很像酒吧，不过这里是一家剧本杀店。

店主是肖邦，他之前为发行公司写剧本杀，去年想自己开店，钱不够，周礼出了一多半。肖邦自认老二，经营格外用心，今年年初店开起来后，他除了吃喝拉撒睡以及外出买剧本，几乎寸步不离店。

肖邦正坐在吧台算账。这家店客厅装修很法式，主色调墨绿，布艺沙发是小碎花，座机这类的摆件都是复古款。吧台也设计为复古风，酒架上的酒全是真的，肖邦会在这里招待朋友。肖邦见林温和袁雪进来，他看了眼墙上的挂钟，问："怎么来这么早？"

"这还早？天都快黑了。"袁雪不客气地去拿了两瓶喝的，说，"我多照顾你，知道你忙走不开，今天特意把饭局定在了你这里。"

肖邦扶了扶鼻梁上的黑框眼镜，没什么情绪地"呵呵"一声。

袁雪冷酷警告："注意你的态度啊，我现在可是孕妇，不能受气。"

肖邦干脆不理她，招呼林温："你想吃什么？我这儿刚买了零食。"

林温平常很少吃零食，她说"不用了"，接过袁雪递来的饮料，她坐到沙发上休息。肖邦还是给她们端来了一盘吃的，杂七杂八的什么都有。

没多久店里进来两拨客，加起来六人，正好能拼一车开个本，但其中一名男客突然反悔了，磨磨蹭蹭似乎想挑其他本子玩，人数凑不出，本也不能开。

肖邦望向坐在沙发上聊着天的两个女人。袁雪素颜是路人，脸型有点儿方，说好听点儿是高级脸，说难听点儿是不太符合大多数东方男性的审美。另一边的林温，今天毛衣外套配连衣裙……肖邦只是随意扫了一眼就开口："袁雪，'现代房'空着，你们要不要看电视？"

店里有八间风格各异的游戏房，例如民国房、欧式房、日式房，等等，"现代房"为了配合剧本需要配备了电视机。袁雪正觉得干坐着无聊,一听能看电视,立刻拉着林温走。

很快,那名男客也不再磨蹭,跟同伴一起照旧去玩那个六人的剧本杀了。

肖邦默默地扶了扶眼镜。

看完半集电视剧,天彻底黑下来,汪臣潇匆匆忙忙赶到,只剩周礼还没到。

袁雪捧着手机挑外卖,问汪臣潇和肖邦:"周礼不会要加班什么的吧?"

"不会,最多是堵车,他晚点儿来。"汪臣潇信誓旦旦。

袁雪斜眼道:"昨天是肖邦要看店没空,今天别是周礼待会儿说来不了。"

肖邦心说昨天你不是还跑省妇保了吗?

汪臣潇保证道:"他说了来就一定会来,耐心点儿啊,老婆。"

说着,汪臣潇又转头问肖邦:"对了,他打算什么时候辞职?"

"谁要辞职,周礼?"袁雪意外。

"是啊。"

林温原本在回复微信工作群的信息,闻言也诧异地抬起头。

"他什么时候要辞职了?"肖邦反问。

"不是你上回说的嘛。"汪臣潇道。

"哦,大概吧。"

"欸,我说,什么叫'大概吧'?"

"我不清楚,你要不自己问他。"肖邦很敷衍。

汪臣潇还要再说什么,大门口传来动静,肖邦回头一看,中断聊天,道:"来了。"

现代房的门开着,门洞正对店铺大门。周礼大步进店,看见一屋子人挤一块儿。林温被站着的肖邦挡住了,周礼只看见她一双白色帆布鞋。

周礼把搭在手臂上的西装往客厅的花沙发上一抛,去吧台倒了一杯已经放凉了的红茶,问几人:"还没叫饭菜?"

"叫了,"袁雪摇摇手机,"日料,足够你们吃的,待会儿不吃完不准走。"

周礼喝着茶走进现代房,不等他说一句话,袁雪紧跟着又道:"既然人都齐了,趁等外卖这点儿时间,我先办个正事吧。"

说完，她一把拉过汪臣潇和肖邦，把他们分别塞进隔壁两间空房，勒令汪臣潇不准出来，她先去对付肖邦。她要查他们的手机，对他们进行单独审讯。

林温慢半拍地从沙发上起来，追到门外。周礼倚着门框，一手插兜，一手拿杯，气定神闲地把茶两口饮完，目光放在林温脸上，他似笑非笑，语气莫名。

"这么说，我归你？"

林温微张嘴，一脸的无辜。她也是始料未及，袁雪这招出其不意，之前根本没跟她通过气。林温怀疑袁雪也是临时起意。但她在外面站了站，并没有去敲门救人，也没跟周礼解释她不知情。花几秒时间消化完，林温忽略周礼的那句调侃。她语气和和柔柔，转换内容却有点儿生硬："那……我们就等外卖吧。"

周礼看着她，嘴角浅浅地勾了一下。他转身进房，把空杯子搁茶几上后坐下。

林温跟进来，坐到他对面的沙发上，见到周礼把他的手机往茶几上一摆。

"9400。"

林温看他这番动作，心里嘀咕这不会是他手机密码吧？

结果，周礼对着她说："密码。"

……还真是。林温怎么可能去翻他的手机，她连男朋友的手机都从来不碰。她打哈哈："哦，真好记。"

难得见她"幽默"，周礼嘴角一扯，笑出了声。

等了一会儿，他语气闲散地诱惑林温："真不看？"

按林温的性格，通常情况她接下来的话应该类似"别开玩笑了"之类，但这次她沉默一两秒后说的是："那就等袁雪出来吧。"

周礼眉头微挑，好笑地看了看她。

"行。"他没把手机拿回，任由黑色的机子躺在白色的大理石茶几上。

店里房间的隔音效果普普通通，玩家嗓门太大外头向来是能听到的。

这会儿现代房的房门开着，袁雪的嘹亮嗓音几乎无阻碍地从隔壁穿透过来，林温和周礼耳膜俱是一震。

两个人面对面坐着，目光在空中交汇。一阵无言，林温打破沉寂，没话找话："老汪怎么这么安静？"

周礼双手枕着后脑勺儿，仰倒下来，说："可能在忙着删手机吧。"

林温："……"这话不好接。

周礼耷拉着眼皮瞧对面，又是一笑，他随意地跟林温闲扯："你几点到的？"

"不到五点半。"林温说。

"下班挺早。"

林温点头道："今天没加班。"

"跟袁雪一起来的？"

"你怎么知道？"

周礼就说了两个字："她闲。"

林温抿嘴笑，心里暗自点头。袁雪跟周礼几人都是名校金融系出身，但袁雪大学期间放飞自我，学位证差点儿没拿到，毕业后她工作经历短暂，这几年一直是无业游民享受生活的状态。

周礼又问："来了没玩点儿什么？"

"没有，"林温说，"今天不是周末，客人也不——"

还有一个"多"字没说出来，隔壁又飘出一个漂亮的高音，林温卡壳。

周礼起身捞起一旁的遥控器，意有所指地接了句："幸好今天客人不多。"

林温伸了根指头轻挠脸颊。刚提及客人，就听大门迎客风铃响起，林温扭头望出去，是几个年轻人走进店。

"客人。"林温对周礼说。

随即起身，她走到隔壁敲了敲房门，冲里面道："来客人了。"

袁雪隔着门板回她："等会儿，你先应付着！"

"你让肖邦出来。"

"他出来干吗？他能稀罕客人吗，他要稀罕的话早该坦白从宽了！"

袁雪不肯放人，今天店里客少，员工又全被肖邦放出去吃饭了，没人能顶，林温只能回到现代房。她站门口，朝周礼向自己后头指了指，意思是客人们还在客厅里等着招呼。

周礼正挑电视节目看，见状他摆了两下遥控器，让林温随意。

周礼才是这家店的大老板，她没见过比周礼更随意的。

林温回头,几个客人依旧耐心等着。都是陌生人,林温在心中酝酿好开场白,台词在口腔中默默过一遍,她硬着头皮上前招待。

顺利讲完开场,客人们问起几个剧本杀。这是林温的知识盲区,林温不知道该怎么拖延时间。店是一月份的时候开业的,刚开业时肖邦召集众人说想测试一个新本,林温是跟着任再斌过来的。那次玩的剧本杀是个七人本,肖邦说是他重金买回的独家,全市只有他这里有。他们加起来六人,加上周礼带来的女伴凑足七人。

剧本杀就是角色扮演,推导剧情找出真凶,各个角色之间关系千丝万缕。林温一看这么乱七八糟的人物关系就头大,她也毫无经验,面无表情撑到最后。

后来袁雪又喊她去玩,喊几次她推几次,只有一次需要江湖救急,她才迫不得已陪袁雪熬了一个通宵。

以她仅有两次的玩本经验,面对这几位客人旺盛的求知欲,她实在无能为力,只能求助他人:"周礼——"

周礼正手撑着头看电视,听见叫自己的名字,他放下胳膊,支起身朝门外望。

林温穿着长及脚踝的浅色连衣裙,套一件柔软的毛衣,半边长发散在胸前,远远地站在那儿,抬着胳膊,朝他小幅地曲了曲四根手指,大概怕影响人,第二声喊得很轻:"周礼——"

周礼看了几秒,放下遥控器,起身朝她走过去。

近前了,周礼才开腔:"嗯?"

林温身高一米六五,帆布鞋鞋跟两三厘米,这身高在女性中算不错,在周礼面前却还是需要仰头。

林温低声跟他说:"他们在问《×××》《××××××》……"

周礼根本不知道这几个剧本是什么玩意儿,他耐心地听林温说完,然后上前,从实木书架上抽出一套本子,没对客人之前的问题答疑解惑,他直接推荐起来,措辞引人入胜,仿佛他多懂似的。

客人们被他套住,一口定下这个,周礼又说:"你们就四个人,还差三个,有其他朋友能来吗?没的话,我试试帮你们找人。"

客人们立刻在手机里呼朋唤友。

接着，周礼又去敲了敲袁雪的审讯房，他没让人出来，只隔着门说了句："肖邦，把你员工叫回来。"

玩剧本杀需要主持人，没主持白搭，这活儿他顶不了。

肖邦在里面回应："哦，马上。"

一套动作行云流水。完事了，周礼也没再回原先的房间，他去吧台里面翻出一罐椰子味蛋卷，拆开拿出一根，咬一口觉得味道还行，他朝林温举了下罐子。

林温其实已经饿了，外卖还没到。

她过去跟周礼一道吃起蛋卷，问他："你玩过的本子多吗？"

"没那时间，"周礼又开了一瓶苏打水，说，"就玩过一次，刚开业那次你不是也来了。"

难怪他刚才直接推荐那个七人剧本杀。林温觉得周礼真行。

林温刚拿起第三根蛋卷咬了一口，袁雪所在的那间房开了门。

袁雪歇都没歇，极其敬业地又去隔壁审问汪臣潇了。

肖邦重获自由，看看周礼，又看看林温，最后看一眼吧台上被拆吃了一小半的椰子味蛋卷，他摘下眼镜，从裤兜里拿出眼镜布擦拭，深深地叹了一口气。

林温手上的半截蛋卷直掉碎屑，碎屑沾到了毛衣上，她盯着肖邦看没发现，周礼随手拿起手边的一个文件夹往她身前接，林温这才察觉，赶紧把手上残缺的半截塞进嘴里，再低头艰难地把碎屑一点点从衣服绒毛里捻起。

外卖送到的时候，汪臣潇这边的审讯也正巧结束，肖邦嫌在客厅吃饭不像样，又把众人轰回那间现代房。

林温眼神询问结果，袁雪脸色不错，但她却摇了摇头。林温觉得她的脸色不像是一无所获，但袁雪还真的是一无所获。

其实袁雪的想法很简单，男人的秘密只会跟男人分享，任再斌的朋友不多，也就这几个，有什么花花肠子总会跟他们交流一番。

可惜她没找着什么。来之前她还对林温拍胸脯保证，结果打了脸。想到这儿，袁雪颇为不满，脸色终于难看起来，她眼神极不友好地对着那三个男人。

还剩一人没审问，袁雪的目光跟着对方走。

周礼自顾自坐下等着吃饭，没有动手帮着拆外卖袋。

袁雪的视线定在茶几右边的那部黑色手机上，她认得这是周礼的。他们所有人都给手机套了壳，只有周礼的手机永远不屑这层保护。

林温帮着一起摆饭，注意到袁雪的蠢蠢欲动，她边打开盒盖边贴过去说："9400。"她音量没刻意压低，但另外两人在火急火燎地拆餐盒，所以她的话也只有袁雪和机主本人听见。

袁雪猜到林温是说手机密码，她显然不太信，说："真的假的，你怎么知道的？"

"周礼说的。"

"……他说你就信？"袁雪奇了。

"那你试试？"

"你没试过？"

"没。"

"那你刚才怎么不自己试一下？"

"我跟他没你熟。"林温给她一双筷子。

"喊，"袁雪接过筷子，不屑道，"你跟任再斌这么'熟'，怎么也没见你查过他手机？"

"我隐私观念比较强吧……"

袁雪扯了把她的脸颊，说："嘿，我这是为谁啊，啊？！"

林温戳袁雪大腿，问："那你看不看啊？"

"9400"之后的对话两人都刻意放低音量，周礼看她们的口型，前几句意思猜出来了，后几句没懂，林温嘴巴张得太小，又被袁雪扯变形了。

他觉得挺有趣，就当饭前的开胃剧看了。

"你们姐儿俩在聊啥呢？"汪臣潇终于注意到她们在讲悄悄话。

"聊这个呢。"周礼拆着双一次性筷子，顺手指了下自己的手机。

袁雪和林温合上嘴。汪臣潇和肖邦同时看向那部黑色手机。

林温看向袁雪。周礼也看了看袁雪。

袁雪眼一瞪，心一横，伸手就去抓。周礼没点儿反应。他夹起一块生鱼片送进嘴，慢慢嚼着，他又撩起眼皮，轻飘飘地看过去一眼。

袁雪握了这么一下，立刻又把黑色手机放回去，傲气十足道："算了，看他这么有恃无恐的样子，应该没藏着什么。"

"……"林温没回过神，就这？

袁雪又忽然一脸严肃地对着三个男人道："其实多的话我也不想说了，我知道你们跟任再斌关系铁，但林温跟我们认识也两三年了，大家都是朋友，你们讲义气没错，但也不能合起伙来欺负人是吧，厚此薄彼也该适当，男人就该有个男人样！之前就算了，要是任再斌之后再跟你们谁联系，希望你们能第一时间告诉林温，该他俩自己解决的就该他俩自己解决。"

汪臣潇第一个响应："是是是，大小姐，那是一定的！"

肖邦点点头。周礼没搭理。

总算能吃上饭了，大家都已经饥肠辘辘，先吃了几筷子才继续聊天。

袁雪想起一事，问林温："我跟老汪的婚期已经定好了，你继续做伴娘没问题吧？"

袁雪不想大肚子穿婚纱，但结婚琐事太多，她又不想太简单没仪式感，所以婚期拟定在三个月后，肚子大概率是不好看，但至少能走动路。

伴郎伴娘人选当初已经说好，汪臣潇这边是他的三兄弟，袁雪这边是她的两个大学好友和林温，如今任再斌玩失踪，袁雪怕林温会撂挑子。

林温说："当然没问题，你婚纱都看好了？"

袁雪放下心，露出笑说："还没呢，等看好了到时候叫你去试伴娘服，还有好多事要你帮忙的，你得抽时间。"

林温点头。

袁雪又叫周礼："你能抽出时间吧，到时候定了伴郎服你得来试衣服，还得陪着排练。"

周礼吃着东西说："尽量。"

袁雪不满，瞥一眼汪臣潇，汪臣潇冲她眨了一下眼睛，表示肯定没问题。

肖邦捧着饭盒凑到汪臣潇耳边："到时候人怎么安排，林温跟谁？"

汪臣潇说："你？"

"别吧。"

汪臣潇咕哝:"说不定老任那时候已经回来了。"

"是啊,要是他俩那时已经分手了呢?"肖邦直击关键点。

汪臣潇一想到这个极大的可能性就头疼,这确实尴尬。所以他之前也跟袁雪商量过,肖邦跟伴娘一号是早定好的。为了以防万一,替补任再斌的人选是伴娘二号的男友,也是他们的同学,这样正合适。

至于林温……

汪臣潇看向周礼。周礼身高一米八七,顶着那张脸和身高一定抢尽他这个新郎官的风头,这点不敢多想。林温跟周礼比是矮不少,穿上高跟鞋站他边上应该挺搭。

"就他俩吧,"汪臣潇乱点鸳鸯,"看着也挺配的。"

干干净净的大理石茶几在一顿饭后面目全非,几个人吃完就撂下筷子,只有林温筷子还拿手上。她一边把她碗边的垃圾夹进碗里,一边听大家聊天。

袁雪觉得时间还早,饭后消化玩剧本杀正合适,但三个男人谁都没那闲情逸致,都不配合。袁雪指望林温,说:"你呢,你都多久没陪我了?"

林温这次理由充分:"我明天还要上班。"玩剧本杀没几个小时结束不了。

袁雪的心情全挂脸上,她已经不太开心了。

汪臣潇见她大小姐脾气又要上来,正想着怎么哄,林温先他一步开口。

"你是不是忘了你现在是孕妇,不能熬夜。"林温提醒袁雪。

袁雪这才想起来,说:"啊,是啊,好险!"

众人:"……"

袁雪又想起什么,问周礼:"对了,我都差点儿忘了,听说你要辞职,怎么回事?"

周礼在回手机信息,头也不抬地反问:"谁说我要辞职?"

"肖邦说的。"

"那你问他去。"周礼踢皮球。

"啧,不得不说你跟肖邦真是绝配!"袁雪抨击。

林温想起周礼没来之前,汪臣潇问肖邦有关周礼辞职的事情,肖邦当时也是这么踢皮球的。林温其实也好奇。他们几个人现在的工作，真正专业对口的只有汪臣潇。任再斌硕士毕业后进入体制内，不过他在一个月前就已经辞职。肖邦转行写剧本，他是因为热爱。至于周礼当年进电视台做起财经节目主持人这事，造成的冲击波太过巨大，至今他们还会偶尔感叹。

除了林温。因为她认识周礼的时候，周礼已经是新闻工作者的身份，常年西装挺阔，给人感觉稳重干练，她没觉得任何违和。

突然说周礼要辞职，在这之前毫无预兆。

"你到底说不说，辞个职还成机密了？"袁雪逼问。

周礼说："还没辞呢，你问早了。"

袁雪见他终于接茬，猜测道："你是不是被挖了？有什么好去处吧？"

"你猜。"

袁雪听出他在敷衍，没好气道："该不是被穿小鞋才不想干了吧，或者英年早秃觉得头发更重要？"

林温顺势看向周礼的头发。今天他要工作，依旧吹了那款经典老派的发型。挺浓密的。

周礼注意到林温的视线，好笑地从沙发上起身，给袁雪一句："你多保重身体吧。"又跟众人说，"走了，还有事。"

汪臣潇问："你还去哪儿啊？"

"约了人。"

汪臣潇八卦道："女人？"

周礼把手机拍在掌心，没正面回答："你要不一起？"

汪臣潇立刻撇清："你滚吧。"

周礼走了，剩下林温几人也准备撤，林温顺手把茶几上的餐盒都收拾装袋，让肖邦擦一下桌子。肖邦点头，恭送几尊大佛离开。

汪臣潇去开车，林温找到室外的垃圾箱把一堆餐盒分类扔了，袁雪嫌弃地站远了点儿，说她："你随便扔一下就得了。"

林温说："你好歹也接受过九年义务教育。"

"我接受义务教育的时候国家还没搞垃圾分类。"

"可你是祖国的未来。"

"祖国的未来还在我肚子里呢。"

"那你别带坏孩子，小孩儿会有样学样。"

"那太好了，我孩子天生就智高胆肥，勇猛无敌！"

林温扔完垃圾，拿纸巾擦手，说道："你这么勇猛，刚才怎么没敢看周礼的手机？"她不至于看不出袁雪火速松手的真实原因。

袁雪在林温面前倒不怕承认自己也有怂的时候。"猛男还有怕蟑螂的呢。"她说。

林温奇怪，问道："我今天才知道原来你怕周礼啊？"

袁雪皱眉道："不能说怕……你不是说你跟他没我熟嘛，是你没见过他以前。"

"他以前？"

"你看他现在跟大家出来吃吃喝喝都挺和气的，是不是挺好相处的样子，脾气好像很好，人特别和善？"

这林温倒没觉得。

他们聚会基本都是吃喝、唱歌，但因为时间没那么自由，这两三年林温参与的聚会次数并不是太多。有限的几次相处中，林温从没觉得周礼是个真和善的人，和善的人气息是圆润的，而周礼的气息却让她感觉棱角犀利，她在看人性情方面有一种自小养成的敏锐感。比如她一看袁雪，就知道她是典型的霸道却善良、嘴硬却心软的性子。人人都穿几层壳，袁雪只穿一层壳，一扒就能将她看透。

"还好吧。"林温这么回答袁雪。

袁雪一副料事如神的表情，说："我就知道。"她一言难尽，"那是你们不清楚他以前的样子，恶劣嚣张，心机叵测。"

"……你在形容你仇人？"林温惊讶。

"我是说得夸张了点儿，但也没差多少。"袁雪道，"你听我讲啊，听完你就知道了。"

林温点头，洗耳恭听。

他们这几人相识于八年半前，那年九月，大一开学。

开学要军训，班里有个人没来，是汪臣潇他们寝室的，这个人正是周礼。

那时周礼的家长没出过面，同寝的肖邦跟周礼是发小儿，肖邦帮忙请假，说周礼生病了。女生们对周礼的第一印象是羡慕，羡慕他成功躲过了军训。

军训结束，正式开学的第一周，周礼仍然没出现，众人基本都忘了班里还有这么一个同学。

直到第二周的周一。袁雪至今还记得第一次见周礼的场景。老师没到，大家在等上课，阶梯教室喧闹嘈杂得像菜市场。突然一个男生出现在教室门口。

他身穿简单的T恤短裤，一手拎着书包带，一手插兜，因为个子高又清瘦，背有些弯，站姿显得松垮不羁。脸上浓眉上扬，双眼皮略狭长，鼻高唇薄，下颌角延伸出的弧度流畅完美，整张脸的轮廓像用刀雕琢出的，缺乏少年胶原蛋白的弹性，全是锋利线条。清晨的光打在他身上，竟然有种绝佳的镜头感。

他的出场万众瞩目。尤其当他漫不经心的目光睃巡过来时，静止的画面变成动态，他那种拒人千里之外的神态更像把钩子，钩住所有人的目光。

最后他视线定格在她这方，下巴一偏，叫人出去。她心跳都快了半拍，直到听见她后座动静。她后面坐的是肖邦。

两个人消失在门口，她和一群女生交头接耳，难掩兴奋。

周礼高大的身形和立体的五官格外招眼，举手投足又带着几分生人勿近的低气压和漫不经心，没有哪个女生能抗拒这种做派。

袁雪回忆到这里，眼眯起，啧啧摇头道："周礼这长相、身材真是绝了，那时候我哪看得见汪臣潇啊，汪臣潇就是个矮矬，我那时候眼里全是周礼……"

林温目瞪口呆地打断她，说："等等，你这说出来没问题？老汪知道吗？"

"知道啊，"袁雪瞥她，大大方方道，"这有什么，不就是见色起意嘛，看个帅哥而已，我又没爱上他。"

"……你继续。"

袁雪第一次刷新对周礼的认知，源于一次斗殴。

其实还处于意气用事阶段的少年，打架实属稀松平常，但周礼和其他人多少有些不同。

那天篮球场上起了争执，争执的二人互不相让，旁人在劝，周礼事不关己就算了，反正原本与他就不相干。但他拍着篮球似乎等得有些不耐烦，篮球弹回他手中，他突然朝其中一个人砸了过去。文斗瞬间升级成武斗，对方先出手，周礼按着那人后脑勺儿，把人家脸往围栏上撑。

事后袁雪听肖邦说，周礼那一下只是手滑砸到了人，是对方蛮不讲理先动的手。他们统一口径，周礼这方自然没受任何处分。袁雪此刻回想，还是忍不住撇嘴道："我又不是瞎子，那天我全程都在围观好不好。"原本只是想看帅哥，谁知看了一场全武行。

后来周礼大概从暴力中找到了什么乐趣，整个人就像个行走的火药桶，每次"火并"完还总能全身而退。

袁雪说："我当时真好奇他是不是发现了什么暴力美学，想改走艺术路线了！"

"什么暴力美学？"汪臣潇开车过来，正好听见袁雪说话。

袁雪道："我在说周礼呢。"两人上车，袁雪跟汪臣潇吐槽周礼的过去。

汪臣潇说："哎，你提这干吗，都多少年前的事儿了。肖邦那会儿不是也说了嘛，那段时间周礼心情不好，还让我们一个寝室的多担待，过了那一阵之后，周礼不是就恢复正常了嘛。"

肖邦的原话是，周礼憋不住火，需要途径发泄，男人的发泄方式就这么几种，不是找女人就是找打，周礼不找女人而是找打，勉勉强强当是个优点吧。

什么优点？也就只是这回没欺负女人吧。

袁雪陪林温坐在车后座，跟她说："后来我们女生圈里就传出个流言，说周礼那个时候是因为他养了十年的狗死了，他得了PTSD（创伤后应激障碍），才突然崇尚起了暴力美学。"

汪臣潇嗤笑道："我们男生圈里听说的是因为他失恋，爱得要死要活的初恋跟他分了，他接受不了现实，所以连开学都推迟了，差点儿放弃学业。后来我们还去跟肖邦证实，肖邦那货太鸡贼了。"

汪臣潇仔细回想，说："打个比方，我问你饭吃了吗，你跟我说糖醋排骨味道不错。那我不就以为你已经吃饭了？肖邦就是这么贼，其实他屁都没说，偏偏让我们都信以为真了。"

"你知道的，女生对猫猫狗狗最心软，所以在女生圈里，周礼就是个有爱心又善良又脆弱的大帅哥。"袁雪化身福尔摩斯,"而男生那边嘛,男的聚一块儿话题一定离不开女人,大家兄弟长兄弟短的互道情场故事,帮周礼走出失恋阴霾,一来一回,好家伙,全班男生都成了周礼的兄弟,他这交际手段简直了,就一朵交际花!"

"然后呢?"林温听得入神。她觉得故事前半段平淡无奇,后半段才有些传奇。

"然后啊,"袁雪拍拍前面车椅,"老汪,你来说!"

"然后就那样呗,时间长了大家关系也铁了,再提起这茬,这俩货都不认,我们就好奇谣言是从哪里传出来的,这俩货就装起无辜了。"汪臣潇摇头感叹,"那时候我们才知道被忽悠了。"

袁雪道:"周礼一开始那鬼样子几个人受得了啊,大概他自己也觉得这样过四年他会被全校孤立变成公敌,所以就想了这么个主意。动几下嘴皮子就把自己的口碑全盘扭转,你说谁有他这本事!"

林温还在消化中,说:"那听起来,肖邦也不得了。"

"啧,单纯了吧你。后来肖邦跟我们老实交代了,也没太明说,反正意思就是他只是个执行者!"袁雪捏了把林温的脸,软软嫩嫩手感极佳,"这回你知道我为什么说周礼嚣张、顽劣、心机叵测了吧。"

也就因为这,年少无知的袁雪才从花痴中清醒过来。期待值过高,落差就格外大。她最初以为对方是个虽满身伤痕但心向光明的正派人士,结果对方居然是阴晴不定的白切黑。她觉得她已经看出了周礼的真面目。

周礼做事随性,不会压抑欲望,比如想打就打了,还固执己见不听好话。

"事后可能会难以收场",这种假设在他那里并不成立。他喜欢让他痛快的过程,并且不达目的不罢休。

而最可怕的是,他还不是个酒囊饭袋。袁雪感觉自己对社会的认知都被刷新了一遍。

林温也有点儿被震撼到。她一是无法想象西装革履的周礼打架的样子,二是惊讶于少年时期的周礼游刃有余的手段。

消化了一会儿,林温发出致命一问:"那你怎么还能跟他成朋友?"男人的友谊自有他们的一套标准,但袁雪这人相对简单,喜好也纯粹。

袁雪哑巴了几秒，然后带着三分不屑两分施舍地"喊"了一声，说："他除了这点儿毛病，其他还是挺够意思的。"

……都这么"十恶不赦"了还能挺够意思，看来这意思是十分足的。

"欸，不过说到这个——"袁雪问汪臣潇，"你说周礼那个时候这么变态到底是因为狗死了，还是因为白月光啊？"

"不是说了这两个都不是嘛，不然他俩跟我们交代干吗？"

"为了掩饰真相呗，不想被你们逼问太多，肯定还有其他内情。"袁雪猜测，"但我觉得这当中肯定有白月光的原因。"

"我猜不是，真相不能被这么轻易说出来。"

"要不要打个赌？"

"赌什么啊，他能说？"

"他总不能带进棺材里啊，死之前总会松口的。"袁雪道。

林温在旁听得无语，这像在诅咒人。

汪臣潇也抽了抽嘴角，说："那行，我们的赌期是一辈子对吧？"

袁雪突然甜蜜几分，问："那赌注是什么呀？"

"回头想一下咯，慢慢想。"汪臣潇道。

林温这回听得嘴角浅浅上扬。

袁雪终于想起身旁还有人在，她继续跟林温说："其实还有好多事可以讲，就是我一时半刻也想不起来了，以后想到再告诉你。还有——"

她着重强调道："我那不是怕他，我是觉得他这种性子的人不好招惹，能不招就尽量不招呗，趋利避害懂吗？"

林温乖巧地点头，欺软怕硬嘛。

林温还是无法将袁雪口中的人和现在的人结合到一起。在她看来，周礼虽然不是真的和善之辈，但他确实很稳重，行事也颇为绅士，人如其名不为过。

只能惊叹时间真是奇迹，它的流逝诞生了成熟。

但这时的林温没意识到，"本性难移"是一种真理，成熟只是让人的本性隐藏到一种不被大多数人察觉的程度。

Chapter 2
深夜的水

> 理智让她蒙上眼若无其事，本心却一直在给她煽风点火。

车还在夜路上匀速行驶。

汪臣潇听袁雪说以后还要八卦周礼，他忍不住对后面两人道："还讲什么讲呀，这有什么好聊的。谁没点儿中二病的时候，那会儿才十八九嘛，我们谁跟那时候还一样？你看现在，周礼多文质彬彬，多精英范儿，什么时候跟人脸红过？两位仙女，往事不要再提，挖黑历史不厚道。"

袁雪让汪臣潇闭嘴，又对林温感叹："只能说你真幸运，你认识周礼的时候，周礼已经是个成熟的男人了。"

林温无语："我幸运这个干吗呀。"她跟周礼又没什么关系。

"至少你不看他手机是因为你跟他不够熟，而不是因为你不敢啊。"袁雪在这儿等着她。

"……是，你对。"林温认输。

半道上汪臣潇停了一会儿车，说车有点儿毛病。耽搁了一点儿时间，林温到家已经快九点半了。

进屋后林温松散下来，她蔫蔫巴巴躺到沙发上，眉心皱起。

之前在剧本杀店，袁雪问她会不会继续做伴娘的时候，她回答得神情自若，其实她当时心里已经开始叫苦。很久之前她就知道，一旦人与人的关系变得复杂，接下来很多事情都会被乱麻缠上。假如她跟任再斌真的分手了，到时候她该怎么扮演伴娘一角？

林温这会儿的感觉像是又被柳絮缠身。柳絮应该是这季节最讨人厌的植物，明明轻飘飘毫无重量,却比任何东西都烦人。而这份挥之难去的烦恼在第二天早晨又攀上新的高峰。

林温习惯早起,她每天早餐基本自己动手做,所以她通常六点四十分起床。她父母年事已高,老年人睡不久,一般四五点就醒了。

林温母亲等到七点给她打来视频电话,这时林温正准备把水饺从锅里捞出来。

"妈。"林温擦擦手,接通视频后甜甜地叫人。

"早饭吃了吗?"母亲问。

"还没,刚煮好。"

"煮的什么呀?"母亲突击检查。

林温翻转摄像头,对准白色的小奶锅。里面浮着六只圆滚滚的水饺。

"自己包的吗?"母亲又问。

"是啊,我上个月自己包的,有牛肉馅和虾仁馅。"

林温顺势打开冰箱。冰箱双开门,左边冷冻室里整齐码放着食品密封袋和白色塑料盒,上面都贴着标签,标注食物品种和存放日期。

母亲点头说:"不要买超市的速冻食品,像那些饺子包子,谁知道里面是不是淋巴肉,蔬菜是不是全烂的。入口的东西还是自己做更放心,外面的半成品不安全。"

"嗯嗯,知道。"

"你要是上班没时间,妈过来一趟,给你多做点包子什么的冻起来怎么样?"

"不用,我工作又不忙,做点儿吃的花不了多长时间。"

林温又打开冷藏室的门给母亲看,没看到垃圾食品,母亲很满意。

"你呀,吃的方面一定要注意,你在我肚子里的时候没养好,从小身体底子差,千万别以为现在生病少了就掉以轻心,外面的东西不是不能吃,但要尽量少吃。"

"很少吃的。"

"晚上不加班吧?平常要注意安全,下班回来看看有没有人跟踪你,你们年轻小姑娘尽量别一个人走夜路,楼下防盗门要记得随时关。"

林温答应得可乖了。

"还有啊,过马路要看车,昨天晚上我看到有个交通事故……"母亲絮絮叨叨,千叮万嘱,说到一半,旁边林温父亲插话。

"饺子都快煳了,温温还要上班呢,你少唠叨几句。"

母亲这才想起来,说:"呀,我差点儿忘了,那你快吃,上班路上注意安全。"又问一句,"六个饺子是不是少了点儿?"

林温说:"还有一盒酸奶,饿不着。"

母亲笑笑,脸上布满岁月痕迹。林温母亲生她的时候是真正的高龄产妇,四十七岁的女人生产九死一生。如今过去二十三年,林母已经七十,头发银白交织,是一位老人了。林温母亲在结束通话前还是没憋住,问林温:"今年五一要不要带小任一起回来?也该给我和你爸瞧瞧了。"

林温窒息。她觉得她现在好像手捧着一只缠着乱麻的仙人球,不拆乱麻没结果,拆开乱麻扎手。

视频结束,林温才看到袁雪十分钟前给她发了一张网购截图,问她这件衣服怎么样。林温回复说不错,盛出饺子,她坐到餐厅。

袁雪发来语音:"你忙什么呢,这么久才回,我已经下单买了另一件了。"

林温说:"刚刚在跟我爸妈打电话。"

袁雪随口问:"你爸妈没问你任再斌吧?"

林温长叹口气,慢吞吞回复:"问了,想让我五一带他回家。"

"那带啊!"袁雪出主意,"到时候你就带一个回去,告诉你爸妈你男朋友改名字了,至于改了什么名,这段时间你好好挑选。"

"……"

"你忘了我昨天跟你说的了?我告诉你,要换成我是你,我早就找其他男人去了,等他回来狠狠打他的脸,你又不是找不着,他还真当自己是个玩意儿了!你给我等着,我现在就帮你物色去。"

林温头大,说:"行了,你别闹了。"

"谁闹了!"

林温细嚼慢咽吃着饺子,说:"我赶着上班,先不聊了。"

到公司后,林温收到袁雪发来的一条链接,点进去是一个论坛帖子。

帖子标题是"我男朋友这一个月突然对我不理不睬怎么办",网友根据楼主描述,分析得出结果,告诉楼主一个残酷的真相——男人想跟你分手,又不想承担是自己背叛了这段感情的责任,于是他在等你受不了后主动开口提,等你提出分手了,他还可以发一条朋友圈,告诉你们周围所有的朋友,他才是这段感情当中的受害者。林温认真把这帖子读了一遍,然后将手机翻身。

袁雪没等到林温的回应,也不知道林温看没看。汪臣潇上班去了,袁雪无所事事又躺回床上,打开电视机一边继续追剧,一边翻找她的微信好友列表。

没从列表里发现什么单身优质男青年。袁雪想了想,给汪臣潇和肖邦各发了一条微信,要求他们留意身边出色的单身男士。但她没说是替林温找的。

袁雪倒不是意气用事,事实已经摆在这儿,任再斌这种行为就是有了想分手的心思,其实没必要挖掘细节真相,干脆快刀斩乱麻的好。

而快刀斩乱麻的最佳手段就是找新的男人。既能彻底摆脱前任带来的烦恼,又能体验新鲜热烈的情爱滋味,一举多得,何乐而不为。

最重要的是她还担心一点,万一任再斌回来后认个错,林温会同他冰释前嫌。

她知道林温不是恋爱脑,林温年纪虽比她小,但很多时候比她还成熟,如果必须把人明确划分为理智和感性的话,那林温绝对只能被划分到理智一栏。

但理智的人也难免会有昏头的时候,为了从根上断绝林温将来头脑不清自甘堕落的可能性,从现在开始鼓动她重新投入一段新恋情,才是她身为闺密该做的事。

过了一会儿,汪臣潇先回复袁雪的微信:"周礼啊,他不就是优质单身男嘛!"

袁雪的白眼翻上天,说:"他昨天还去找女人,今天就单身了?"

汪臣潇替兄弟辩解:"女性朋友和女朋友是两个概念。"

袁雪冷笑道:"那你说说你有几个概念啊?"

"……一个概念都没有,我的世界只有你!大小姐,我现在马上帮你去找优质单身男!"

袁雪冷哼,又去看肖邦刚刚发来的回复,肖邦只发来三个问号。袁雪把她的那句要求重发一遍给他。肖邦回复一个"哦",就没了。

袁雪干脆给他发语音:"你要是不认真帮忙,我就去你店里贴相亲告示。"

折腾完这两人,袁雪犹豫着要不要再问周礼。

电视台人才济济,上到管理层下到小职员,人数之可观足以让另外两人望尘莫及。电视台真的是个作为优质相亲市场的首选地,可惜周礼这人……

她要是真找周礼干这事，估计效果就是对空气说话。

上午九点半，周礼刚起床。

手机有新信息，他看也不看，先进浴室洗澡。

洗完穿着浴袍出来，头发在滴水。他去冰箱接了一杯冰水，一饮而尽后人才算清醒。周礼又从冰箱里拿出一袋面包，扯开封口，边吃边慢慢走向书桌。

这套房位于市中心，套内两百三十多平方米。除了主卧、卫生间和储物房，其余空间全打通，连保姆房也没保留。办公区域占地儿大，落地窗外是繁华街景，阳光投射在远处建筑物的玻璃墙上，刺眼得像打了探照灯。

周礼站在窗边看了一会儿，吃着面包转身，这才去看手机上的未读消息。

肖邦给他发的。他懒得一条一条聊微信，直接电话打过去。

"睡到现在吗？"肖邦接起电话问。

"嗯，你这微信什么意思，让我帮你找男人？"周礼开门见山。

"你的措辞让我不太舒服，注意一下。"肖邦说完这句，又转换成死气沉沉的语气，"还不是袁雪，不知道又发什么神经，说要帮她一朋友介绍对象，让我给她留意，说三天内就要听到好消息，否则就来我店里贴相亲启事。"

周礼坐到办公椅上说："你指望我帮你？"

"我知道你没这么好心，"肖邦道，"但也许你正好有什么单身的朋友。"

周礼吃着面包，不走心地说："倒正好有一个。"

"真的？谁啊？"

"你。"

"……我也用不着牺牲这么大。"

周礼笑了笑，说他："你管她干吗，就你们几个这么惯着她，才让她一直蹬鼻子上脸。"

"唉……"肖邦无奈，"你就别说风凉话了，你那儿到底有没有单身的能介绍？"

"她哪个朋友？"

"不知道，她没说。"

"什么底细都不清楚，怎么介绍？"

"哦，"肖邦想起来了，"说比她小几岁，是个大美女。"

袁雪没工作，所以没同事，真正交好的女性朋友就生活在她的朋友圈中，五根手指就能数过来，在周礼的记忆中，比袁雪小几岁，又能被袁雪称之为大美女的，也就那一个。

周礼把吃剩的面包放回袋子里，背往后靠，侧坐桌前，包装袋被他揉得窸窣响。

"怎么样啊，有介绍吗？"肖邦问。

"你去问清楚具体情况，什么工作，哪儿的人，"周礼把袋子口叠起，面包翻个儿，倒扣在书桌上，说，"我这儿要有合适的就帮她留意。"

挂断电话，周礼捏着手机晃了两下，然后把手机搁一边，捡起一片拼图。

书桌像张工作台，面积很大，上面支着一个实木拼图板，拼图板的绒面上是还有小半就能完成的村上隆的蓝色太阳花。总共才不到九百片的拼图，断断续续拼了大半个月。周礼把手中这片放位置上，太阳花多添一瓣。

大约是为了快点儿扔掉烫手山芋，肖邦办事效率很高，没一会儿就打电话过来，将详细情况转告周礼。

"公司小白领，今年二十三四岁，独生女，父母健在，有养老金，家不是本市的，但在省内。她自己户口在这里，无车，但有一套学区房。"

这会儿周礼刚进浴室准备吹头发，他下午要去电视台录节目。手机开扩音，周礼插上吹风机电源，回道："知道了，我这边帮她留意。"

那头的肖邦顿了顿，说："我觉得这个条件还不错，要不我牺牲一下自己？"

周礼对着镜子抓几下头发，回他："那你让袁雪给你个机会。"

说完摁下开关，轰轰声响阻断了肖邦其余的话。

肖邦纯粹开玩笑，他完全不想和袁雪的小姐妹扯上任何关系，否则一旦他和对方发生任何情感纠纷，他一定会被屠戮。但他最后几句吐槽没能说出口，就被吹风机的声音给挡了回去。他挂断电话，发微信告诉袁雪，周礼答应帮忙。

袁雪又惊又喜，狠狠一拍床，电视遥控板都弹了起来，袁雪由衷感叹——周礼这小子虽然臭毛病一堆，但讲义气这点确实没的说。

袁雪发来的那条链接静静地躺在微信聊天框里，林温看过一遍后没再重温。她今天的工作需要加班出外勤。布置会场环境一直到八点半，还剩下一些收尾的活儿。

彭美玉嘀嘀咕咕:"好事倒会抢,苦差连影子都看不到她。"

她又在吐槽那个实习女生,林温点开手机看时间。

"饿死我了,"彭美玉问她,"待会儿一起去吃夜宵?"

"不了,已经有点儿晚了。"

"就是晚了才要吃夜宵啊。"

……这时间对夜宵来说是太早了吧?

"你去问问他们?"林温提议。

彭美玉一嗓子问其他人,其他人纷纷响应,表示早已经饿得四肢无力。

"要不现在就走吧,还剩这点儿明天再弄。"

"我早就想撤了。"

"林温,要不你辛苦点儿?我快饿瘫了!"

几个人可怜巴巴地说。彭美玉在旁边皱眉,林温却是好性子,回道:"好,你们去吧,剩下这点儿我来。"

众人欢呼,牵手挽臂地离开。

林温多待了十几分钟,做完收尾后走出会场。会场外一片空旷,人声都在远处,夜灯流光溢彩,天空云层显得清晰可见,黑夜都不再像黑夜。林温朝一个方向望去,雕塑似的站门口吹了会儿风,她慢慢朝那方向走去。

任再斌租住的房子就在附近,她想过去看看。两地虽然直线距离不远,步行还是花了二十分钟。林温进电梯上楼,打开指纹锁进门。

任再斌一个人住,租的房子是一室一厅,面积小巧,一眼能望到底。房子有种很久没通风的气味,林温也没去开窗,她到厨房转了转,又去打开衣柜。

厨房没有新鲜食材,衣柜里空了一块。林温记得任再斌的行李箱之前放在衣柜边,现在衣柜边上也没见行李箱。人是真走了,没有撒谎。

林温没在房子里多待,最后环顾一圈,她关上门离开。

这个小区到她家距离有点儿远,没有直达公交,也不在地铁站附近,她以前过来的次数也不多。不方便乘公共交通,林温点进打车软件。晚上打车紧张,一时半刻没司机接单,林温站在小区外一棵树下等待,周围车辆进进出出,好半天她才等到响应。手机显示车型和车牌,接单的司机距离这儿还有一段路,林温看向马路一头,每一辆经过的黑色车子她都会扫一眼。

不一会儿,一辆黑色车子从小区开出,慢慢滑进林温的视线。她随意扫过车标和车牌。是辆奔驰。林温愣了愣,眨眼只剩车尾,她重看一遍车牌号,再转头看向车刚开出的那道小区大门。

"是你叫的车吗?"另一辆黑色轿车停到林温面前。

林温回神。路灯将她的一半影子投射在车身上,影子扭曲,她不动,影子也不动,像是一个同伴在等她发号施令。

林温很讨厌复杂,追求的人事关系一向简单,要简单就不能事事计较,心宽日子才能顺。

可她也是讨厌被欺骗愚弄的。理智让她蒙上眼若无其事,本心却一直在给她煽风点火。最后林温深呼吸,她坐上车跟司机说:"帮我跟着前面那辆奔驰。"

奔驰已经开出一段距离,林温报出车牌号,手指方向让司机追。

司机应该已经积累不少此类经验,坦然自若地加大油门追了上去,不一会儿就看到了奔驰车的影子。

林温坐在后座中间的位置,盯住远处的那辆车。

周礼为什么今天来小区,总不能这么巧,他有其他朋友也住那儿。任再斌不在家,周礼大晚上过去干什么?林温头脑风暴,列出几种猜测后估出最大可能,周礼刚才是送任再斌回家。可惜她跟他们错过了。

但这只是她的猜测,也或许任再斌现在就在周礼车上。

可能性有千万种,能百分之百确定的却是一点——

这会儿她掉头回去说不定会扑空,但跟着周礼多少会有收获。

一路上交通灯太多,司机努力紧跟,半途还是被一个红灯拦住去路。

"可能追不上哦。"司机给林温打预防针。

"没事,你继续往前面开,我找找看。"

红灯结束,林温到处找车,但一直没见车影。前方有岔路口,司机不确定继续走还是拐弯,他询问林温。林温突然想起什么,她尝试说:"继续直走吧。"

再往前就是电视台。大概真的是运气好,到了电视台附近,林温竟然再次捕捉到那辆奔驰。

她以为周礼是要去台里面,但车掉头去了另一个方向。司机灵活地跟上去。这一次没再跟丢,片刻工夫奔驰车靠边停住。

司机没再往前,他说前面是酒吧停车场。隔着好几十米,林温没立刻下车,等了一会儿,她看见周礼从驾驶座出来,然后径直走向前面的酒吧。

奔驰里没再出来人,林温打开车门,迟疑几秒后去追周礼。

"周礼——"周遭太嘈杂,只是先前耽搁了这么一小会儿,她声音传出去的时候周礼已经进入酒吧大门。

林温跑到酒吧门口,仰头看亮闪闪的招牌。

都已经到这儿了,她不想再多浪费精力,今天就一鼓作气吧!林温跟进去。

这家酒吧看起来已经开了一些年头,面积感觉不是很大,里面人却爆满。

林温单肩背着只大大的托特包,包里东西塞了一堆,沉得她肩膀下垮。

她提了一下包包肩带,一边撸起外套袖子,一边搜寻周礼的身影。

散座好像没有,吧台也没有。

一个大花臂男人端着两托盘的啤酒从林温视线中经过,林温目光不自觉地跟着对方走了一会儿。西侧卡座上坐着一男一女,女人编着掺杂彩色头发的脏辫,穿着很朋克,露着一截纤腰,正笑得东倒西歪地和男人说话。男人松了一下领带,不知听到什么,脸上也带笑。

大花臂来到跟前,朋克女拍了拍男人肩膀,然后帮着大花臂一起放啤酒。

林温呆立着没动,犹豫是否要上前打扰别人丰富多彩的夜生活。

但最后没由她做决定。周礼跟大花臂说话,一抬眼,目光不经意逮到了人。

他下午在电视台看了一个纪录片,小白狗误入企鹅群引企鹅围观。

酒吧灯光并不昏暗,今天这里搞活动,场上人声鼎沸。这么多的人,林温的穿着打扮一点儿也不起眼,但她过于安静柔顺,与这里的氛围格格不入,就像那只乱入的小白狗,很难不让人注意到。周礼稀奇地挑了下眉,领带还没松完,他放下手从座位上起身,向着林温走去。

林温见他"送上门儿",不等他过来,她先迈步,主动朝他走了过去。

"怎么来了这儿,跟同事一起?"这种"小朋友"不像会来酒吧消遣的,周礼低头问她。

林温一点儿不拐弯抹角,她高声说:"不是,我跟着你来的!"

林温从前去云南旅游时也去过酒吧,那里的酒吧歌手唱民谣,氛围安静文艺。而这家酒吧请的是摇滚乐队,气氛像烈火烹油,她觉得要对着耳朵说话才能让人听清。

周礼听林温这么说,自然很意外。

"什么意思?"他示意了一下,"坐下说。"

朋克女好奇地问:"你朋友啊?"

周礼没介绍的意思,他对朋克女说:"你们先去忙吧。"

朋克女一听,站起身说:"行。妹妹要喝点儿什么?"

她问林温,林温摇头客气道:"谢谢,不用了。"

朋克女和大花臂一道离开,满桌没开封的啤酒就搁在那儿。

周礼重新坐下,林温也跟着坐到另一边。

"说吧。"

林温看不出周礼半分异样,不知道是周礼心理素质强大所以有恃无恐,还是她自己推测错误误会了对方。林温打直球:"我刚才看见你去了任再斌家里。"

周礼眼皮一撩,顿了一两秒他才接球:"你看见我了?"

"是。"

"确定没看错?"

林温也顿了一两秒,然后很有技巧地反问:"你想否认?"

她看见的是周礼的车,并不是周礼本人,但她不想实话实说,说实话周礼可以找一百种借口敷衍她,比如他说他把车子借给了别人。但她要是斩钉截铁说没看错,万一周礼多问几句,她怕圆不回来。不如给自己留点儿余地,把球抛回去。

周礼掂两下球,问:"你看见我怎么没叫我,还大老远地跟来这里?"

"你上车太快了,我没追上。"

"是吗?"周礼一笑,拿起一小瓶瓶装啤酒,光在手上转着,也不开瓶盖。

林温一边掂量他这抹突如其来的笑,一边慢慢问:"任再斌人呢?"

"你见着他了?"

这回林温实话实说："没有，所以我来问你。"

"我也没见到他。"

林温叫他的名字："周礼。"

周礼看向她。不知道她是热的还是急的，脸颊微微泛红，但神态却静谧如水，目光专注看人，很认真地在等待他的回答。周礼像是叹了口气，过了几秒，他拿着酒瓶，瓶盖朝西装衣袖轻点，问道："这是什么颜色？"

"……什么？"

"什么颜色。"

林温感到莫名其妙，道："黑色。"

周礼往后靠，接着跟她说："开我车的那人穿宝蓝色格纹西装。"

"……"

"身形跟我差十万八千里。"

"……"

"你根本没见到人。"

"……"

周礼语气平平道："再说我刚下班，车子回我手上应该还没二十分钟。"

林温嘴巴微微张开，一时找不出话。

这恰巧吻合了她之前猜测周礼会找的借口，但周礼连让她质疑一下的机会都不给。别说接球了，球简直直接砸到了脸上。林温千猜万猜也没猜到最初开车那人真的不是车主本人，竟然开头一句话就被周礼试出。

林温耳根发热，她知道自己的毛病，情绪起伏一大，她皮肤轻易就泛红。

幸好有人及时打岔。

"来来来，"朋克女端来一杯饮料，大大咧咧又热情地对林温说，"无酒精的，可以放心喝，这杯请你。"

林温双手接过，道："谢谢。"

"你怎么还没喝？"朋克女指着桌上一堆啤酒问周礼，"不会开酒瓶？"

啤酒基本都是330毫升小瓶装，花花绿绿的瓶身，林温一个都不认识。

"改天再试酒，待会儿还要开车。"周礼把手上拿着的那瓶放回桌上。

"啊？"朋克女困惑，"什么玩意儿，你不是约了代驾？"

"改了。"周礼言简意赅。

朋克女不知道"改了"是指代驾爽约还是什么，她一头雾水地走了。

周礼见林温盯着桌上的啤酒看，跟她说："这都是国外几个小众啤酒牌子，老板想找人试口味拿代理。"

他昨天晚上从肖邦店里离开后就是来的这儿，已经帮忙试过一批。

"想喝吗？"周礼问。

林温摇头，她其实是在思考。现在思考结束，她捧着她那杯饮料抿一口，然后很平静地问："你的车借给汪臣潇了？"

她两手捧杯，长发难得地扎了个低马尾，没扎整齐，右脸颊垂落一绺碎发，露出来的两截小臂纤细白皙，挺大一只包盖在腿上，包带还缠在她小臂中间，感觉她这细胳膊能被包折断。搭配这副声音和眼神，姿态太真诚温顺。

这球发得可真好。

"走吧。"

"嗯？"

摇滚乐队的歌进入高潮，现场骤然爆发雷鸣般欢呼，房顶都要被掀开。

林温没听到周礼的话。周礼站起身，走到林温跟前。他弯下腰，手指搭着领带结，轻扯着又往下松了松，靠近林温还泛红的耳朵，他跟她说："我去给你卖了老汪，走吧。"

离得近，周礼的声音完全没被暴躁激烈的摇滚乐压住，能播新闻的嗓音自然得天独厚，即使在这种环境下也如此突出，甚至连顺出的气流仿佛都带着鼓点。

听清周礼这句话，林温意外地朝他看，没反应过来距离问题，在脸差点儿碰到时她及时往后缩。她耳朵本来就烫，又有陌生热源靠近，像是燃了根火柴。回过神，林温抓着托特包的肩带，动作自然地站起。

"我去打个招呼，你在这儿等着。"周礼直起腰，如常说完后朝吧台走去。

林温站在原地，看到朋克女和大花臂都在吧台那儿跟人聊天，见到周礼过去，他们转而跟周礼说了什么，接着两人的视线齐齐投放到她身上。

林温又提了一下包包的肩带，拿出手机看眼时间，再抬头时正好撞见周礼转头看她。周礼重新转回身跟那两人说了几句,那两人远远地朝林温抬手示意,算作道别,林温也跟他们挥了下手。

"行了,走吧。"周礼回到林温身边。

"老汪在家吗?"林温问。

"还我车的时候他说回家。"

"已经快十点了。"

"觉得太晚了?"

"嗯,这么晚打扰人家不太好。"

像她的脾性……周礼缓下步,偏头看她,等着听她接下来要说的话。

"所以你要不先打个电话说一声?"林温道。

周礼扯了下嘴角,走到酒吧门口拨通汪臣潇的手机,片刻接通。

"在哪儿呢?"开头他还是先问一句。

林温听不到那头答什么。

周礼边走边说:"我现在去找你,你把衣服穿上。"

"……"

"给你个惊喜,二十分钟到。"

林温走在周礼前面一些,没用他带路,她准确朝着奔驰车的位置走。

周礼看出她的"熟悉",他挂断电话后问:"你既然跟我车跟了一路,那怎么没看到老汪?"

短短三天她在周礼面前丢脸两次,第一次是她出差回来那天。这会儿她对着周礼,算不上破罐破摔,但也确实有种"没什么不能跟他说"的心情。

因此林温很利落地回答:"到电视台附近的时候跟丢了。"

"难怪,"周礼了然,"我跟他就是在电视台门口碰的头。"

今天中午周礼接到汪臣潇电话,汪臣潇说他车子半路抛锚,又赶着去接一位重要客户,没时间等拖车也没时间再找一部像样的车,碰巧他人就在周礼家附近,所以找他江湖救急。

林温点头,她已经猜到,说:"昨天晚上他的车就好像出了问题,但还能上路。"

今天一切都这么巧,先是她和汪臣潇前后脚去了任再斌家,再是她跟丢一段路的后果竟然是这会儿她跟着周礼去找人。林温朝周礼看了一眼。

周礼问她:"怎么了?"

"……没什么。"

副驾车门朝着这面,周礼顺手替林温拉开门,等人坐好,他才把门关上,绕过车头去驾驶座。周礼没问林温是怎么猜出汪臣潇的,林温又不是个蠢的。他也没问林温为什么大晚上的跑去任再斌家。周礼目视前方,一路专心开车,没十五分钟就到了目的地。

汪臣潇和袁雪同居,头几年租房住,这两年汪臣潇升职加薪,赚得盆满钵满,按揭购入了这处新楼盘的一套三房两厅,前段时间还在某小镇买下一套小别墅。新楼盘交付不久,入住率不高,小区放眼望去没几户亮灯。

两人上楼按门铃,门很快打开,汪臣潇一身睡衣站在门内说:"你大晚上……"眼一瞪,看清林温后他戛然而止。

周礼把人推进去,问:"拖鞋呢?"

汪臣潇赶紧去拿拖鞋,说:"林温,你怎么跟他一起过来了?袁雪没说啊。"

沙发靠背上挂着件宝蓝色格纹西装,林温望去一眼后说:"我来找你。"

"啊?"

袁雪待在卧室刷 B 站,原本没打算出来迎接周礼,隐约听见林温的声音,她喊了一句,得到回应后她马上披了件长袍走出来。

"你怎么过来了?"袁雪系着长袍带子问林温。

林温重复:"我找老汪。"

"找他?干吗呀?"袁雪好奇。

林温看向汪臣潇,问:"你今天见到任再斌了?"

"啊?什么?"汪臣潇一惊,随即矢口否认,"我没见过他啊,怎么回事?"

"那你今天晚上去他家干什么?"林温问。

汪臣潇瞪目。

"我在那儿看见你了。"林温又说。

汪臣潇脑子一转反应灵敏,挺胸抬头正要开口,周礼抱着胳膊搭靠在沙发椅背上，突然飞来一句："别编。"

这两个字搭一起念非常拗口，但周礼不愧是专业人士，吐字清楚且有力，没人会听错。

"老周你……"

"抓紧时间吧，你能熬夜，你老婆还大着肚子呢。"周礼慢悠悠说。

汪臣潇看向袁雪，袁雪正叉腰怒瞪他。汪臣潇气急败坏地往周礼脸上扎一眼刀，面向林温，他又张了半天嘴难以启齿。

袁雪耐心差，刚要发作，边上林温提议："我们单独谈谈吧，去书房？"

汪臣潇没权利拒绝，只能心如死灰地听从。

书房门一关，林温开口："你说吧。"

汪臣潇在心中骂周礼。

林温长相漂亮不用说，她给他的印象向来是乖顺懂事，让她帮忙做点儿什么她从不拒绝，连大声说话都不会，好像没半点儿脾气，这类性情看似普通不鲜明，但生活中其实很少见，林温这样的女孩儿即使不是人见人爱，也不会招什么人讨厌。

汪臣潇真觉得林温很不错，但任再斌却觉得这种性情太平淡。任再斌说林温就像他之前的工作一样。大多数人都羡慕体制内的工作，工作性质稳定，讲出去也光鲜好听，他费尽心力考入体制内，最初的激情过后，只剩一潭死水的生活。林温是很好，漂亮温和是她吸引人的点，但长年累月的温和就像那潭死水，她的生活一成不变，她的人也寡淡无味。任再斌很久没再有过心动。

汪臣潇斟酌语言，尽量把话说得好听，但这太考验情商，三寸不烂之舌也不能颠倒事实。

事实上——

"任再斌他不知道怎么跟你开口提分手，其实他自己也很矛盾，他不是还没找新工作嘛，所以就想趁这段时间走一走，想清楚将来。

"他就跟我吐过那么几次苦水。

"他人没回来，今天是让我去他家给他拿驾照寄过去，他应该是要自驾游。收件地址是藏区的菜鸟驿站。

"他不让我告诉你们啊,怎么说都是做兄弟的……我刚回家之前已经给他寄了加急。

"另外我没诓你啊,他手机还是关机的,他真是想图个清静,我平常没联系过他。"

林温没说什么,一直坐在那儿安安静静地听,换作袁雪早来抓他脸了,汪臣潇在心中感叹,再一次觉得林温真是好性情,可惜了。

外面周礼在阳台抽烟。他把玻璃门关上隔绝烟味,搭着栏杆,他边抽着烟,边数对面亮灯的房子有多少户。烟抽完,那两人也正好从书房出来,周礼拉开玻璃门回到客厅,把烟蒂摁进烟灰缸。

"谈完了?"周礼问。

"啊……"汪臣潇干巴巴地看一眼林温。

林温抿唇,对袁雪说:"那我先回去了,你快去睡吧。"

袁雪挥挥手道:"去吧,你别想太多。"接着抱着胳膊,冷飕飕瞥向汪臣潇。

周礼没管他们小夫妻,也没多问什么:"走吧,送你回去。"他对林温说。

林温怕不好打车,就没跟周礼客气。林温平常话不多,但一般只有两个人的场合,她会尽量找点儿话出来,可这回程的一路她格外沉默,只顾看窗外。

周礼中途接了两通电话,车里太安静,林温听见周礼的两拨朋友喊他去吃夜宵。她心想周礼的朋友怎么这么多。思绪一开岔,时间流速就变快了,不一会儿林温到家。

周礼在林温下车时叫住她。

林温以为他会说些冠冕堂皇的话,但周礼只是问她:"明天还上班?"

林温一愣道:"嗯。"

周礼说:"那早点儿休息吧,有空联系。"

这种客气话林温没少听,她跟周礼是联系不上的,毕竟她跟他们这几个男的至今没交换过联系方式。

林温回家后放下包,捏了捏酸疼的肩膀,她坐在沙发上发了会儿呆。

但没发太久。她鼓起脸吐出口气,脱掉外套系上围裙,开始给自己找活儿。

拿起抹布后她才意识到家里太干净,前天晚上周礼家的阿姨才来这儿大扫除,连阁楼和露台都没落下。想了半天,林温去了次卧。次卧她没让阿姨打扫,她自己也有一段时间没进了。

房间面积不大,一米三的单人床铺着深蓝色被面,书桌和书架是一体的。书架玻璃门,里面整齐排列着一些高中课本和杂书。书桌上摆着一只玩具小汽车和一张三口之家合影。房间整齐,但积了少量灰尘,林温简单擦拭几下就干净了。

林温又去自己房间找活儿。她睡主卧,大件家具都是父母当年找木工打造的,爱护得很好,她住进来后就添了一个白色书架。书架她已经很久没整理,把房间清扫一遍后,林温把书拿下来,擦完架子上的灰尘,她再擦书上的灰尘。有几本书是同类型的,边边角角都有褶皱,从前她时常翻阅。林温擦拭的时候翻开书页,回忆书中内容,发现很多她已经记不起了。

抹布拧得不是特别干,擦完书,林温将几本书摊在桌面晾着,然后打算去厨房弄点儿夜宵。

冰箱里食物挺多,林温一一筛选,她拿出一盒她自己分装冷冻的牛排看了看。冰箱里被牛排盒子挡住的地方,露出油炸半成品的包装,林温把包装往里推了推,把牛排盒子重新塞回去。

她不是很想吃冰箱里的东西。林温重新穿好外套,拿上钥匙出门。门被风用力带上,震得主卧也起了风,摊在桌上晾干的某本书,书脊写着作者叫艾伦·亨德里克森,风吹起的那页纸上有段铅字。

不管你现在向世人呈现的是什么样的自己——

是尖酸强硬,还是和蔼可亲,或是高度紧张、尴尬窘迫,我知道最好的"你"一直都在。

当你和那些让你觉得舒服放松的人在一起,或是独自享受孤独时,你的自我就会浮现出来,这才是真正的你。

时间已经很晚,却是夜宵档最热火朝天的时候。中学对面一整条街在深夜时活了过来,烟火气从店内一直漫延至搭建在人行道的露天用餐区。

周礼从林温家小区出来后没走远,把夜宵地点定在这边一家小龙虾馆。他先点了十斤小龙虾、两个小菜和一打啤酒,西装领带都脱到了车里,他穿着件白衬衫，坐在露天座位上等朋友们过来。

这季节小龙虾品相不好，朋友们到齐后吃完小龙虾，又另加了两道菜。新点的菜还没上，周礼就看到对面马路走过来一个人——

扎着低马尾，衣服没变，没背那只大包，脚上鞋换了，穿着袜子踩着双塑料拖鞋。她走到不远处一家烧烤店门口像是在点单，然后转身找了个露天位置坐下。

街面垃圾随处可见，桌子也不干净。桌上有廉价纸巾，她抽出一张，仔细擦拭完桌面，然后把脏纸巾折起，压在筷子架下头，免得被风吹到地上。

接着她把手伸进外套口袋，掏出一瓶白酒，拧开盖后直接对着瓶嘴小口地喝。100毫升的白酒，酒精度40。

边上朋友又给周礼开了一瓶4度的啤酒，周礼瞥一眼啤酒瓶，扯了下嘴角。

他倒也没怎么诧异。周礼继续跟朋友说说笑笑吃着夜宵，一会儿吃完了，朋友们都准备离座，他说："你们先回，我再坐会儿。"

人都走了，剩下满桌杯盘狼藉，没一块干净地。周礼从烟盒里抽出根烟，后仰靠着折叠椅背。他把烟点上，眯眼望着远处的人。

她烤串点得不多，但她吃东西慢，吃到现在还剩三串，吃两口，喝一口，不声不响。连喝酒她都像是吞温水。

周礼看了眼腕表，早已经过了十二点，周围人也越来越少。

他没打算去打扰人，准备抽完这支烟就走。

终于，第三根竹签放回盘子里，她倒举着白酒，仰头抿掉最后一口。抿完放下酒瓶，低头时街面遮挡的人全散尽了，她一眼望了过来，然后身形就不动了。

烟星闪烁，周礼顿了顿。他夹着烟，慢慢衔住烟嘴，收紧腮帮，用力吸了最后一口，然后撅灭烟头，起身朝她走了过去。

"……你在这儿吃夜宵啊？"

周礼走过去用了十几秒，坐着的人似乎是好不容易在十几秒内想出这么一句。

周礼没答。他看她面色如常没见红，又看了眼桌上空瓶的白酒。

"吃完了吧？"周礼一手插兜，一手点两下桌子，出声，"来吧，我再送你一趟。"

林温慢吞吞站起，周礼低头看着她一副不知道能说什么的表情，笑了下，转身给她领路。

Chapter 3
春夜的风

> 白酒浓烈似火。

夜风沁凉,酒香萦绕周身。

穿过马路来到对面,贴近中学的那条小路空荡凄凉。从喧嚣转瞬静谧,好似从陆地突然沉进水中,换了一个世界。

小路另一侧是条河,河边柳絮深更半夜仍在努力,纷纷扬扬扩张着它的领地。

周礼脚步慢,像在饭后消食散步。"这条路上连人影都没半个,社会新闻一般就发生在这种地方。"他语调轻松地来了一句。

周礼没提喝酒的事,像是不在意,也像是不稀奇。

林温走在他边上,起初慢他一步,一直盯着他的后脑勺儿。过马路后脚步和他平行,林温终于想到该说什么,结果话还没出口就听到他先说话。本来她想说就这几步路不用他送的。

"有人影的。"林温转而接话。

"嗯?"

"那里。"林温指向河边。

路灯排布间距长,中间一段黑灯瞎火,隐藏在暗处的一道背影周礼确实没注意。

河栏边站着一个长发披肩的女人,大约听到声响,她慢慢转过头。她长发及腰,正面头发中分,遮住两侧脸颊,五官看不清,但身材形销骨立,年龄大约四十岁,脸上没表情,却突然举直胳膊,冲他们的方向铿锵有力地来了一声:"嗨!"

周礼没防备。三更半夜,荒芜河水边上演的这一幕堪比"鬼片",更重要的是，他身旁的小酒鬼居然抬起手，温温柔柔地给出回应："嗨。"

周礼："……"

周礼侧头，确认林温面色。林温察觉到周礼视线，看向他解释："她经常三更半夜出现在这里，看到人就会打招呼，要是不给她回应她会一直举着手说'嗨'。"

"……你认识她？"

林温摇头，说："不认识。我刚开始几次被她吓到，第一次我以为她要自杀，后来发现她这里有问题。"林温指指自己的太阳穴，"还是其他人跟我说的，只要回应她一下就行了，她在这边站够了就会回去，她就住这附近。"

周礼又看了一眼对面重新转回去的女人，说："那你现在倒回应得挺熟练。"

"……是吧，连胆子也练大了不少。"大概一小瓶酒下肚，林温这会儿精神很放松，也回周礼一句玩笑。

周礼勾了下唇，煞有介事地说："确实。"

林温笑了笑，又问他："你刚才是不是被吓到了？"

"你说呢？"

"我说其实这条路上应该也不会发生什么社会新闻，谁走这儿不被吓一跳？"林温道，"所以你送我到这里就好了，已经很晚了，你车呢？"

正说着话，夜色中突然又响起声"嗨"，紧接着更远的地方给出一道回应，有种隔空的默契感，同时照旧带了那么点儿惊悚。

周礼脚步顿了顿，望向那条河。好好的又来这么两声，林温的心脏难免咯噔一跳。周礼看到她惊了一下，笑道："胆儿也没很大。"

"……这是正常的生理反应。"林温真不是害怕，她倒是稀奇，"你怎么都不慌一下？"

周礼下巴一指，说："河上有夜光漂，你不是说这女的喜欢打招呼？"

林温不得不承认周礼这点观察入微的好眼神和敏捷思维，她看向河面上的夜光鱼漂说："人在护栏下面。"他们这角度看不到护栏下的情景。

"大晚上的有人跑这儿钓鱼？"

"经常有人在这儿夜钓，见怪不怪了。"

"钓通宵？"周礼问。

"不清楚。"林温想了想说，"会钓到一两点吧，我见过几次。"

林温对深夜十二点以后的街道情景如数家珍，周礼不动声色地瞥向她。

她的低马尾有点儿松了，发圈滑落在半截，铺开的头发柔柔地搭在她脖颈和肩膀上，酒气没这么快消散，周礼隐约能闻到她身上这点儿香。

不同于低度的啤酒，白酒浓烈似火。

周礼手搭住颈侧，喉结滚动，抻了两下脖子，舒展完后，他说回之前的话题："还剩这点儿路，不差送你到家门口了，就当散步。"

"那你车停哪儿了？"

"饭店门口。"

两人边走边聊，路很短，转眼就到了。林温道了声别，利落地转身上楼。她今天拖鞋合脚，走路声音轻。

周礼没马上离开，他先电话联系代驾。电话打完，楼道里已经没半点儿脚步声，周礼走出楼道门，本来想再抽根烟，一摸口袋才想起烟盒被他留在了夜宵摊。

他抬头看楼上，六楼先是漆黑，没一会儿就亮起了灯。

周礼捏着后脖颈，脚步慢悠悠地离开这儿。

次日早晨，林温如常被闹钟叫醒，洗衣服时闻到衣服上的烧烤味，她难免想起昨晚碰到周礼的事。想了一会儿，她有气无力地把一颗洗衣球扔进洗衣机里。

上班后，昨晚那几个扔下收尾工作提早离开的同事，给林温带了些水果和巧克力，林温中午削了一只苹果，下午去忙会场的签约仪式。

袁雪跟她在微信上聊了几句，她没太多时间回复。

又过了一天，袁雪让她晚上去肖邦店里吃饭，林温并不想去。

可能是之前在肖邦店里的聚餐带给袁雪灵感，袁雪发现"老窝"才是最佳聚会地，能吃能玩还能聊，空间又够私密，之后几天她发出同样的邀请。

但没了任再斌这座桥梁，林温觉得她跟肖邦这几人的"友谊"并没有达到能时常聚餐的程度，因此她都推托了。

几次三番，袁雪终于生气了，让林温必须来，最重要的是她还加了一句：

"老汪让他去死，但你还把我们当朋友的吧？"

林温朋友很少，袁雪是她在这座城市最好的朋友。衡量来衡量去，林温到底在这天答应下来。但计划没赶上变化，临下班的时候一位女同事着急忙慌地找到林温，说她儿子在幼儿园受伤，她要马上赶过去，但手头工作还没做完，今天必须完成。林温很好说话，接下了这份活儿。

彭美玉已经在咸鱼躺等下班，她撑着脸颊一边往嘴里塞零食一边说："你还不如刚跟组长出去呢。"

半小时前组长点名问她们几人谁能陪她去总部那里跑一趟，林温不吭声，实习女生最积极，组长最后让实习女生跟她走了。

林温给袁雪发着微信，一心二用回应彭美玉："嗯？"

彭美玉觉得林温这一声心不在焉的"嗯"可真温柔，大概算命起名真有什么讲究。刚想到这儿，她突然看见黑掉的电脑显示屏上自己一百八十斤的脸，摇头又把迷信思想甩开。这一打岔她也就不记得自己原本想跟林温说的话了。

肖邦在点好外卖后才得知林温要加班不能赴约，于是他打算退单重点，食物可以少叫一两样。

这几天任再斌的事情大曝光，袁雪收拾完家里那位就来折腾肖邦，今天她早早到店耗在这里，此刻听见肖邦的话，她难以置信，问道："你什么时候这么抠门了？"

肖邦语气没有起伏地说："你知道现在猪肉什么价格吗？知道我这房租水电员工薪水吗？"

袁雪抽了下嘴角，道："难怪你是单身狗。"

"怎么，你想给我介绍女朋友？"肖邦脱口而出才反应过来要糟。

果然，袁雪一连三问："你有脸说这话？你答应的帮我找人呢？你还说周礼也答应帮我找优质单身男了，他找的人呢？"

之前她还隐瞒她是想替林温介绍男人，前几天事发后这点儿事也没了隐瞒的必要。袁雪故意激他："你不会是想自荐吧，看上林温了？"

她听见有人进店，把话说完也没回头看。

直到听见来人说话："人还没到齐？"

袁雪回头,见是周礼,她才说:"老汪有应酬来不了,林温突然加班也不能过来了。"

周礼今晚原本有约,推掉约会后赶到这里已经天黑,进门就听见袁雪跟肖邦说的那句话。这会儿听袁雪说人不齐,他解西装扣的手一顿,道:"就我们三个有什么好吃的。"

说着,他把纽扣重新扣上,拿出手机,一边给友人发微信,一边说:"我约了朋友,你们两个自己吃吧。"

"什么?!"袁雪不乐意,"你人都来了还走什么走!"

周礼握着手机跟肖邦挥了一下,在袁雪追出前消失在门口。

袁雪骂骂咧咧走回吧台,更让她气恼的是肖邦再一次退单,还问她意见:"现在就我们两个,干脆就吃盖浇饭吧,怎么样?新店优惠,满二十减十,特惠的鸡腿饭才一分钱。哦,打包盒四块。"

"……"

袁雪回家后,没任何添油加醋地把这事告诉林温。

夜深人静,林温加班回来刚洗完澡,头发还没吹干,水珠滴湿了睡衣胸口。她坐在床头扯了扯衣服,抱着膝盖笑:"那你们后来吃了盖浇饭?"

"还吃个屁啊!"袁雪余怒未消,"我让肖邦喝西北风去算了!就这还想让我帮他介绍女朋友,他要是不单身那才要天打雷劈!"

于是当林温再次见到肖邦时,不自觉地就想起袁雪的这番吐槽加咆哮,她脸上自然而然地带出了笑容。

那已经是两天之后。袁雪这次的聚会由头是她要挑选婚纱,婚纱册子她会带去肖邦店里。林温没法儿再拒绝。

相隔一周多,林温再一次踏足那块地方。

她准时下班,公司离"老窝"不远,出地铁站后步行十分钟就到地方。

远远地,她看见肖邦站在店门口写黑板字。

林温走近问:"他们还没到吗?"

肖邦拿着一支彩色粉笔,闻声转过头,见是林温,他说:"你今天到得早,第一个。"又往她身后瞧,"没跟袁雪一起来?"

"没,我下班自己过来的,袁雪说她跟老汪一起来。"

肖邦松口气,知道耳根还能清静一会儿。"先去里面坐,喝什么自己拿。"他说。

林温一眼看穿肖邦的心声,忍不住扬起嘴角。

她笑时眉眼弯弯,灿烂像星河,一绺发丝随风抚上嘴唇,她抬手轻轻拂开,嘴角弧度让人感觉又甜又温柔。肖邦不知道林温突然笑什么,但也许人类大脑中有"镜像神经元"细胞的缘故,所以看见别人打哈欠,自己也会跟着打哈欠,而肖邦看见林温笑,他自己也无缘无故跟着笑起来。

肖邦控制不住笑地问:"你笑什么?"

林温看见肖邦黑色的眼镜框上沾到两抹粉蓝色的粉笔灰,她找到借口,指了一下说:"你镜框沾到粉笔了。"

一男一女站在彩色灯牌下说话,眼中笑意涌动,刚降临的厚重暮色也压不住他们脸上的神采。奔驰车靠边停住,鸣了一声喇叭。肖邦刚摘下眼镜,视野一片模糊,听见说话声才知道车里的人是谁。

"怎么站店门口说话,聊什么呢,笑得这么开心?"周礼胳膊支在窗框上,指间香烟还剩小半截,烟头盈盈闪光,他望着这两个人问。

肖邦自己也莫名其妙,觉得林温笑点太低。

"没聊什么,"肖邦抹干净镜框,把眼镜重新戴上,"你车停前面去,小心被摄像头拍。"

门口不是停车位,停车还要往前。周礼却径自开门下车,把车钥匙抛给肖邦,说:"来做个好事,让我歇口气。"

肖邦默契地接住钥匙,说:"你有这么累?就这点儿路。"

"你成天在店里干坐,小心骨质疏松。"周礼经过肖邦身边,拍拍他肩膀,"活动活动去。"

肖邦"呵呵"完,老实地去当泊车小弟了。

周礼走到垃圾桶边,将剩下的那半截烟揿灭在盖桶上,偏头瞧向不远处的林温,问她:"老汪他们呢?"

"他们还没到。"林温笑意还在脸上，只是没之前那么浓烈，清清淡淡更像春夜的风。

周礼扔了烟走向她，说："别傻站着了。"

淡淡的烟味拂过林温鼻尖。周礼从她身边擦肩而过，丁零零的迎客风铃清脆拨弦，闪烁的五彩灯牌下，他身形半明半暗。

"进来吧。"他绅士地替林温拉开玻璃门。

林温先进去，一进门就被堵了。入户灯没打开，短短窄窄的过道上堆了一堆纸箱和麻袋，员工小丁在纸箱另一头撅着屁股整理货，听到声响他站起来，由于太猛，他背后的纸箱又被他往大门口顶了顶。

林温小腿被磕，条件反射地往后退，后背撞到一堵硬邦邦的肉墙，她抬了下头，对上周礼的目光。

眼睛是人脸上最明亮的部位，在黑暗中尤为明显，其余都可能看不清，眼却黑白分明，像个坐标，让人一下找准。

门口光线暗淡，周礼的身形隐在昏暗中，没了衣着打扮营造的气质，那双眼在这种光调的映衬之下，正面对人时或许显得内敛稳重，眼睑低敛时却含几分旋涡似的深邃难测。尤其他眼睛轮廓偏狭长，这种深邃更带点儿逼视人的味道。

林温跟他对了一眼后站稳了。

周礼搂着她的肩膀，把人往边上稍挪，接着松开手，收回目光。

"怎么把东西堆门口？"他问小丁。

林温也重新望向前面那堆杂物。

"这些是刚到的货，里面也还在整理，一样一样来，不然太乱了。"小丁道，"主要也是没客人，先暂时堆这儿不妨碍。"

"还不是撞到人了。"周礼说。

小丁憨憨地挠头，对林温道："不好意思啊，撞疼了吗？"

"没事，就碰了一下。"林温问他，"要帮忙吗？"

"不用不用。"

周礼用脚把纸箱推到一边，清出一条缝隙，脱了西装递给林温，说："用不着你，进去坐着，给我把西装拿进去。"

林温接过他的西装，穿过缝隙来到客厅。周礼的西装都很贵，林温怕弄皱，搁沙发上的时候特意铺平，还扯了一下衣角和袖口。

屋里乱七八糟的，店里没客人，另外几名员工也在忙，有的理货，有的调整家具摆设的位置。林温放下包，坐在沙发上看着他们弄。

周礼嫌他们做事杂乱无章没半点儿规划，让他们先集中理货，理完再去摆弄家具。他把两个纸箱搬进道具房后就撂开手，卷着衬衫袖子坐到沙发上，问小丁："今天没一点儿生意？"

小丁道："也不是，下午的时候还是开了一车的，今天晚上也有人预约了，八点半过来。"车是指"局"的意思，行业话术。

这几天袁雪总是吐槽肖邦抠门，林温不自觉地被袁雪带偏，刚才就在想这家店的日盈利。听小丁一说，看来肖邦确实挺难。

小丁这时才想起来问他们："欸，瞧我这记性，你们要喝什么吗？"

"来杯苏打水。"周礼问林温，"一样？"

"嗯，一样。"林温手上拿着张宣传单，说完又低头继续看纸上的内容。

茶几上堆着厚厚一沓，大约有十五厘米，周礼抽出一张传单看了看。

"老窝"两个字最突出，背景图黑红色打底，设计得花里胡哨。

他把纸扔回传单堆里。

林温把上面的字全看完，抬头看茶几，从传单堆里数出一小沓。

周礼见状问："想拿去发？"

"嗯，我带去公司给同事。"林温说。

"你同事会玩这个？"

"不知道，我去问问，说不定有人感兴趣。"

周礼就坐那儿看着林温数出一沓，觉得不够，又去数一沓。

他嘴角扬了一下，往后靠了下来。

两个多月前这家店开张，肖邦号召各路友人广发朋友圈，念到林温这边他犯起愁。

"让林温也发一个？"肖邦自问自答，"不行。"

周礼当时正看刚摆上书架的剧本杀，闻言说："怎么不行？"

"找她还得过二道手续啊，太麻烦。"

"你懒成这样？"

"你不懒，那你去说。"肖邦总是一副面瘫脸，这时脸上难得生出好奇表情，"你说我现在问林温加微信，林温是拒绝还是同意？"

书架上的剧本杀红红绿绿，周礼把同色系的放到一起，回他："想知道就试试看。"

两三年前林温刚出现，那会儿大家不熟，肖邦和周礼两人都不是那种没事主动和陌生女性加微信的性格，林温自己也不提，所以他们一开始就没交换联系方式。接触几次后渐渐熟悉，林温性格文静，行事大方，那时袁雪已经是无业人员，林温大三课业不算特别重，至少时间比上班族自由，所以两人经常相约逛街吃饭，转眼成为闺密。

有一次大家办聚餐，林温和任再斌迟迟不到，任再斌电话打不通，袁雪联系林温，才知道他们遇到堵车，任再斌手机没电关机了。

汪臣潇为了以防将来再出现这种情况，跟袁雪说："你把林温微信号推一下，我们几个都加一下，方便联系。"

谁知袁雪一口回绝："不行！"

肖邦听她语气，转头跟汪臣潇说："她们是姐妹情断了。"

袁雪鄙夷道："要断也先断你们几个的兄弟情。"

"那你干吗不让我们加她微信？"汪臣潇不解。

袁雪不答反问："知道我为什么喜欢林温吗？"

汪臣潇故意呆怔："你不爱我了？"

袁雪笑骂："滚！"

"好好好，你说吧，别让我们猜，这谁猜得到！"

周礼也被勾起好奇心，放下手机洗耳恭听。

"其实我上次去林温寝室玩的时候就跟她提过了，让她微信都加一下，但她说我们俩是朋友了，朋友间没必要加对方男友的微信。"袁雪当时就醍醐灌顶，她道，"我可是头一次碰到这么有分寸的人。"

这显然是在避嫌，大家一听就明白，汪臣潇故意挑拨离间："她这是内涵你吧,你可是有任再斌微信的。"

"喊,"袁雪不吃这套,"这是两码事,我跟任再斌是同学在先,你少给我在那儿挑拨,我可不介意删了任再斌。"

肖邦在旁边求知若渴道:"那我们跟她互加没问题吧?"

"我不都说了不行了。"袁雪回肖邦一句,"她还说了,男友弟兄的微信也没必要加,毕竟你们平常又不往来,难道她跟你们约逛街?"

袁雪抱着胳膊道:"她挺拎得清,蛮好的,我喜欢。"

林温岂止是拎得清,她对待异性有种格外疏远的分寸感,尤其她和这异性的关系不是直接的,而是间接的。

那天最后,汪臣潇不怕死地又对袁雪说了一句:"她果然是在内涵你。"

袁雪撸起袖子将他一顿狂揍,没人再提找林温加微信这事。

所以至今,他们这几个男的都没林温的联系方式,想找林温只能通过袁雪或者任再斌,而事实上,他们平时的确从不往来,没一次需要找林温的。

除了这回肖邦开店。肖邦叹口气:"算了,我还是不为难她了。"这是回答周礼的那句"想知道就试试"。

肖邦接着说:"二道手续也太麻烦,就这样吧,反正林温知道我开店,任再斌和袁雪又都会发朋友圈,林温要是乐意,看到了总会转发一下。"

说着,他把那本移位的剧本杀放回原位置,教周礼:"不是按颜色放的,大哥!"

周礼没兴趣再对着书架,准备走时又听肖邦问了一句:"你猜林温会不会主动转发?"

此时此刻,周礼看着林温把宣传单放进包,再合上包扣。她的包总是很大,里面能装一堆东西。周礼看了一会儿,开口问:"最近一直没放假?"

"嗯,这段时间特别忙,不过从明天开始我能放几天,之前我出差回来也没给我调休。"

小丁把苏打水送来,林温推开桌上的传单纸,没让纸垫杯子。"你呢,忙不忙?"她问周礼。

"还行,前几天比较忙,这几天空下来了。"周礼端起水喝了一口。

两人有一搭没一搭地聊着,总算等到肖邦从外面回来,身后还跟着袁雪和汪臣潇。他们是停车时碰上的。

肖邦进门，走出过道后他抬起胳膊，远远地把车钥匙抛向周礼。这种动作他们从前经常做，人懒，能少走几步路，又显得帅气。

但可能真是太久没活动筋骨，肖邦这回的准头偏得离奇，抛物线尽头对准了林温的后脑勺儿。林温这时听到动静，转头往后看。周礼眼疾手快，握住林温手臂，一把将她拽向自己，另一只手护在她脸颊一侧。

"咚"一声，颇有重量的车钥匙飞跃沙发砸落到地，林温另外半边脸，因为惯性猛地撞到周礼的肩膀。

周礼没穿西装外套，单一件衬衫，布料太薄没点儿缓冲，偏偏林温撞到这处还是肩峰角，肩膀最硬最尖锐的部位。简直像被人揍了一拳，林温疼得呼出声。周礼松开她手臂，掐着她下颌骨两边，将她脸抬起。

林温眉头紧皱，左脸颊一块红，大约因为皮肤极白，这块红特别明显。

也就几秒，另外几人簇拥过来，袁雪大呼小叫："肖邦，你手贱啊！"

周礼顺势放开人。

林温掐着自己的脸颊，挥挥手说："没事没事。"

肖邦慢半拍道歉，让林温把手拿开给他看看，等看到林温的脸颊，肖邦慢吞吞来一句："还不如被车钥匙砸到呢。"说着，他瞥了一眼周礼。

周礼捡起地上的车钥匙，在手心掂两下说："还欠是吧！"

袁雪直接上腿，给了肖邦一记。

"小丁，"肖邦挨了会儿训，然后叫人，"拿几块冰过来。"

"唉，马上！"小丁立刻去开冰箱。

林温觉得没必要，但冰桶和毛巾都送来了，她也就没浪费他们的好心，自己裹上冰块敷住脸。不一会儿痛感渐消，林温和袁雪并肩坐，头碰头翻阅起婚纱册子。

两个女人挑婚纱，男人们不想参与，聚到吧台聊他们的天。

肖邦问汪臣潇喝不喝酒，汪臣潇道："得开车呢，喝不了。"

"袁雪不是在朋友圈晒了驾照吗？"

"她刚拿到驾照，你敢坐她的车？"

"又不是我坐。"

"嘿……"汪臣潇指责他,"你小子黑心黑肝黑肺,还是改名叫'黑帮'吧!"

周礼手机忙,时不时回复一条消息,听到这儿他开口:"你真想喝就喝吧,待会儿我开车送你们。"

"看到没,这才叫兄弟!"汪臣潇指着周礼,冲肖邦嚷嚷。

肖邦保持他一贯没有起伏的语气说:"代驾集体罢工了吗?"

汪臣潇顶他:"代驾钱你出?"

"行,"肖邦点头,"那酒钱你得付。"

两人说着,真挑了一瓶好酒打开。

汪臣潇要替周礼倒,周礼用手心盖住杯口,说:"我就不喝了。"

"干吗呀,你待会儿还有节目?"

周礼翻出他们之前的话:"节目倒是没有,就是不想出代驾钱。"

"滚吧你!"知道周礼不想喝,两个人没多劝。

周礼等他们喝了一会儿,问汪臣潇:"你上回不是说想去别墅玩几天?"

"怎么,你有兴趣了?"

"这几天正好有空。"

"哎,那好啊,我刚忙完一个项目,正好有几天假。"汪臣潇放下酒杯道,"我问下袁雪。"

他转头找人,见袁雪还在和林温讲悄悄话,汪臣潇打断她们。

"老婆,老周这几天有空,上次不是商量着说要去新别墅玩玩吗,咱们明天就去怎么样?"

"好啊,当然好,林温明天也开始有假。"袁雪转头跟林温说,"你跟我们一起去。正好,这趟顺便陪我把酒店看了。"

汪臣潇的别墅买在他老家,是套二手的,位置很偏,但周边环境极佳,虽然是十八线小镇的别墅,价格也不便宜。但他运气好,碰到原房东缺资金急售,捡了个大便宜,房价在他承受范围内。这套别墅将来用作婚房,婚庆公司是请这边的,但婚礼在老家办,所以酒店这些得去镇上挑选。

林温原本想拒绝,听袁雪说要看婚礼酒店,她才点头答应下来,问:"那里离这儿多远?"

"两三个小时吧,"袁雪也只去过两次,"反正不到三个小时,你别管路上多远,不用你开车,你吃吃东西刷刷手机时间就过去了。"

这边林温答应下来,那头肖邦却坚定拒绝:"我不去。"他要誓死守店。

袁雪一个白眼,和汪臣潇齐上阵,狂轰滥炸完,摁着肖邦脑袋逼他妥协了。

外卖送到,几人边吃饭边商量度假事宜,聚餐结束已经快九点。

汪臣潇叫了代驾,不方便送林温,林温搭周礼的车回去。

周礼去取车,林温和袁雪在店门口聊天,肖邦站旁边作陪。

车到了,周礼停在路边,手臂搭着窗框,没出声催促聊天的人。

林温看见车,没再多聊,她立刻跟袁雪道了声别,走过去拉开副驾门。

周礼等她系好安全带,朝店门口招了下手,说:"走了。"

肖邦也挥挥手。车尾灯由大变小,渐行渐远,逐渐消失在夜色中。肖邦扶了下鼻梁上的眼镜,抱着胳膊,眉头渐渐蹙起。

两边车窗拉下半扇,春夜的风像被滴了花露,淡淡清香袭人。

路上车多,交通灯也多。又是一个超长红灯,周礼趁这会儿解开安全带,挺起腰扩展两下肩膀,他放松着身体,又顺手调了调收音机。

林温也觉得安全带勒人,她有时候会两手抓着带子微微向外扯,空间撑开了,束缚自然也就减轻。

这会儿林温就一直拉扯着带子。突然"咔嗒"一声响,林温愣了愣。

周礼直接撅开了副驾的安全带卡扣,跟她说:"等起步了再系上。"

林温坐车大多时候都循规蹈矩,这跟父母从小的教育有关。很多人坐大巴都不会系安全带,她小学春游头一次坐大巴,就自动自觉地把安全带系上了。坐后座的情况除外,这会儿是她第一次在行车途中"无故"解开安全带。

林温"嗯"了声,点点头。

她左手搭在腿边,指头轻抠着卡扣,听收音机里的主持人侃侃而谈。

主持人正好说道:"人体最大的器官是皮肤,最坚硬的器官是什么?当然不是骨头了,是牙齿。这还用看书知道?我刚才晚饭就用牙齿啃了一块骨头。"

林温听着，小小地磕了磕自己的牙。她动作非常小，但周礼还是注意到了，忍不住笑她："你这是在实验？不如试试咬一口自己的胳膊。"

"那也是肉先疼。"林温说。

她回答得太快，显然之前她脑瓜里已经想过这个。周礼的笑容不自觉地扩大，看了她一会儿。正好红灯即将结束，前车已经发动，他没再说什么，收回视线开口提醒："安全带。"

林温低头，重新把安全带系上。

车送到单元楼门口，林温道了声别下车。

上楼到家，一看时间已经快九点半，林温放下包先去浴室洗澡，洗完没吹头，趁晾头发这点儿时间，她开始收拾行李。

林温打开电视机听声音，进卧室翻出旅行包和衣服，又回到客厅整理。

现在天气忽冷忽热，今天还穿毛衣，明天就穿短袖，她两种都得备齐。

叠完衣服再放洗漱用品，最后她又从医药箱里翻出一盒创可贴备用。

脑中把清单过一遍，没落下什么，想了想，林温又去厨房打开冰箱。冰箱里还有几样水果和蔬菜不能久放。明天午饭应该会在路上找餐厅解决，车上备点水果当零嘴没问题，林温打算明早再准备。

计划做完，她走出厨房，突然听见一道熟悉的声音。这声音略有些深沉，半小时前她还听过，只是这会儿的语气腔调不像平常那样随意，更添几分严肃沉稳。林温走到电视机前。

财经节目晚上九点半开播，现在已经播了一会儿。演播厅左边是头衔耀眼的经济专家，右边的周礼西装革履，偏脸对着镜头。

他状态轻松自然，气场又极其稳重端正，采访的内容严肃且专业："我们相信您这次是带着许多的期望和愿景来的，现在协会和基金会将举行第二次会谈，对于这次会谈，您觉得我们双方应该以什么样的期望值来对待……"

林温平常不看财经节目，难得今晚这么巧，她把旅行包挪一边，坐在沙发上不由得多看了一会儿。

第二天，林温早起，照旧先给自己做一顿早餐。

早餐吃完,她把香椿从冰箱拿出,调了个糊炸成天妇罗,再把几样水果切小块装进两只保鲜盒,食物备完,全放进便当包。

时间也差不多了,袁雪说好九点来接她。但林温等到九点十分还没见袁雪出现。林温又等了五分钟,才给袁雪发去一条微信。

袁雪回复得很快,背景声嘈杂,她似乎在跟谁吵架,连带这条回复语气也变冲了。

"我有事晚点儿到,到了再给你微信!"

林温没事做,放下手机躺沙发上看电视,一看就看到十点多。

"我到了,你下来吧。"袁雪总算发来语音。

林温拎上行李下楼,汪臣潇的车就停在单元楼外,她过去直接打开后车门,然后一蒙。袁雪在车里阴阳怪气地说:"呵,有人看不起我车技,昨天晚上花钱找代驾就算了,我怕扫大家兴所以就没说什么,但我昨晚没说什么,倒让某些人以为我是哑巴了。"

今天早上袁雪翻出自己新到手的驾照,提议这趟去小镇由她开车练手,谁知道被汪臣潇一口否决。

汪臣潇不信任新手水平,新手表示不练车又怎么能变成老手。

汪臣潇说要练也等私下练,袁雪反问他难道今天是"公上"?

汪臣潇最后脱口而出:"你别跟我犟,你开车搞不好得一尸四命!"算上肚子里那个他们一车四人。

袁雪这下夺毛,跟汪臣潇一顿噼里啪啦,甚至牵连到周礼和肖邦,于是——

林温一言难尽地跟后座两个男人打招呼:"早……"

肖邦坐在右边,一脸生无可恋。周礼坐左边,那头正处阴凉。林温不确定是不是光线问题,她觉得周礼的面色跟这阴凉一脉相承。

"十点多了,不早了。"肖邦面瘫着脸回林温的话。

"上车吧,得抓紧时间了,都已经晚了。"袁雪把着方向盘,阴阳怪气完了,她心情颇好,"大家这么多年朋友了,这点儿同生共死的信任还是要有的,是不是?"

众人:"……"

原本后座足够放行李的，这会儿没法儿塞，林温冷静了一下，说："我先放东西。"

便当包拎在手上，林温把行李放后备厢，然后回到前面。

肖邦和周礼都是高个子，周礼更高，肖邦也超了一米八。

两个人都不胖，肖邦更瘦一些，但男性身高骨架摆在那儿，后座中间剩下的那点儿空余大可忽略不计。林温并不想挤在两个大男人中间。

肖邦死气沉沉地下车，对林温说："进去吧。"

周礼在车内转头看过来。

林温斟酌片刻，跟副驾商量："要不你坐后面吧？"

待在副驾的汪臣潇："……"

两分钟后，车子终于上路。袁雪笑得前仰后合，汪臣潇在后面心惊胆战道："行了，你先别笑了，看路，看路，祖宗！"

汪臣潇身材微胖，个子一米七五左右，坐在后面屁股只能沾到一点儿座椅，另外两个男人黑着脸，半点儿都不让他。后座三人就像蒸笼里的黑面馒头，蒸熟膨胀后挤挤挨挨，缝隙不留。

林温感觉她背后的那片地带连空气都变得稀薄了，还是冷空气。

林温还是有些不好意思，她朝后座看去。

她坐在副驾，转身刚好正对周礼，周礼面无表情，目光淡淡地迎上她。

林温想了想，问道："我带了水果，吃吗？"

周礼抱着胳膊说："不了，伸展不开。"

林温："……"

"还是能伸展的。"一条粗胳膊往前伸做示范，汪臣潇腔调一本正经。

林温没忍住，摁住边上袁雪的肩膀，跟她一块儿笑了起来。

笑容太具传染力，就像洒下的阳光，周礼冷硬的神色逐渐缓和，后面空气也稍稍回暖。车子快开到高速路口时，林温听见袁雪小声跟她说："你去跟老汪换一下。"

"什么？"

"你跟老汪换个座去。"袁雪小声道，"我没开过高速，让老汪教我。"

林温："你……"

袁雪也觉得丢脸，说："去吧去吧，小命重要。"

"你让老汪开吧？"

"那不行。"袁雪肃着脸，"我说到做到。"

"……"

林温其实也有驾照，她是大二那年暑假考出来的，只是驾本到手后她一直没实战过。

车靠边停，汪臣潇和肖邦都下了车，周礼坐那儿不动。

林温钻进去坐好，肖邦随即上车关门。

林温骨架小，人在对比后更容易满足，后座空间的改变好似蜗房变成豪宅，周礼和肖邦二人总算坐得舒服些了，身体都放松下来。

肖邦心情愉快，尽量贴门坐，给林温腾出更多空间。林温骨架再小也是个成年人，她坐是能坐，但后背没法儿往下靠，一靠就要贴住边上的人了。

她没吭声，反正也就凑合两三个小时。

肖邦昨晚在店里待到三点多，睡眠严重不足，车上高速没几分钟，他眼皮就耷拉了下来，差点儿入梦时又被手机铃声吵醒。

是周礼的电话。周礼讲完电话，肖邦迷迷糊糊道："手机静音。"

周礼顺手把手机调成静音，边上的林温也自觉地拿出手机调了一下。

周礼看向她，突然问道："水果呢？"

"……你现在要吃？"

"嗯。"

林温小声跟前面说："老汪，便当包。"

便当包在副驾的地上，汪臣潇本来就嫌挤脚，正好把包递出去。

林温从包里拿出两盒水果，分一盒给前面，另一盒她递给周礼。

周礼吃了一块，盒子又朝林温递了递。

林温摇头说："我不用，你吃吧。"

"你包里还有什么？"周礼问。

"香椿。"

"香椿？"

"我做成了天妇罗。"

"……"

"要吃吗？"

"……晚点儿再说。"周礼有点儿好笑。

边上有人睡觉，林温说话、动作都特别轻，周礼有样学样，声音也降了几度。

聊了一会儿，周礼手机又点进微信，他把水果盒递给林温，低头回复消息。

林温替他拿着盒子，看见他前额碎发自然垂落到眉尾。他今天没吹发型，自然发柔顺，有几分复古感，侧脸线条又冷硬，这角度让林温联想到九十年代电影镜头中的港星，硬朗、干净、活力、颓废，各种矛盾词汇叠加，才能演一出余味悠远的故事。换下西装，周礼不太像昨晚那个严肃的财经节目主持人，林温倒想起袁雪上回对周礼的形容。

中午阳光暖意融融，车身又像摇篮，周礼一直在回复信息，林温端着水果盒等了半天，想着想着，思绪飘远，最终没能撑住，困意一点点将她脑袋摁下去。

等周礼再抬头，就看到林温脑袋耷拉、眼睛闭着的模样。

他去抽林温手里的水果盒，林温动了动，但眼睛还没睁开。周礼轻轻捏起林温的大拇指，把水果盒从她手里放出来，盖上盖子，他弯腰把盒子放便当包。

周礼后背一离开座椅，边上的林温就自然而然地靠了下去，等周礼再想靠回，才发现空间布局改变，剩余椅背长度好像没他肩膀宽。周礼一顿，静静地看了一会儿。几十秒后，他收回视线，闭上眼，抬手捏了捏眉心。最后，他面无表情维持着后背悬空的坐姿。

Chapter 4
步步为营

> 离群索居者，不是野兽，就是神明。

林温并没睡太死，意识一直浮浮沉沉。她心里知道这是在车上，可是脑中零碎的梦又让她游离现实之外，所以她的眼皮怎么都掀不开。

直到周围讲话声放大又放大，像夏天的蚊子一样无法让人忽视，林温才勉力撑开双眼。她皱眉揉着眼睛，清醒几秒后暂时没听出所以然，于是问身边："怎么回事？"

周礼见她醒了，先拍了下前面座椅说："都闭闭嘴，重新导航。"

然后才跟林温解释："下错了高速路口，这两个人没完了。"

袁雪在前面嚷嚷："我下之前问了，是汪臣潇点的头！"

汪臣潇也嚷嚷："我在接电话，我那是一个没留意才点的头，但你不看看这才开了多久，那么快就能下高速？"

汪臣潇因为路熟，所以根本没用导航，周礼之前一直在忙于回复手机信息，听前面小声吵起来才知道怎么回事。

到底是桩小意外，汪臣潇还更理亏，最后他先认错，袁雪大人大量跟他达成和解，这时车子已经开在某处不知名地。

看过时间，几人打算干脆先找地方吃饭，没料想车越开越偏。

"哇哦，"汪臣潇望向窗外，"这是个毁尸灭迹的好地方啊。"

睡得像植物人似的肖邦终于苏醒。"你们就不能让我好好睡一觉……停车，我要上厕所。"肖邦睡眼惺忪说。

"你确定？"汪臣潇问。

"废话。"肖邦眼睛半睁不睁。

"老婆停车。"汪臣潇对袁雪道。袁雪这次特别听话，让她停她马上靠边。肖邦打着哈欠推开车门，跨出一只脚后他僵在原地。

前面两人起哄："去啊，怎么还不去，速度点儿，抓紧时间！"

肖邦幽幽地看向他们，然后走下车，把汪臣潇揪出副驾说："一块儿吧。"

林温忍不住眉眼弯起，跟着他们下了车。

天空白云浮动，午间清风撩人，眼前是片极为空旷的荒野，地上只有稀疏草被，两三棵树也是寂寂寥寥，视野几乎望不到尽头。阳光刺目，林温手挡在额前，眯眼望着远处。周礼走到她边上，前后左右都瞧了遍，说："难得。"

"什么难得？"林温不解。

"你在南方见过这么大面积的荒地吗？"周礼说，"这里的地不是造了房子就是在造房子，不然就全种粮食蔬菜。"

这里不是西北荒漠或者草原冰川，南方的土地向来物尽其用，荒地也不是没有，但至少不会有这么大片面积，可以称得上壮观。

"的确。"林温认同。

另外两人去找树"借"厕所了，林温和周礼随意走着。

荒野之所以荒，就是什么都没有，草少树也少，没半点儿风景可赏，脚下石子还多，走路会硌脚底板。

周礼边走边评价。林温今天穿了一双手工制造的鞋，款式很好看，鞋面是牛皮的，只是鞋底特别薄，能轻易感受到脚下路面。

她脚底板已经被石子硌到好几次。她也觉得这里空空荡荡，但她还是想出一个可取之处，说："你不觉得在这里碰不到人也算个优点？"

周礼挑眉问："这算什么优点？"

林温先没答，反问他："你觉得人的烦恼归根结底源于哪儿？"

周礼想都没想就淡淡地抛出一个字："钱。"

林温玩笑道："明白，你们有钱人也会为钱烦恼。"

周礼扯了下嘴角，淡声道："人的本性是永远不知足，尤其是所谓的有钱人，更是欲壑难平的代表。"

林温想了想,还是较为认同这一点的。

周礼又看向她,说:"所以你是觉得,人的烦恼源于'人'?"

林温斟酌道:"可能说'人际关系'更合适。"

每一段人际关系都会给彼此带来或多或少的烦恼,父母亲朋,同事爱人,小到一顿饭,大到生死。

林温说:"你甚至举不出一个例子,哪种关系是没给你带来过烦恼的。"

并且越复杂的关系带来的烦恼还越多。

周礼想了一会儿,还真找不出反驳的话,但他也没说赞同或不赞同。

这时背后突然有人大声呼唤:"林温——"

两人回头,才发现他们不知不觉已经走出那么远,远处袁雪缩小到看不清五官,声音也被风吹得七零八落。

"你们走那么远干吗,回来了呀,这荒郊野岭又没金子捡,走了走了——"

周礼调侃了句:"烦人的来了。"

林温一笑。

"走吧。"周礼双手插兜,抬脚往回走。

走过来的时候不觉得,往回走才发现这段路真的长,视野更显空旷荒凉。

林温再次踩到一颗小石子,这回疼到了,她皱了皱眉。周礼腿长步子大,人走在她前面,有时顺脚就踢开了一些石子,石子骨碌骨碌滚。林温再踩到石子的时候也脚底一撇,踢开了它。

快到车边上时,周礼像是想到什么,忽然回头说:"有一句古希腊名言不知道你听没听过。"

"什么?"林温停下脚步。

"离群索居者,不是野兽,就是神明。"顿了顿,周礼语调随意,"所以你认为的那个烦恼,是跟着人类的社会属性来的,避是别想避了,干倒它就得了。"

说完,周礼继续带头往前。林温愣在原地,过了一会儿她才迈步跟上去。

到了车边,周礼拉开驾驶座门说:"肖邦,让他俩去后面待着。"

看在孕妇的分儿上,他们上午让着人,现在袁雪也该练够车了。

刚才肖邦和汪臣潇从"树厕"那里方便回来,立刻扒开了林温的便当包翻东西吃，袁雪嫌恶心，抢回一盒水果，天妇罗被那两人瓜分了。

此刻肖邦听到周礼的话，"嗯"了声，塞了最后一口天妇罗，一句话没讲，他直接把自己扔进副驾。

袁雪和汪臣潇愣了愣，汪臣潇自然没意见，袁雪装模作样指责他们几句，顺坡下驴溜到后面，和林温贴坐在一起。总算众人都坐得舒服了，车再次上路。

天空白云仍在浮动，午间清风依旧撩人，林温靠坐窗边，看了眼前面的驾驶座。这角度是看不到人的。林温偏过头，脸颊贴着头枕，慢慢看那片旷野在她身后远去，再远去。

小镇别墅位处偏僻，车程说是三小时以内，但从镇上到别墅的时间没包括进去，加上中途开错路，吃了一顿饭，以及突然间的倾盆大雨，他们一行人到别墅时已经将近四点。

竟然下雨了，天气预报也不准。林温坐在车里，看向外面雨幕。别墅造型漂亮，像座森林小屋，但停车位通向别墅大门的那段路没有遮挡物，走过去势必要淋到雨。周礼没开到车位，他直接停到了别墅门口。

大家都没带伞，林温包里有把透明小伞，只有几个台阶，也没必要撑伞了。

雨势大，几步路还是淋湿了。都进了别墅，汪臣潇翻出几条新毛巾扔给大家，说道："我爸妈已经叫人搞好卫生了。"

林温不用毛巾，她拿纸巾擦了擦手臂。

"晚饭怎么吃？"肖邦问。

汪臣潇道："冰箱里有菜。"

林温擦着手臂问："现在就要吃吗？"

袁雪摸着肚子说："我也有点儿饿了。"

"那我去做。"林温扔掉纸巾。

袁雪和林温一道进厨房。大约汪臣潇父母不清楚过来几个人，冰箱里食材没有备足，林温清空冰箱弄出四道菜，这样才够大家填饱肚子。

开饭前周礼几人把行李也从车上拿了过来，行李表面稍微淋湿了一点儿。

一顿饭结束也不过五点多，天已经彻底黑下来，雨却越下越凶，噼里啪啦有些瘆人。别墅里没安电视机,这么大的雨人又出不去,饭后大家聊了会儿天,聊完没话题了,整间屋变得安安静静。

"那睡觉了?"肖邦提议。

"你车上还没睡够?"汪臣潇道,"你老年生活也提前太早了吧。"

"那你倒是找点儿事出来啊,门又不能出。"肖邦说。

"玩真心话大冒险?"

"啧……"袁雪在旁边开口,"有点儿新意没?"

汪臣潇说:"那你说。"

袁雪问:"要不斗地主?"

汪臣潇学她道:"啧,这就是你的新意啊?"

周礼站在落地窗边,窗帘被他拉开了。别墅周围群山环绕,建筑零星分布,庭院灯没点,没星没月的夜晚,外面不见半点儿光。

周礼单手插着兜,突然提议:"剧本杀怎么样?"

肖邦眼一亮,立刻拿出手机,说:"好!"

茶几上摆着几包拆开的薯片,都是袁雪带来的,薯片包装大半都是空气,吃起来不方便,林温顺手拿起包薯片,捏着包装底端一点儿一点儿往上塞,塞到最后把包装缩小一半,薯片也方便拿取了。

林温见肖邦拿手机,她不懂这个,放下刚完工的薯片,她好奇地问:"手机上玩?"

"有APP。"肖邦回答。

袁雪也没玩过手机上的剧本杀,下载好同款APP,袁雪问:"怎么玩啊?"

林温更是不懂。周礼从窗边走过来,坐到林温边上,跟她说:"很简单,连主持人都用不着。"

袁雪问:"你们经常玩?怎么以前没提过。"

肖邦已经开始在APP里挑选待会儿要玩的剧本杀,闻言头也不抬地说:"经常玩的是我,前几天周礼看我玩才下了这个。"

林温简单注册好用户信息,返回首页,边上周礼一直看着,他点了下林温手机,说:"进这间房。"

几人一齐进入肖邦开好的剧本杀房间。线上剧本杀没主持人，肖邦充当主持，他挑选的剧本不难，一局游戏结束也才九点不到，大家都没复盘。

林温对这类游戏兴趣并不大，但稀里糊涂结束一盘解谜类游戏是她接受不了的，所以只有她捧着手机在那儿看完整剧本，默默给自己复盘。

时间总算消磨得差不多了，外面雨也变得淅淅沥沥，众人各自回房。

林温的房间在二楼，她洗漱后把头发吹到半干，走出卫生间拿起手机，坐上床继续看之前的剧本。

看完剧本时间也还早，林温又研究了一下APP的其他功能，发现有一个"猜画"，她点了进去。游戏界面的上半截是一块白布，玩家在这上面画画让其他人猜词，中段是玩家头像位置，最下面有一个麦克风图标。

林温还在研究怎么玩，这时手机里突然传来一道略低沉的男声。

"怎么还没睡？"

林温没防备，惊得手一抖，手机掉到了床单上。那是周礼的声音。

"……周礼？"林温很小声地确认。

周礼声音中似乎带着点儿笑意："嗯。"

林温捡起手机，看向玩家头像位置。第一个头像是她，注册时她随便放了张风景照上去，第二个头像是个水杯，看起来是随手拍的，背景像在肖邦店里。

之前大家一起游戏时林温没关注众人的头像照，只看了用户名。其他几人都改了名字，只有她和周礼的名字是系统自带的一串数字加英文，这种名字自然不好记，所以周礼进入她的"猜画"房间，她根本没认出对方。

林温观察房间界面，点了一下麦克风图标，麦克风图标上多了个静音标志。原来进这里不关麦克风是可以直接对话的。

林温重新把麦克风打开，问周礼："你怎么正好进我房间了？"

"好友能直接跟房。"

"咦？"林温没听过这个，完全不懂。

周礼说了几句怎么跟房，这时房间里又响起其他人的声音。

"你们搁那儿聊天呢？还开不开了？"口音明显，是个陌生的老大哥。

玩家位置有七个，除了林温和周礼，后面五个位置一直有其他人进进出出，这位老大哥耐性比别人足，待到现在还不退出房间，等着房主林温开始游戏。

林温只顾跟周礼说话，一直没留意。

周礼问："你玩不玩？"

"我看看……"林温找了一下，然后点击开始按钮。

你画我猜的游戏，出现的第一个词语是"天妇罗"，林温开始在白布上画画。

她画虾，画蔬菜，再给它们裹上"糊糊"，还简单画了一个日式风格的盘子。

老大哥叫道："好家伙，妹子专业啊！"

玩家们猜答案需要输入文字，答案输入正确会计分。大家都猜出来了，没猜出的一位是不知道"天妇罗"是什么。

下一个轮到周礼画，白布上一边出现画笔线条，一边还有声音从手机里传出。

"今天的天妇罗都被那两个家伙分了。"

林温听着，问道："肖邦没给你留？"

"他最近走貔貅风格。"只进不出。

林温忍俊不禁。

二十分钟后两轮游戏结束，玩家一个个退出房间，老大哥走之前留下句："你俩可真能唠！"

房里只剩林温和周礼，林温忐忑地问："这里是不能讲话的吗？"

"不能讲话怎么会默认开启麦克风。"周礼说得理所当然。

林温其实也这么觉得。

时间差不多了，林温没打算再玩，跟周礼打了一声招呼，她关掉了APP。

大约这里太潮湿，林温的头发到现在还没全干，她放下手机进卫生间，重新又吹一遍头发，吹完出来，她看到手机有条剧本杀APP推送来的新信息，点开一看，发件人头像是个水杯。

"厨房是不是一点儿吃的都没了？"

发送时间是两分钟前。

这款APP的功能可真多……林温想了想，直接在上面回复："你饿了？还有薯片。"

过了一会儿林温再次收到信息。

"没其他的?"

林温回:"没了,薯片好像也只剩了一两包。"

"薯片放哪儿了?"

"你看看茶几那儿有没有。"

"没有。"

袁雪东西都乱塞,林温也不确定,让周礼去厨房看看。

"厨房早找过了。"周礼回复。

"那餐边柜呢?还有餐桌。"林温发过去。

等了一会儿,周礼回复:"也没有。"

林温挠挠头,拧眉搜索记忆。

"你睡了吗?没睡下来帮我找找。"周礼发来信息。

已经十点半了,林温身上穿着居家款睡衣,就这样出门逛街也没问题。

她从床上起来,翻出一件薄薄的长款针织外套,披上后她打开卧室门走了出去。走廊一片漆黑,一楼餐厅的方向有微弱灯光溢出,林温脚步轻轻地下楼,走近看见靠墙的一排柜子开着扇柜门,一道高大背影正抱着胳膊站在敞开的柜门前。

"来了?"周礼转头。

他穿着简单的短袖 T 恤和长裤,鼻梁上还架着一副银边眼镜。

通常人戴上眼镜后会添几分斯文,周礼也不例外,但他在斯文之外还多了点儿其他的味道,林温没怎么去想,她更惊讶周礼是近视眼。

"你近视?"这是她第一次看见周礼戴眼镜。

"很奇怪?"周礼道,"近视十多年了,不过度数不高,平常戴得少,一般就看文件的时候戴。"

"你刚还在工作?"

"看了一份文档。"

林温走到柜前,一边打开柜门找薯片,一边问:"你带电脑了?"

"没带,手机上看。"

"袁雪带了平板,你需要的话可以问她拿。"林温找了一圈,最后在楼梯转角的柜子上发现了薯片的踪迹。薯片还剩一包半，她全拿给周礼。

周礼先从拆开的那包里拿出一片，一嚼就说："潮了。"这里环山，又一直在下雨，湿气特别重。周礼把另一包拆开，吃了一口，他眉头微拧了一下，把薯片撂到一边。

"这包也潮了？不会吧。"林温拿过来。

"没潮，不过难吃。"周礼想了一下，问，"想不想出去吃夜宵？"

别墅位置实在太偏，周围根本没食店，也叫不到外卖，否则他们晚饭不需要自己动手，早出去吃了。

林温尝了一口被周礼嫌弃的薯片，其实是玉米片，这款原味太过清淡，确实不怎么样。

听周礼提议，林温回道："太晚了吧？"

周礼扬了下眉，想起白酒，他嘴角轻扯了一下，说道："现在出门车速要是稍微快一点儿，说不定十二点前就能回。"自己开车总比网上叫跑腿快。

林温问："你真的很饿？"

周礼靠向沙发背，指了下林温的手，说："再不走，我能把这包全吃了。"

林温低头看手上的玉米片，这应该是对这包零食最大的羞辱了。

林温觉得她人都已经在楼下了，让周礼独自一人大晚上开车出去吃夜宵，似乎不太够朋友。

"好吧，那走吧。"林温放下薯片，又想起来，"要不叫下肖邦？"

袁雪怀孕以后只要没事，作息就特别规律，一般十点上床，早上六七点醒，所以林温没准备叫袁雪他们。

"别管他，他要是睡着了能睡到天荒地老。"周礼摘下眼镜，站起身，去鞋柜那里拿汪臣潇的车钥匙，接着又说，"待会儿多带几份吃的回来，谁饿了谁自己会下楼。"

外面还在下小雨，林温拿出自己那把透明小伞。

这点雨周礼根本不需要伞，他原本要直接走出门，见林温要给两人打伞，他顿了下，从她手里拿过雨伞，撑开后举在头顶。伞对他来说太小，要遮两个人，有跟没有一样。不过雨也小，遮一遮聊胜于无。

两人上车，开离别墅。一路人烟稀少，周礼车速不太快，毕竟路不熟，天又黑。半个多小时后他们来到镇上，随便找了家食店走了进去。

点了一条烤鱼，上菜速度很快，林温说饿也不饿，但香味太诱人，感觉肚子在叫。烤鱼上桌，林温夹起一筷子。第一口没觉得多辣，第二口辣劲上来，她喉咙一呛，脸像被火烧。周礼给她拿来瓶豆奶，说："能不能吃？不能就另外再点。"

林温摆摆手，喝口豆奶说："没问题的。"

吃到后来，她鼻头红，眼周红，像哭过似的。周礼看着好笑，开始吃第二碗饭。

林温舌头逐渐适应辣度，但脸上的生理反应没法儿抵抗，她嘴唇火辣，抽了张纸巾擦了擦唇，她问："你很能吃辣？"

周礼说："还行，我爷爷奶奶是江西的。"

江西人吃辣一绝，林温懂了。

"那你在江西住过？"她闲聊。

周礼摇头，说："他们两个二十多岁就离开江西来了这儿，我就去过一次，陪他们走亲戚。"

"哦。"

"你呢，去没去过？"

"没有。"林温说，"我很少旅游，最近一次旅游还是去云南。"

"你工作不是到处跑？"

"也就固定跑几个地方。"林温道，"我去过的地方很少。"

"嗯。"周礼吃完最后一口饭，又给林温拿来瓶豆奶解辣。

隔壁有卖生煎馄饨，吃完烤鱼，林温抱着没喝完的豆奶和周礼走到隔壁，又打包了几份吃的。

回到别墅已经十二点半，车子刚在车位上停好，一阵狂风袭来，细雨变成滂沱大雨。林温才推开一点儿车门，失控的风又把门给拍了回去，短短一秒林温手背就沾湿了。漂亮的玻璃顶棚完全扛不住这种天气。

"等等再下去。"周礼看着外头说。

林温点头。豆奶还剩半瓶，她咬住吸管，一边看雨一边喝。车里放着慢歌，歌声柔软温暖，与气势汹汹的车外世界形成强烈对比，流逝的时间有种岁月静好的感觉。周礼放下些车椅，舒服地靠着，头微向右偏，像在看窗外。耳边除了雨声、歌声，还有奋力吸啜的声音。周礼瞧着视线前方见空的瓶底，嘴角不自觉微扬。

三首歌后雨势缓和，林温顺利推开车门。她还拿着空了的豆奶瓶，周礼撑开伞，一手微搭着她后背，和她穿过石板路，走进别墅。

屋里漆黑一片，周礼打开灯，把雨伞搁在门口地上。

林温将夜宵摆上茶几，这样另外几个人要是下楼能马上发现。

"那我上去了？"林温对周礼说。

"去吧。"

"晚安。"林温顺便把空瓶扔进垃圾筐。

周礼随后上楼。回房后他重新冲了个澡，冲完他擦着头发出来，拿起手机想继续看会儿东西，这时他才想起眼镜被他搁在了楼下。

周礼快速撸几下头发，水珠四散，他撂下毛巾走出卧室，下楼发现客厅射灯开着，光线不够亮，但也足够让人视物，看清坐在沙发上的是肖邦。

"你倒醒得及时，怎么不吃？"周礼问着，走了过去。

茶几上快餐盒已经打开，几个盒子里是满满的生煎和蒸馄饨，辣椒包和醋包也都配齐。肖邦抱着胳膊坐在那儿，一声不响，就盯着这些食物看。周礼走近，他又抬眼，盯着周礼看。

周礼拿起茶几边上的眼镜，对上肖邦讳莫如深的目光，他挑了一下眉，没作声，静等对方开口。肖邦终于张嘴，一字一句地道："你什么时候盯上她的？"

肖邦白天补觉多，九点回房后一时半刻没有睡意，在床上干躺半天，他打开手机想再玩局游戏，却意外发现林温和周礼的账号都在游戏状态中。

他点击了"跟房"，房间玩家满员，但他能在房里旁观。没待太久，他旁观一会儿就退了出来。他回想起昨晚在店内发生的意外。他扔偏了车钥匙，周礼护人。周礼护人没问题，但他后来抬起了林温的脸。虽然只有短短一瞬，其他人没留心，但他捕捉到了。这举动不合适，周礼也不会这么"关心"人。

这会儿肖邦用词刁钻，没用"看上""瞧上""喜欢上"，他特意用了"盯"

这个字眼。"盯"这个字，更突出行为人的目的性，但缺乏真情实意。这是肖邦对周礼一贯的了解。

肖邦这句话说完，周礼坐到另一边沙发，把眼镜重新搁下，随手拿起一只生煎。肖邦见他这番动作，皱起眉，说："你别不承认……"

"我有不承认？"周礼截断他，瞟他一眼，把生煎送进嘴。

这就承认了，肖邦一顿，琢磨片刻，他眉头慢慢松开，语气稍缓："你好像是挺久没谈恋爱了，上一次谈还是相亲。"

他跟周礼从小一起长大，亲眼见证周礼交往第一任女友，学完几篇课文后又交往第二任，再学完几套数学公式后交往第三任。

周礼的情史集中在他的中学时期，与其说是谈恋爱，不如说是放纵地过家家，没有情意绵绵死去活来，只有荷尔蒙萌动时期的顺其自然。

等到进入大学，周礼好像已经过了对女人感兴趣的阶段，无论谁搭上来他都一概不理，全情投入赚钱事业，疯劲孤注一掷，四年时间敛财无数，没分半点儿心思在女人身上。直到他工作以后爷爷奶奶着急，他才又接触了两任相亲对象。其中一位相亲对象气质优雅，周礼带她来过聚会，林温也见过。这一想，已经是很久以前的事了。

"你身边怎么都不会缺女人，就别把手伸到朋友身上来了。"肖邦说道，"她现在跟我们一起应该还有点儿尴尬，你要是再做点儿什么，朋友都没的做了。"

"我能做什么？"周礼又拿起一只生煎。

肖邦想了想，答非所问："你还记不记得小学时候的那只狗？"

小学五年级那阵，他和周礼都不再让家里接送。放学路上有只大狗，被主人拴在修车棚外，每次见人都凶恶无比。有一回链条没拴牢，他们经过时那条恶狗突然扑上来，幸好主人当时正在旁边替人修自行车，及时将狗控制住，否则他们的下场可想而知。

其他人碰到这事，以后一定绕道走，但周礼却在第二天带来一块猪肉，恶狗依旧凶，但吃东西的时候它就老实了。

之后周礼每天都会给恶狗带去食物，有时是生肉，有时是熟肉，有时是牛羊肉，有时是禽类，也会带口味不同的狗粮。一段时间过去，周礼掌握了恶狗的饮食喜好和各种习性，他开始近身，从小心靠近到和它玩耍，半学期结束，他让狗坐狗就坐，他让狗伸爪狗就伸爪，恶狗被他养出感情，终于被他驯服。

"这不就老实了。"周礼那时说。在那之后，他们每每经过修车棚，恶狗总是精神抖擞相迎，周礼却再没给它带过吃的。

周礼想驯服一只狗，劳心劳力目的达到，他也就失去了再继续的兴趣。

桌上辣椒包被拆开，周礼将调料倒进快餐盒盖子上，拿了一只蒸馄饨蘸了蘸，白色的馄饨渐渐被染红。

听肖邦说完，周礼看向他问："你说我后来没再喂它，你觉得那狗可怜？"

"是。"肖邦说。

周礼点头，又问："那你怎么也没再喂？"

肖邦一呆。

周礼咬了一口馄饨，说道："我们是一起行动的，半数肉还是你提供的。"

"……"

肖邦嘴唇开合两下，记忆厘清，一时找不到撇清的理由，想了半天，索性硬绕回之前的话头。

"反正你想谈恋爱找谁都行，但朋友难得，她人很好，我不想少一个朋友。"

周礼淡淡一句："你做不了主。"

肖邦一噎，回他一句重点："她界限分得太清，你应该很清楚她这一点，她不可能会接受你。"

"这是我的事，不用你操心。"周礼道。

肖邦眉头再次蹙起，严肃起来，问："你这么认真？"

周礼又吃一口馄饨，含糊不清地似乎回了一个"嗯"，肖邦眉头能夹死苍蝇。

肖邦一声不响地又盯着周礼看。

客厅能听见来势汹汹的雨声，这场雨突如其来，又下个没完，结局能预见，它迟早会停，只是不知道它到底什么时候停，过程中又是否有地方受灾。

过了一会儿，肖邦突然站起来。

"昨晚在店里，你是早想着让老汪喝酒，你自己不喝吧？"他正色道，"你当年也是这样，费半天劲儿进电视台，现在好好的又想着不干了。你刚才反问我你能做什么，我告诉你，你就是做的时候太认真，大结局之后又开始随心所欲。"

说完，肖邦抄起桌上没被周礼吃过的一盒生煎，提脚就往楼梯走。

走出几步，他又折返，搜刮走两包醋，原地停了一会儿，他最后扶了扶眼镜，说道："他们才刚分手，我也不管你是什么时候盯上的她，是早有这心思还是这几天心血来潮。但玩什么也别玩弄人的真心，你自己想想清楚吧。"

脚步声响了几下，周礼开口："等会儿。"

肖邦停住，回头看他准备怎么说。

"你拿错一包辣。"周礼道。

"……"

肖邦低头看手上，一包是醋，另一包确实是辣。肖邦又一次走回去，将辣包扔桌上，重新翻出一包醋。脚步声远去，最后消失。

周礼把捏在手上的馄饨吃了，手上沾着油。他抽了张纸巾，捻了捻手指头，然后又抹了一下嘴巴。纸巾上沾到一抹红彤彤的辣油，周礼想起那人辣着嘴皱眉喝豆奶的样子。他在客厅坐了一会儿，然后伸了个懒腰，头懒洋洋地靠着沙发枕。

雨一直没完没了地在下，不知过去多久，他鼻腔里轻哼了一声，又待了一会儿，他才起身上楼。

第二天细雨绵绵，林温自然醒来，在床上舒舒服服赖半天，第二次摸手机时已经八点多。

她洗漱好下楼，客厅一个人都没有，昨晚的夜宵摊在茶几上，少了一盒，还有两盒被动过了。林温闻了闻，见没坏，她拿去厨房回热一遍，出锅没多久，袁雪和汪臣潇下来了。

"我们待会儿先去看酒店，然后再买点儿菜回来，这天气也别想出去玩了，没劲。"袁雪打着哈欠说。

林温让他们先吃一点儿，然后重新规划："不如先让老汪送我们到酒店，老汪自己去买点儿菜送回来，顺便帮周礼他们带点儿现成的吃的，然后再去接我们,到时酒店再问老汪意见。"

袁雪直点头,说:"好好好。"

按计划行事,吃完东西,三人出门。

小镇不大,几家有档次的酒店都在一个圈内,林温陪袁雪看完一圈,没多久汪臣潇就到了。问过汪臣潇意见,袁雪定下其中一家,三人返回别墅,周礼和肖邦二人还没下楼。

"肖邦还在睡,周礼借了你的平板在工作。"汪臣潇道。

袁雪嘟囔了一句"大忙人",陪林温进厨房准备午饭去了。

雨又断断续续下了一整天,哪儿都不能玩,周礼除了吃饭时下楼待了一会儿,其余时间都在房间。肖邦观察后放下心,剩下时间都用来补觉。

第三天依旧阴雨绵绵,袁雪和汪臣潇已经发霉,难得来一趟只为玩,偏偏天气预报不准,日子没选好。

周礼依旧窝在房间闭门不出,肖邦安安心心继续会周公。恶劣天气没影响林温的心情,林温一会儿在玻璃棚下看雨,一会儿坐房间飘窗上看雨,无聊就去厨房做点儿吃的,放餐桌让大家自取,没打扰任何人。也没任何人来打扰她。

第四天雨停,独处时光结束,他们也要返程了。袁雪忍不住骂老天。

林温在厨房做午饭,吃完这顿他们就要出发,食材全是昨天剩的,今天清空正好不浪费。她正在爆炒青椒牛柳,烟熏火燎中背后响起声音。

"你这厨艺练多少年了?"

林温回头看了一眼来人,默算道:"有将近二十年了吧。"

"二十年?"

"我四岁就进厨房了。"

"你爸妈放心?"

"就是他们带我的呀。"林温边炒菜边道,"他们年纪大,总说怕晚了教不了我,所以早早给我培训起来。"但一开始没让她碰火。林温小时候最先接触的是电磁炉,父母一左一右守在她身边,一个往锅里倒菜,一个握着她的小手带着她拿锅铲,她自己根本没机会施展。

肖邦睡眼惺忪走到厨房门口时,就见周礼抱着胳膊,人靠着料理台,目光盯在林温身上，好似专心听着林温说话。

肖邦打起精神迈步进厨房，厨房的两人目光同时看过来。肖邦看着周礼道："我来喂狗了。"

"……"

周礼直起身，松开胳膊不紧不慢地走到肖邦跟前，抬起一只手按住他的肩，一拨将他翻个面，然后伸脚给他一记——"滚。"

林温拿着锅铲一脸茫然，但又觉得他们"打打闹闹"挺有意思，笑了笑，她没管那两人，回过头继续炒菜。

午饭吃完，汪臣潇负责洗碗，其余人收拾行李。林温早起已经整理完自己的东西，时间有空余，她到别墅附近走了一圈，拍了一堆风景照。别墅环山而建，周围环境被塑造成公园，景观绝美，袁雪说天气好的节假日，这里会有不少人携家带口来赏景。

林温拍完照，看到被雨水打落在地的花，有些竟然还连着枝，她挑出几枝花型较为完整的捡回去。

袁雪看到后佩服她，说："你可真行，我怎么觉得你这几天还挺开心？"

他们被连日暴雨困住，哪儿都没去成，这几天手机寿命都消耗了不少，头发上能长出蘑菇。大家来这儿度假是假，帮他们吸别墅甲醛是真。只有林温好像挺自得其乐，一个人这儿转转那儿待待，精神气儿仿佛都在这雨水中吸饱了。

"不用上班当然开心。"林温说。

"平常你放假也没见你心情这么好啊。"

"我平常心情很差吗？"

袁雪想了想，摇头说："那倒也没有。"

花好看，袁雪也拿了两朵在那儿晃，汪臣潇把车开出来，见状问："哪来的花？"

"林温捡的。"袁雪说。

"你要带走啊？"

"嗯。"

"带回去也蔫了。"

"谁说的，精神着呢。"

"那你就手上拿一路啊？"

"有什么问题？"

"没问题没问题，你戴着吧。"

袁雪没听出内涵谐音。

汪臣潇接着怂恿："你戴上啊。"

"什么啊？"

"我是说让你戴脑袋上啊，手上拿着多累。"

"戴你脑袋上吧！"袁雪语气凉凉，"我还能顺便帮你施点儿肥，给你大脑补补钙。"

"哎哟，那就可惜了这花了，我不配！"汪臣潇掷地有声。

袁雪转瞬乐滋滋的，本来连日发霉的情绪被汪臣潇几句话逗灿烂了，她又笑着冲后头刚走出来的两人问："好看不？"

车停在大门口，周礼和肖邦拎着众人的行李走出别墅大门，肖邦算给面子地回应一句："我不想撒谎。"

袁雪立刻喊："温温，肖邦骂你眼瘸！"

林温刚去别墅内洗了个手，才拿着几枝花出来就听见袁雪的话，她一头雾水，但也知道袁雪是故意的。肖邦半睁着瞌睡眼"啊"一声。

汪臣潇在驾驶座上笑，说："行了，你少幼稚几回，快去把大门反锁了。"

周礼把一堆杂七杂八的放后备厢。肖邦把他手上的包也塞进去，手按住车盖打算盖上，他问一声："好了？"

"等会儿。"周礼从一个袋子里翻出瓶矿泉水，小瓶装水不多，他拧开瓶盖一口喝得只剩个底。

肖邦边关后备厢边说："我看你刚喝过水啊，要是老口渴你就得提防下是不是糖尿病早期征兆了。"

周礼拿着空瓶敲了下肖邦后脑勺儿，没跟他斗嘴，直接走了。

别墅大门还没换成电子锁，袁雪翻钥匙锁门，把花递给林温让她拿。

林温接过花，左右手都半举着，站那儿看袁雪关门。

周礼走近后低下头，把矿泉水瓶口对准花枝底端，然后往上戳两戳。林温等到手侧的肉被瓶口戳到,才注意到周礼在她旁边。

"欸?"林温眉眼一弯松开手指,花枝垂直掉进塑料瓶,瓶底还留着一些水。

周礼举着瓶子,说:"那两朵。"

林温又把另一只手上的花插进瓶口,瓶口略小,她稍作挪动调整。花色有素雅有艳丽,林温手指修长白皙,在映衬之下白得更透。

花插好了,周礼一声不响又朝她递了下,林温顺势接过"花瓶"。

也就一会儿,袁雪锁好门转身,说:"好了,走吧!"

肖邦早就坐进车后座,降下车窗,他看了眼林温手上的矿泉水瓶,朝周礼道:"你要不要先上个厕所?"

"你口渴?"周礼反问。

肖邦:"……"

周礼没去挤后面,他坐进副驾。林温上车后把"花瓶"放进了水杯架,袁雪用指尖挑了一挑花瓣,啧一声道:"这趟也还凑合吧,至少不全是雨,还有花。"

车上路,半小时后肖邦又开始补眠。

袁雪坐在中间,瞥一眼肖邦,跟林温吐槽:"僵尸都没他能睡。"

林温提醒:"你小声点儿。"

袁雪降低音量:"他哪儿那么容易醒。"

闲聊了一会儿,袁雪又说起结婚的事情,说着说着,她观察林温气色,自然地带出话题,用一种轻松的口吻试探道:"欸,说到这个,我这边刚好认识几个人,条件都不错,你下次休息的时候大家出来约个饭?"

袁雪问得小心。任再斌那波操作曝光前,袁雪能理直气壮当着林温的面怂恿她去相亲。但任再斌那波操作曝光后,袁雪反而有点儿心虚气短,不敢那么直接地跟林温提起这方面,主要是怕林温真伤心。如今她衡量半天,觉得林温这几日心情确实不错,忍不住就趁现在跟她说起这事。

林温愣了下,然后问:"什么样的?"

她们讲话声音轻,但车子空间密闭,她们音量再低,还是有不少话漏了出来。

前面周礼一直抱着胳膊闭目养神,车子过了一个弯道,阳光照了进来,光线太刺眼，他眼皮微颤，双眼微微睁开。

袁雪既惊喜又意外，问："你乐意啊？"

林温没什么不乐意的，虽然袁雪提得突然，又有点儿太快，但是她心里其实很别扭。但她从不抗拒谈恋爱，在她看来，伴侣关系是人生必备的。事已至此，总不能沉浸过去，她选错了两次，重新再选就是。

袁雪把手机掏出来，兴奋地点进其中一人的朋友圈，给林温介绍："这人是我大学室友的堂弟，今年二十五岁，刚从加拿大留学回来，家里条件是不错的，就是不知道他在国外什么情况……"

"这人刚考出一级建筑师，这证含金量高，正常情况年收入少说二三十万元，就是他年纪跟你比的话是稍微大了一点儿，今年三十岁了，不过也还行，男的大点儿更成熟……"

"这个不行，他条件不错，但长相不行，我点错了。"

"这个，我更看好这个，他也是跟你一样去年刚毕业，做测绘方面的工作……"

碎碎念的声音像苍蝇，耳根没点儿清静。周礼半合着眼睛，轻轻地叹了声气。他曲指叩了叩扶手箱，头也没回地来了句："选妃呢？"

后面两人："……"

汪臣潇开着车，一直没留心其他，他状况外地问："啊？怎么了？"

袁雪回过神，对周礼道："是啊，选妃，您要不也帮着选选？"

周礼手掌向后，袁雪不解。

"手机拿来。"周礼依旧没回头。

林温的脸稍稍发烫，多少有点儿尴尬，她小声清清嗓子，语气倒能维持住，对前面说："你在睡觉？我们声音轻点儿。"

周礼这时回过头，看着人几秒，然后道："醒都醒了，我帮你看看。"

袁雪还真把手机递上，林温立刻伸手过去，手背又马上被一只大掌覆盖住。

周礼也在伸手拿，两人的手在半空中碰到一起，底下是舒展着的各色花瓣，隐约能触及它们的柔软。

之前拿花的手看着修长，在另一只大手的对比下，这手被衬得格外小。

意外就短短一瞬，林温缩回手来，把袁雪的手机给摁了下去，另一只手戳袁雪大腿警告。周礼也顺势收回手。这事就这么过去了。

傍晚，他们一行人回到宜清市，汪臣潇挨个儿把人送到家，林温先到，下车时不忘带走"花瓶"。

家里有玻璃花瓶，一只蓝色，一只透明，但这几枝花的花枝短，不适合插正经花瓶，反而插这矿泉水瓶倒合适。林温到家把矿泉水瓶搁在茶几上，看了一会儿觉得背景不搭，又挪到电视柜上。

另一边，周礼回家后冲了个澡就去了电视台，第二天整天在忙，第三天节目组要去"焕乐谷"，他作为主持人，要采访"焕乐谷"所属的覃氏集团。

大约早上九点，周礼和一行人抵达"焕乐谷"停车场，停好车步行四五分钟到达入口。入口闸门边摆着一张双人桌，有两个挂着工作证的年轻女孩儿站在那里登记着什么，陆续还有同样挂着工作证的人在进进出出。

"焕乐谷"是个户外玩乐的地方，多数是家长带着孩子来玩，里面有儿童自行车、攀岩等活动项目，也有公司来这里团建。

周礼问身边人："今天这儿有活动？"

身边同事去了解了一下，打听后告诉周礼："是市里组织的一个活动，人才交流大会。"

周礼一边走进入口，一边问："什么性质的？"

入口一进去，视野豁然开朗。正对入口的是一大片占地颇广的绿草地。左侧有个遮阳棚，挂着工作证的工作人员走来走去。草地最前方竖着一张两米多高的电子屏，屏幕上播放着"宜清市高层次青年人才交流大会"。屏幕前的草地中央，整齐摆放着百来张塑料凳，凳子上坐着男男女女，放眼望去全是年轻人。

离入口最近的一排凳子，正中间坐着个人。大约今天温度升高，阳光格外猛烈，她头发扎了个低马尾，右手举着挡在额前，衣袖撩到了手肘往上，裸露的一截小臂白得发光。那道背影清秀挺直，周礼再熟悉不过了。

身边同事回答周礼之前的问题："哦，这就是市里组织的一个相亲大会。"

周礼脱了西装，把西装搭手臂上，又解开喉结下的一颗衬衫扣。

他眯起眼，望着远处阳光下的人。

Chapter 5
头顶是月，脚下是风

> 林温站在高高的出口，右手拿着冰凉的酒瓶，左手被周礼握得滚烫。

四月下旬的太阳像是憋坏了一冬，积聚起的烈火在这一天说燃烧就燃烧。

林温正对太阳，皮肤被烘得滚烫，眼睛都睁不开。后脖子似乎滑落一滴汗，她感觉自己需要翻个面才能继续坚持。

现场一百张椅子全都坐满，领导还没来，主持人在搭建起的高台上翻阅演讲稿，草坪左侧有工作人员在派发矿泉水。一箱一箱的矿泉水不好扛着挨个儿发，工作人员把箱子放在第一排第一个位置边上，弯腰拿出两瓶矿泉水，让嘉宾击鼓传花一样传送过去。一排十张座位，从左往右传，林温在第十排第五位，她眼巴巴看着工作人员走到第二排、第三排……终于轮到第十排，林温等左边的嘉宾传给她后，她再传右边。

速度很快，传完五瓶她就能拿到水，接过第五瓶矿泉水，林温递往右，视线却还盯着左，期待着自己那瓶。

座位间距比较足，她之前递过去的时候手臂几乎伸直，这回手臂才刚往右边弯，矿泉水就被一道力给握住了。林温接住自己那瓶水，顺势转头看去，一道高大人影立在她身旁。林温意外道："周礼？"

周礼手臂上搭着西装，另一只手拿着刚刚截和的矿泉水，目光落在林温胸口的工作牌上，原本想问的话换了另一种问法。他打趣道："你这是在'以权谋私'？"

林温听到，有气无力地干笑了一下。

这次市里组织的"高层次青年人才交流大会"由他们公司承办。林温昨天在公司忙得晕头转向。她刚来上班就被同事拉进嘉宾微信群，发布完活动流程后再逐一跟嘉宾们确认，比如哪些人自驾去，哪些人集合去，等等。

另外还有一堆杂七杂八的工作，一直加班到晚上九点半她才被放回家。今天早晨她六点不到起床，七点赶到市政府。所谓的"高层次青年人才"其实是指体制内人员，这次的交流大会就是政府想给体制内单身人士脱单。

集合地点定在市政府西门的停车场。早晨并不热，林温穿一身白衬衣黑长裤，这套着装款式文艺，也带点儿职业风，动作起来还方便，滑溜溜的布料贴身，风吹来体感凉爽。两部双层大巴候在停车位，林温站在车边，给群里发了一条定位。没多久陆续来人，林温询问姓名，然后在名单上打钩。

通知集合的时间是七点四十五分，林温等到时间点再对照名单，还有几个人没到，她电话逐一打过去，一位说是临时准备自驾，一位说他迟到一会儿，还有一位迟迟没接电话。

七点五十分迟到的那位终于赶来，没接电话的那位还是联系不到。林温登上大巴通知司机师傅出发，一路继续联系那个人。

半个多小时后，两部大巴抵达焕乐谷，嘉宾排队，在入口双人桌那儿进行登记，再领一张号码牌贴在衣服上，男生的是蓝色，女生的是粉色。

男女嘉宾各五十人，号码牌随机派送，领到同一号的人就临时组成一对，到时许多游戏环节由他们搭配完成。

队伍渐渐缩短，林温一直拨打的那个电话终于接通，女生直接说她有事不来了。林温把情况汇报给组长，组长皱眉道："少了个人不行啊。"

总不能撤下一个男生，这样太难看，也影响这次活动的完整性。

组长想出一个主意，说："这样，找人顶替一下吧。"

林温问："找谁？"

组长环顾一圈，说："咱们公司这么多女孩儿呢。"

草坪的遮阳棚下摆着几张桌椅，矿泉水箱子堆积在旁边，林温和几个同事在遮阳棚底下待着。组长目光睒巡到彭美玉身上，彭美玉抱着早餐瘫坐在椅子上，见状她微微偏身，尽量躲避组长的视线。

彭美玉小声跟林温说："组长不会这么不靠谱吧，那个男的跟她有仇？所以她想派我上？"

"……哪有你这么说自己的？"

"我是有自知之明。"彭美玉嘟囔。

另一边的实习女生义不容辞地站出来，说："要不我去吧！"

组长摆摆手，突然点名："林温，你过去替一下。"

林温直接呆怔，问："我？"

彭美玉也愣了下，说："别吧组长，要是让林温家里那位知道，那不是引起他们矛盾吗？"

组长道："她不去的话，那你替她。"

彭美玉咬住早餐不说话了。

组长把林温叫到一边，跟她说："这机会挺好，你跟人家多接触接触，失恋没什么要紧的，要早点儿走出来，知道吗？"

这下林温总算明白过来。

几个月前林温曾转发肖邦新店开张的那条朋友圈。组长今年不过三十岁，对新事物很感兴趣，看到朋友圈后她找机会和闺密去尝试了一次，立刻就喜欢上了，之后有时间她就去一趟，也跟店里员工熟悉起来。

前两天组长又去了一回，跟员工小丁聊到他们老板，然后就说起了老板这次和朋友们去度假，林温同行。小丁平日待店里时间长，存在感弱偷听得多，也知道了林温失恋，那天嘴快就把这事说漏了。组长记在心里，今天正巧有这种"好机会"，自然想帮把手。

于是不一会儿，林温左臂上贴了一张粉色的"48"号，走出遮阳棚坐到了烈日底下。一坐就坐到现在，原本觉得凉快的衣服如今仿佛半点儿也不透气。

此刻林温握住矿泉水，手心总算感到一丝凉意。她跟周礼解释得较为简单："有一个女生有事没来，我们这次活动都是配好对的，我只能临时替一下。"

周礼瞟一眼远处的遮阳棚，说："那么多人怎么就让你替？"顿了顿，又含笑加一句，"这算是加班？"

林温没在意他前面那句问，也笑笑说："没加班费的。"然后问他，"你怎么也在这里？"

周礼示意了一下入口方向,林温望过去,见到有人拎着摄像机。

"我来这儿做个采访。"周礼说。

林温点点头。

周礼问:"你这活动几点结束?"

林温回答:"顺利的话下午两点半。"

"饭在这儿吃?"

"嗯,在那边的自助餐厅吃。"林温说到这儿,视线忽然移向周礼身后。

周礼转头一看,他背后不知何时站着一个男生。男生戴着眼镜,五官端正,斯斯文文,个子不是很高,大约一米七,年纪很轻,神情腼腆。

"这个水……能给我了吗?"

周礼扫了眼男生左臂上的蓝色"48"号,把手上的矿泉水递还给对方。

男生还跟他道了声:"谢谢啊。"

草坪最前排的领导席位已经有人坐下,周礼转头跟林温道:"你这快开始了。"

林温望一眼前方,把滑下来的衬衣袖子又往上撸了撸,叹道:"总算要开始了。"

周礼看她动作"粗鲁",显然是被晒狠了。他笑了笑,说道:"那你好好玩,我先过去。"

"嗯,你去忙吧。"

林温目送周礼一行人往园区里面走,不知道他们在哪个位置做采访。不一会儿开场音乐响起,林温收回视线重新端坐好,认真目视前方,底下却做着小动作。水没拿来喝,她把沁凉的矿泉水瓶在手臂上来回地滚。

活动开启,电子屏上先播放了一段宜清市历年的建设成就,接着再播放人才引进政策,最后再导出此次活动的主旨——没明着说相亲,活动意在让本市的青年人才们有个相互认识共同进步的机会。

几位领导轮番上去讲话,林温的矿泉水逐渐移动到了脖子,再然后是脸颊。她左边贴一会儿,右边贴一会儿,直到矿泉水也有了热度,领导讲话才结束,众人站起来,活动正式开始。

同号的两人都是相邻而坐,和林温配对的"48"号眼镜男叫徐向书,自我介绍在某部门工作。

草坪场地要空出来做游戏，林温正和大家一起把凳子搬边上，闻言她脚步顿了顿。徐向书以为林温搬不动一张塑料凳，殷勤地要帮她，说："我来吧，你别搬了。"

"不用不用。"林温和善地笑了笑。

徐向书脸红，拎着凳子亦步亦趋地跟在林温身后。

集体互动的游戏太累人，一会儿拔河，一会儿看图猜词，一会儿又是十人十足，林温额角流汗，碎发沾着脸颊。

周礼的采访对象是覃氏集团老总覃胜天。

覃胜天后头跟着一群高管，高管们大热天依旧西装裹身，覃胜天头发花白，脸上已有老人斑，穿着身淡灰色长袖棉麻唐装，在队伍中看起来最清凉。

一行人浩浩荡荡从园区里面绕到大草坪，摄像跟拍，采访还在继续。

覃胜天看到草坪上的热闹场景，笑着说："财富当然重要，我即使到了现在这年纪也仍然这么觉得，赚了大把钱还说钱不重要的人太过虚伪。但是有一点我不得不承认，年纪越大，财富在我这里的地位越逐渐靠后，什么也比不上健康，我现在最羡慕的就是这些年轻人。"

草坪上的互动游戏正进行到十人十足，十人排成纵队，脚上绑着束带，队伍走动时看起来像蜈蚣。

林温站在第一个位置，她身后是徐向书，教练教他们行走方式，让大家双手扶着前面人的肩膀上，喊着口号前行。

徐向书双手搭在林温肩膀，红潮从脖子蔓延到耳根。他个子比林温高不了多少，人又贴太近，呼吸喷到林温后脑勺儿，林温略有些不舒服。她回头看了眼徐向书，没法儿说让人退后，因为绑在脚腕的束带间距就是这么近。

徐向书见她回头，问了声："怎么了？"

林温摇摇头，说："没什么。"

远处周礼一边不动声色地看着那两人说悄悄话，一边神态语气如常，继续专业地提出下一个问题。

过了会儿，队伍继续前行。

周礼走出一段距离后又回了下头，十人十足即将抵达终点，大约嘉宾们急于求成，脚步忽然错乱，队伍向前倾倒，徐向书前胸贴住了林温的后背。

边上有人问："看什么呢，有熟人？"

周礼收回目光，淡笑道："没什么。"

覃莊尤落后两步，转头顺着周礼之前的视线望过去，没能从中瞧出什么。

终于熬到午饭时间，林温举着活动路线纸当扇子用。

这张纸上标注了几个地点，需要他们午饭后逐一打卡盖章，完成所有任务才行。林温和徐向书一起坐摆渡车去自助餐厅吃饭，边吃边商量待会儿的路线。

徐向书也已经累得不行，看到下午还要走这么多路，他说："我整天坐在办公室里，很久没像今天这么活动了。"

林温跟他闲聊："平常双休日也不活动吗？"

"我平常休息的时候就是看看书，看看电影，很少有什么户外运动，不过放长假的时候我会去外面旅游，玩过的地方也算不少。"徐向书打听，"你呢？你平常旅游吗？"

"偶尔会。"

"你去过哪里？"

林温随意报出几个地名。

徐向书道："我国内最远也就去过云南，好想找机会去西藏、内蒙古转转。"

"长假的时候可以去啊。"

"没什么机会，我们现在长假都要值班的，有时候值班排在假期中间，那就哪儿都去不成了，除非辞职。"徐向书拿出手机，分享道，"我有两个同事就辞职旅游去了，特别酷，我给你看看。"

徐向书打开其中一名同事的朋友圈，朋友圈的发布时间是这个月的月初，照片背景是蓝天白云，女孩儿靠在吉普车的车头自拍，后面很远的地方站着一个男人，男人露着侧脸，举着相机也在拍照。

照片上方的文字内容是："手机即将关机，我要拒绝一切社交，来一场说走就走的断舍离！"

徐向书羡慕道："他们两个还真的把手机关机了，有机会我也想来一场说走就走的断舍离。"

林温看着照片上的任再斌，问徐向书："他们是情侣吗？"

徐向书道："他们两个是前后脚辞的职，辞职前他们好像还没确定关系，现在就不清楚了。"

餐厅有空调，林温却觉得又热了起来，她深呼吸了一下，拿起活动纸又扇了两下。

十二点多，周礼采访终于结束，交代几句后他赶到园区内的自助餐厅，并没看到林温的踪影。周礼拿出手机，给林温发了一条信息。这会儿林温刚在手工室坐下，手工环节的内容是先编个小竹篮，再把多肉移植到竹篮里，做成多肉盆栽。

还没开始，手机提示新信息，林温看到剧本杀 APP 的推送，愣了一下才想起来。点进去一看，周礼的问题就简单的三个字："在哪儿？"

林温想他可能有什么事，给他回复："手工室。"

没多久，周礼走进手工室的大门，一眼就看到林温和眼镜男坐在一起，两人正拿着根竹篾研究。周礼走了过去，叫道："林温？"

林温回头，说："你来啦，是不是有什么事？"

周礼看到桌上摊着张活动纸，上面标志了路线信息，他答："没什么事，我还要在这里逛一圈，想着你有空的话可以找你搭个伴。"

座位没有多余的，周礼就站在林温和徐向书后面，徐向书觉得周礼个子太高，压迫感有点儿强，他一走神，竹篾划破了手指，血珠渗了出来。林温立刻从小包里抽出张纸巾，周礼指了下外面的水池说："先去那儿冲一下。"

林温刚才没注意到这里有水池，听周礼一说，她也道："你先去冲一下比较好。"

徐向书点点头，起身离开座位。他一走，周礼自然而然地坐了下来，抽了根竹篾问："玩得怎么样？"

林温实话实说："太累了。"

"不能提前走？"

"不行，规定要打卡好几个地点。"

周礼评价："穷折腾。"

林温微笑道："也不算穷折腾，至少这个盆栽做完能让我们带回家，不算白耗一天。"

"你会编篮子？"周礼问她。

"不会，还在研究步骤。"

"我看看。"周礼又拿了几根竹篾，看了一会儿桌上贴着的操作步骤，他开始自己动手编制。林温给他打下手。

徐向书从外面冲完手指回来，看到自己的座位被占，对方也没起身相让的意思，他只好另外搬张凳子，勉勉强强挤在林温另一边。过了一会儿，他就跟对面桌的同事聊了起来。

这次活动每个单位都派了人，有人自愿报名，有人被硬性要求。他们单位就来了两个，他是被强行指派来的，同事来这里是自愿的。

这边折腾许久，周礼做完一个多肉小盆栽，篮子提在手上十分轻巧，林温很喜欢。周礼替林温拿着，陪她到门口给活动纸盖上印章，见徐向书的同事也正好刚完成任务，周礼领着林温两人跟在了同事身后。

徐向书的同事和搭档完全没看对眼，走了一会儿步伐渐渐和徐向书一致。

"队伍"逐渐被拆，徐向书和同事边走边聊，林温和周礼走到了一起。

终于打卡完所有地点，几人返回草坪，经过空中索道时林温抬头看了看，上面许多人戴着头盔在走，一晃一晃的看起来摇摇欲坠。

一辆摆渡车行驶在路上，坐在车上的覃茳尤回头。

坐在覃茳尤身旁的高管问："覃总，怎么了？"

覃茳尤笑了笑，说："看到个有意思的。"

覃茳尤三十五岁，黑色中短卷发，个子高挑，身穿黑白职业装，工作时不苟言笑，私下却很平易近人。

高管这时看见了走在后面的周礼一行人，说道："咦，他采访完到现在还没走？"

下午两点半，林温几人返回草坪，准时完成任务。但公司还有许多收尾工作，林温还得留下来上班。周礼拎着多肉盆栽走了。

等到天黑他从广电大楼出来，上车先点了支烟，抽了一会儿，他偏头看了眼副驾上的盆栽，给林温发了条消息。

"下班没？你盆栽忘拿了，我现在有空，给你送过去？"

等了半天他才收到回复。

"还没下班，盆栽我下回拿。"

周礼打字，问："还在公司？"

"还在欢乐谷，你下次给我吧。"

周礼衔住烟，发了一条："等着，我现在过来。"然后一脚油门开出电视台。

林温没看到他最后一条消息，她把手机放回了包里。

她其实已经下班，同事们都走了，她一个人晃到了白天看到的那条空中索道。这里晚上九点半闭园，此刻是饭后时间，游客比白天还多。天黑后风开始大起来，索道晃动得好像也比白天厉害，她光在下面望着，心跳就加快几分。

吹了会儿风，林温把衣袖撸到顶，气势汹汹走上前。她爬上楼梯，戴好头盔，系上安全绳，在教练的指导下开始颤颤巍巍地往前走。

这条索道很宽，可以容纳多人同时行走，路程弯弯绕绕呈环状，线路特别长，脚下的踏板间距忽大忽小，离地面太远，她在下头看着的时候心跳还有点儿快，一上来，她身上血液却仿佛凝冻了。

林温不敢走，但又不想就这么放弃，抓着安全绳磨磨蹭蹭好半天。

周礼找到人时，就看到了这幅情景。他之前在园区里逛了半圈，给林温发信息林温一直没回，人也没见到，他原本还以为林温已经走了。他在底下看了一会儿，想了想，他一笑，转身离开，没多久又返回，他戴上头盔爬上梯。

索道看着险峻，实则设计有技巧，十分安全，闭上眼看不到危险就能在上面逛街。但没人会闭眼在上面走，林温的速度堪比乌龟，这会儿才走了大概两米，周礼一上去就看见前方的教练皱着眉，林温还在柔柔地说着："别急别急。"

这温柔的腔调配上她的小碎步，不知是在提醒自己还是提醒对方。

教练一脸便秘，看了眼林温身后，说道："后面有人来了。"

林温想往边上让，还没挪位置，安全绳就被人给拽住了。

"又加班？"来人语调带着调侃。

林温愣住，问："你怎么来了？"

"不是你说还在这里？"

后面又过来一个游客，周礼松开林温的安全绳，带着她往边上让了一下。

林温脚下不稳，说："哎——"

周礼握住她的手臂，等她站稳了，他问："能不能走？"

林温吐着气说："等我缓一缓。"

周礼从口袋里掏出瓶东西递给她，问："来两口？"

林温："……"

林温无论如何也没想到，周礼会在半空中给她变出一瓶白酒。

"……你从哪儿弄的？"

"刚去餐厅买的。"

"……"

"喝不喝？"

林温抓着网栏，周礼给她拧开瓶盖。酒香溢出，林温看了看周礼，周礼静等着她拿。过了一会儿，林温才慢吞吞伸手过去，然后小小地抿了一口。

一旁的教练简直刷新三观，一会儿就没了脾气，蹲边上看这一男一女在高空中喝着小酒聊着小天。

周礼等林温喝完几口，手指轻敲两下网栏，突然问道："那个徐向书和任再斌一个单位？"

林温一顿。下午徐向书跟人聊天，自然而然带出了单位名字，周礼在旁边也听到了，这没什么好瞒的。

"都这么久了，你还没走出来？"周礼盯着林温，语气尽量温和，"还在想着他？"

林温先是有点儿晃神，这明明才发生没几天。

过了一会儿，她又生出那么一点儿尴尬。这是周礼第一次这么直白地问她感情方面的问题，她会跟袁雪聊，但从没想过有一天她会跟周礼聊。

可不知为何，林温忽然想起那一日，在那片空旷的荒野上，周礼回过头，最后对她讲的那段话。林温看向周礼，对上他的双眼。郊区的夜晚星光闪耀，摇晃的半空中，伸手可触黑暗，也仿佛伸手可摘星。

周礼的目光像深邃旋涡，林温心里那道门似乎被吸开了一点儿小缝。

"徐向书给我看了一张照片。"林温轻轻开口。

林温的脾气向来是温顺的,但看完那张照片,她的血液里好像燃起了一团小火苗。她终于实实在在地质疑起自己看人的眼光。

林温声音柔软,语气中带着几分困惑和不满,她嘴唇上酒液未干,星光下一张脸微微扬起。周礼在她说话的过程中握住她的小臂,带着她往前走,教练又无语地站起来跟上他们。

索道看起来长,走着走着,不一会儿却已经接近出口。周礼这时停下脚步。

"这有什么大不了的。"他轻轻撕下林温忘在手臂上的"48号"贴纸。

"——以后少认识些乱七八糟的人,好好找准下一个。"

说着,他把贴纸揉成团,随手扔给了风。

林温站在高高的出口,右手拿着冰凉的酒瓶,左手被周礼握得滚烫。

月亮在头顶,脚下是清风。

那瓶酒林温并没有喝完。

林温盖上瓶盖,一路捏着酒瓶,到家后她把多肉小篮子和酒都放茶几上。

洗漱完时间还早,她坐到客厅看电视,注意力时不时被摆在电视柜上的"花瓶"吸引过去。

过了会儿,她低头拿水杯,又会在看见茶几上的那两样东西后发呆半晌。

"花瓶"里的花生命力尚存,花瓣还没蔫;新收获的多肉形状不一,每一粒都很可爱。

剩下那半瓶酒,林温想,这是第一次有人买酒给她。

林温松开遥控器,眉头轻轻蹙起。她咬了下嘴唇,手指缓缓卷着发尾。任再斌送的那枚戒指她已经摘了,头发再也不会被卡住。发尾还有些湿漉漉的,一丝丝凉意渗透进指尖,慢慢地,也平复了她左手的温度。终于,林温鼓起脸,然后缓缓泄出一口气。

等头发干了,她回房睡觉,躺了半天却一直在翻来覆去。

林温睁开眼睛,月光铺满卧室。她摸到手机看了一眼时间,又干躺了一会儿,实在憋不住,起床换了身衣服。

夜深人静，林温在小区周边晃荡。她从寂静走到喧嚣，又从喧嚣走回寂静，手上多了一个便利店袋子，里面装着几支雪糕。

边走边吃，快吃完一支时，刚好走到河边，她贴着栏杆往下瞧。夜钓的人已经到了，正在摆弄鱼竿，没一会儿，鱼线高高甩出去，鱼漂浮在河面。大约位置不合适，这人又扬起鱼竿，重新抛一次。林温就看着亮闪闪的鱼漂在夜色中飞来飞去，像颗人间的星星，挑选许久，它终于落到了最合适的方位。

"好好找准下一个。"林温想起这句话，咬住雪糕棒，终于下定决心。

次日中午，林温给袁雪发了一条微信，让她把之前介绍过的那几位单身男士的信息再介绍一遍。袁雪没立刻回复，过了大概一个小时林温才收到微信，袁雪说她刚才去了一趟省妇保。

林温问："什么情况？"

袁雪回："什么情况都没有，放心哈。"

林温知道又是袁雪在一惊一乍了。

袁雪对于林温终于认真起来的态度感到十分兴奋，她连发数条信息，到晚上又发来一条。袁雪的提议是："你先看看觉得哪个更合适，微信我就先不让你们互加了，陌生人网聊也聊不出什么花来，你就不是个会网恋的性格。所以我打算到时候先直接让你和对方见一面，有眼缘了你们可以自己交换一下联系方式，没看对眼的话就当出门吃顿饭，也省得见面后互删微信挺尴尬。"

这正合林温的心意。恰巧五一小长假快到了，五一假期大家基本都能抽出时间，袁雪届时要带汪臣潇回趟她老家，她到时候可以远程操控相亲事宜。

其间，袁雪断断续续又推过来几个人，林温就利用这几天研究男方信息。

林温的父母在某天晚上问林温五一假期是否回来，顺便暗示让林温把男友也带来。

林温原本是计划回家的，但公司在五一长假后面几天还有项目，假期缩短一半，不如等下次调休时再回去。

林温说完这个，捏着被子又向母亲坦白了她跟任再斌分手的事，母亲又惊讶又担忧，反复叮嘱她好好吃饭睡觉，情绪别受影响，健康永远第一。

林温全都乖乖点头。

五一小长假的前一天，林温公司的两部电梯都坏了。公司在十七楼，林温爬完楼抽了一个文件夹给自己扇风，彭美玉像只落汤鸡，一边擦汗一边哭唧唧："爬到一半的时候我就想干脆变成咸鱼游回家算了。"

　　林温被她逗笑了，顺手也给她扇了扇风。

　　电梯今天没法儿修好，上下楼只能靠腿，林温中午自己带饭，省去一趟体力消耗。到了下午她没躲过跑腿，但幸好只需要爬一层楼梯。

　　临近下班时间，同事们已经开始收拾东西，林温拿着文件资料来回上下楼，跑最后一趟时有人横冲直撞瞬间无影无踪，林温被波及，脚步踉跄一脚踩空。

　　她慌乱地抓住扶手，左脚传来一阵钻心的疼。

　　林温回到办公室的时候彭美玉已经下班离开，同事也只剩两三个。林温坐回工位揉了揉脚，疼痛有点儿难忍。她拎起包和剩下的两个同事一道离开，走楼梯的时候她两边被人搀着，只有一只脚能着力，她几乎是被架了一路。

　　同事提醒道："你这脚不行啊，还是去医院看一下比较好。"

　　林温从没伤过脚，感觉自己这疼痛比较严重，她打车到就近的医院，挂了一个急诊。拍片检查后医生说："没有骨折，是软组织损伤，我给你开点儿药，你这一个礼拜不能用脚。"

　　"一个礼拜就能好吗？"林温问。

　　"这个不一定，一般情况下一到两周能够下地，主要看你怎么养了。"医生再三叮嘱，"你接下来几天尽量卧床，这个脚绝对不能下地，知道吗？"

　　林温买了一根拐杖，硬着头皮走出医院打车，在车上她才看到袁雪之前给她发了一条微信，问她有没有下班。

　　林温回复了一条，不一会儿手机铃声响起，袁雪打来电话。

　　"我是想问你哪天有空，时间可以定一定了，我这边好帮你联系人。"袁雪道。

　　林温先问她："你现在在哪儿？"

　　"嗯？我在机场啊，还有半个小时就要跟老汪上飞机了。"袁雪问，"怎么了？"

　　林温蔫头耷脑，说："我脚受伤了。"

　　"脚受伤了？严不严重？"说着，袁雪跟汪臣潇来了一句，"你们声音轻点儿，林温脚受伤了，你让我先问完。"

林温把医嘱转述一遍。

袁雪吃惊道:"这听起来挺严重啊,不能下地怎么办,你现在还在医院?"

"在车上了。"

"你说你……唉,偏偏我现在要回家。要不你把你爸妈叫过来吧,让他们照顾你几天。"

"那倒不用。"林温根本不打算让她父母知道,养伤的问题先靠后,她现在更忧心的是怎么回家。她住在六楼,没有电梯,拄拐走上去也困难。

袁雪也想到这一点,她提议:"我找个人背你上去?"

这暂时没必要,林温想可以先自己尝试一下,实在走不动就到时候再说。

林温下车后仰头数楼层,六楼在今天显得格外"高不可攀"。

她咬住嘴唇,拄着拐杖慢吞吞往前。左脚不能着地,她用拐又不熟练,走到二楼时她松开拐杖,难受地活动了一下手臂和胳肢窝。

楼下传来脚步声,林温重新拿起拐杖,一偏身,她就看见了正往上来的周礼。两人目光在半空中交汇。

"……你怎么来了?"林温说完这句,感觉情景似曾相识,忽然想起上回最后一次在索道上见到周礼,她第一句话也是问的这个。

这几天她没再见过周礼,APP上也没有消息推送。

"我刚出差回来,在机场碰到老汪他们,说你脚受伤想找个人背上楼。"

"……"

"能不能走?"周礼在楼梯扶手另一边,微微抬着头示意了一下那根拐杖。

林温说:"能走,就是走得慢一点儿。"

"那你慢慢走,我陪你上去。"

"……"

林温回过身,握着拐杖慢吞吞跨出一步。周礼一边卷着衬衣袖子,一边看着她的身影,几步来到她背后。林温手上的拐杖忽然被人一拽。

"行了,还是我背你上去吧。"周礼背过身,弯腰回头,示意林温上来。

林温天人交战了几秒,最后还是向自己的伤脚妥协。她搭住周礼的肩膀,周礼握着她的腿窝,一下将她提了上去。

周礼肩膀极宽,骨骼坚硬,他人看着偏清瘦,但他后背肌肉显然有锻炼过的痕迹。林温想尽量跟他隔开一些,但再怎么也避免不了接触。

"脚怎么伤的?"周礼忽然问。

"楼梯上被人撞了一下,我脚踩空了,谁知道就弄伤了。"

"撞你的人呢?"

"那人跑太快了,我没看到。"

"脚只是扭伤?"

"医生说是软组织损伤。"

"你一个人上的医院?"

"嗯。"

"你可真行,"周礼回了下头,"软组织损伤还能自己瞎跑。"

他回头回得突然,林温趴在他背上没有防备,两人的脸突然贴近,呼吸近在咫尺。林温一愣,然后手抵着他肩膀稍稍往后撑。

周礼转回头,又把她往上提了提。

到了六楼,周礼轻轻将她放下地,林温翻出钥匙开门。

进了屋,周礼把拐杖搁一旁,架着林温往里走,说:"你现在还不适合用拐杖,医生有没有说让你这些天卧床休养?"

他一手握着她的上臂,一手架着她另一只胳膊,用力时其实更像是在提着人。

"嗯……"林温被周礼半提半架地扶到了沙发上,左脚根本没沾地。

先前周礼背她时她还没觉得,这会儿周礼提着她,她第一次感受到他的力量骇人。两个同事架着她时一路费劲,周礼却轻轻巧巧像在提一团棉花。

周礼把她放下,看着她坐到沙发上,问道:"晚饭吃了吗?"

林温摇头说:"还没。"

"我也没吃。"周礼拿出手机说,"今天晚上先叫外卖。"

林温没意见,她今天不可能自己下厨。

"有没有什么想吃的?"周礼问。

"清淡点儿的就行。"林温说。

周礼给她点了些汤汤水水。

外卖送得很快，餐厅离这儿不远，店里员工亲自送上门。

茶几上吃饭不方便，周礼把林温提到了餐桌。家里有现成的筷子和汤勺，两人都不想用质量差的一次性餐具。

"用我家里筷子……"

"你家筷子放……"

两人异口同声。

林温抿了抿嘴角说："在燃气灶左边的柜子里。"

周礼勾了下唇，起身去厨房。筷子和汤勺拿来，两个人边吃边聊。周礼这趟出差去了港城，回来能有几天时间休息，问林温这几天在忙什么。

林温说："在忙一个展会和美食节。"

周礼想了想，说："我记得美食节就是这几天？"

林温点头道："嗯，就是五一后面几天。"

"你不会还上班？"

"已经请假了。"

周礼点了鸡汤和莲子羹，鸡汤一点儿都不油腻，莲子羹也很清甜，全合林温今天的口味。林温汤水喝得多，饭吃完，她就想去趟厕所。她望向门口的拐杖，远得遥不可及。林温放下筷子说："你帮我拿下拐杖吧。"

周礼不动，问她："想去哪儿？"

"……洗手间。"

周礼起身走到对面，再次把林温架起来。

说实话，周礼比拐杖好用。林温轻轻松松进入洗手间，上完厕所又洗了一下脸，打开门，周礼就等在边上。林温再次被他提走。

坐回沙发，林温看着周礼又去收拾餐桌。食物剩下一点儿残渣，周礼把脏纸巾、餐盒一股脑儿装袋，林温忍不住叫住他："周礼……"

"嗯？"周礼转头。

林温不好意思地说："垃圾要分类打包，厨余垃圾要单独装一个袋子，这样才可以。"

"……"

担心周礼不在意,林温又强调道:"垃圾点有监控的。"

"……"

周礼家中有家政,外出吃饭也不用他收拾餐桌,偶尔在路边扔点儿东西,无非就是些烟头纸张瓶瓶罐罐之类,路边垃圾桶大多分可回收和不可回收,扔起来简单。

小区里分类详尽,他还从没自己操作过。见林温一脸认真的小模样,周礼忍不住一笑,把带残渣的盒子重新取出,说:"那再找个袋子,你家垃圾袋在哪儿?"

"厨房靠门最近的那个柜子。"林温指了一下。

周礼找到垃圾袋,把食物残渣倒里面。

林温看了眼时间,又要麻烦他:"垃圾点还有十五分钟就关门了,你走的时候能顺便帮我把垃圾带下去扔了吗?"

周礼抽了张纸巾擦手,好脾气地说:"我现在就下去。"

他只是现在下楼,但没有要走的意思,离开时他顺手拿走了林温放在鞋柜上的钥匙。林温原本还想周礼离开后她就去洗澡。她叹了口气,拿过遥控板打开了电视机。

林温家在五栋,垃圾点就设立在五栋斜对面的鹅卵石小路边上。

这时间还属于饭后散步的点,老人小孩儿三三两两出没,穿着橘色环卫服的环卫工人站在垃圾箱旁跟居民聊天。老阿姨们正说得唾沫横飞,看见拎着垃圾袋走过来的周礼,注意力一下子被吸引过去。

小区不大,这里的住户大多是学校教职工及其家人,老人们在这儿住了三十年,谁家婚丧嫁娶添丁进口都一清二楚。

周礼外形太出众,又是完全的生面孔,几双苍老的眼睛瞬间变成探照灯。周礼当没看见,自顾自倒了垃圾,倒完转身,走向斜对面的五栋。

"是五栋的呀。"

"新搬来的吗?"

"没看见最近有人搬家。"

老阿姨们兴致勃勃讨论着。

周礼回到楼上,开门看见林温还乖乖坐在沙发上。他换鞋进去说:"还用我做点儿什么?"

林温立刻道:"没了没了,今天都麻烦你这么久了,你刚出差回来应该很累。"

周礼其实从一开始就已经听出她话里带了几分客气,全然没了上回在索道时的"亲近交心"。他恍若未察,瞥了眼摆在电视柜上的多肉盆栽和白酒,他若无其事地走上前说:"我今天好事做到底,明天你大概只能自食其力了。说吧,还要我做什么?"

林温听他这么一说,顿了顿,然后道:"那你帮我倒杯水放床头柜?"

周礼直接给她提了一个壶过去。

"还有呢?"周礼走回林温面前。

林温这次摇头,说:"没了。"

周礼弯下腰,嘴角带一抹浅笑,说:"那起来吧,我扶你去卫生间,洗个澡你直接上床休息。"

周礼贴得并不近,距离亲切却有界限,没有压迫感。林温点了下头,让周礼先带她去卧室。拿好换洗衣物,周礼再把她提到洗手间。

不等林温开口,周礼干干脆脆道:"那我就先回去了,你自己回房间小心点儿,有事就打电话。"

"……啊,好。"

周礼把拐杖给她拿回来,走的时候干脆利落。

风微晃,林温抱着衣服站在卫生间门口,过了一会儿,她轻轻舒口气。周礼对朋友是真的好,难怪他朋友这么多,连衷雪也是一边骂他一边跟他做挚友。是她多心,也莫名其妙多了点儿心。打开花洒,热水舒缓了每一个细胞,林温重新自在起来。

但很快,现实又让她没法儿自在了。

周礼是八点多走的,林温八点半上床。她房间没电视机,也没床上的电脑桌,笔记本电脑摆在被子上很不方便,看了会儿电视剧她就把电脑关了,抱着手机刷了一会儿,边刷边喝水。

十点半她去了一趟厕所,勉强来回。

睡到后半夜,她迷迷糊糊又想上厕所,双脚一下地,疼得她立刻清醒。

后来她就没能睡好。浑浑噩噩挨到早上七点，林温从床上起来，挂着拐杖艰难地去卫生间洗漱。

嫌拐杖用起来又难受又不方便，她从卫生间出来干脆单脚跳去厨房，但一跳她才发现右脚腕好像承受不住。

弄好早餐，林温又才后知后觉：她没法儿端着盘子蹦到餐桌。林温单脚站在厨房把早饭吃完。

接下来是晒衣服的问题。阳台没有晾衣架，她晒衣服都是去露台。林温一边挂着拐杖，一边拎着洗衣篮，仰头看了会儿楼梯，然后鼓脸吐气，咬牙攀登。

晒完衣服下楼，她身上一层薄汗，需要洗澡了。

天气升温，但还不适合开空调，而她的电扇放在单元楼一楼的储藏室。

又已经近午时，该准备午饭了。厨房净水器在警报，提醒她滤芯寿命耗尽。

林温没擦汗，先去厨房打开油烟机边上的橱柜。

橱柜做到顶，有两层，去年促销季备好的新滤芯就放在上层最里面，伸手够不到。她现在需要一张凳子，还需要一双能让她顺利踩上凳子的健康双脚。

一堆事瞬间全缠在了一起。

烈日灼灼，市中心交通拥堵，五一出行陷入高峰。

周礼站在落地窗前俯瞰下面繁忙的交通，手上转着一枚拼图片。

阿姨走过来提醒："小周，饭菜都装好好久了，你还不出门啊，快要中午了呀。"

"是挺晚了，帮我拿过来吧。"周礼转身，把手中的拼图片安上拼图架。

他换了一身休闲装出门，将近十一点到达林温家小区，仰头看顶楼，林温家的露台上飘着几件衣服。

真能耐，还能爬上去。周礼看了眼腕表，觉得应该再等等。

他在车里抽了一支烟，烟抽完他才拎上保温包下车。

上楼敲门，里面的人远远地问了声："谁？"

"我。"周礼隔着门说。

"……你等一下。"

周礼在门口等了几十秒，门才终于打开。

他想过林温今天应该比较混乱，比如晒衣服这件事就能难倒她，但他没料到林温会混乱成这样。她头发扎起来了，但大约运动太多，头发变乱，好几绺碎发全沾在汗湿的脸颊上，汗珠顺着脖颈滑进上衣领口，白色领口微微变透，贴住了身。右手小臂上还有一条红色伤痕，从手腕一直延伸到手肘，触目惊心。周礼皱眉，握起她手腕问："怎么弄伤了？"

林温低头一看才发现这条痕迹。

"啊，不知道，应该是在哪里划了一下，待会儿就会退下去。"

周礼大拇指指腹轻擦了一下划痕，确认没事才放开她。

"我让人做了点儿饭菜，想着你应该不方便下厨，今天还是吃现成的吧。"周礼道，"不过你怎么弄成这样，家里很热？"

林温没想到周礼会给她送饭，她愣了一下，然后把人让进来，讪讪地将早晨的混乱简单讲给他听。

周礼打开四个保鲜盒和一个汤罐，四菜一汤外加两份米饭，林温的是小碗，他自己的是大碗。食物全还冒着热气。

周礼听她说完，笑了，说："先吃饭，吃完你去洗个澡，剩下的我帮你做。"

那些事林温自己确实无能为力，她点点头，没再跟周礼客气。

吃完饭，林温先告诉他储藏室的位置，风扇又塞在储藏室哪个角落，然后她去洗澡，周礼下楼。

周礼找到储藏室，一开门，灰尘的味道扑面而来。储藏室面积较小，几个柜子把空间填满。风扇应该没地方放，所以被林温拆成了零件，包裹在柜子最上层。周礼伸手一够，把两个袋子扯了下来。回到楼上，浴室里还有水声，周礼在客厅里把袋子拆了，看着一地风扇零件，他挑了下眉，问浴室里的人："你家螺丝刀放在哪里？"

过了会儿水声没了，浴室里传来问话："周礼，你在跟我说话？"

热的水蒸气从门缝溜出，带着沐浴露的甜香入侵客厅，周礼顿了顿，声音不自觉地温和："电扇拿上来了，你家螺丝刀放哪儿了？我顺便帮你把电扇装了。"

"在电视柜左边，有个蓝色的工具箱。"

水声再次响起,周礼打开工具箱,支着一条腿坐在客厅地板上,开始组装零件。林温从浴室出来,一部电扇已经装完,周礼从地上起来,走过去把她架到沙发上。她头发还湿,身上的馨香和客厅的香味融合,周礼垂眸,视线落在她红润的脸颊上。

把人放好,周礼打开电扇,坐回地上安装下一台。林温吹着风,看着周礼低头动作。他额前的碎发似乎变长了,上次见是遮在眉尾,这次见已经触到睫毛。周礼忽然抬头,林温立刻移开视线,随意找了个点落下。

"好了。"周礼问,"这台放哪儿?"

"……卧室。"

搞定电扇,周礼又去厨房更换净水器滤芯。

这事他没经验,更换完发现纯净水的水龙头不出水。林温也不懂,和他一起在厨房研究,问过淘宝店客服后又打厂家电话咨询,正打算花钱找安装师傅上门时,周礼又把滤芯重新拧开,黑色的水扑哧往外喷。

林温没被波及,周礼上衣裤子全被喷黑,脸上也被喷了一道。

林温一愣,抽了几张厨房纸巾给周礼。

"等会儿。"周礼不急着擦,先一鼓作气把几个滤芯重拆重装一遍,再打开净水龙头,总算出水了。

周礼道:"应该是刚开始没拧好。"

"你快擦擦吧。"林温给他递纸。

周礼擦了几下,漏掉了脸。林温提醒他:"脸上也有。"

周礼又抹了抹脸,下巴上的黑水已经干了,不太好擦。

他长得太好看,无论是五官还是脸型,或是身高气质、偶尔举手投足间流露出的随心所欲的腔调,都让他显得"高"。

今天他却好像被拉下了神坛。林温心中感叹,觉得好笑。

很快就到了该收衣服的时候,露台上晒着贴身衣物,林温不可能让周礼去帮她收,周礼也知道她的性格,干脆背她上去,等她收完衣服,再背她下来。

一切流程似乎瞬间熟练起来。

两人一起吃了顿时间较早的晚饭,周礼收拾垃圾,但没到五点半,垃圾点还没开放。周礼陪林温坐在客厅看了会儿电视,等时间到了,他把水壶放到林温的床头柜,问林温还有没有事,林温说没,他才带着垃圾下楼。这回他扔完垃圾直接走了。

林温有了经验,晚上没喝太多水,半夜没有起夜,她顺顺利利睡到天亮。

早上七点从床上坐起,林温看向搁在一旁的拐杖,还是深深地叹了口气。洗漱、吃早餐、洗衣服,勉勉强强完成,又要开始爬楼梯。

这时敲门声响起,林温没问是谁,拄着拐杖慢慢挪到门口,透过猫眼向外看,确认是周礼,她直接把门打开。

昨天说好他会过来一趟,林温没想到他今天来这么早。周礼带了食物和一张崭新的床上电脑桌,看见楼梯口的洗衣篮,他放下东西后问林温:"要上去晒衣服?"

"嗯,刚要上去。"

周礼点点头,说:"精神可嘉。"

林温讪讪的。周礼把她手中的拐杖撂一边,弯下腰说:"上来吧。"

林温趴上去,周礼还有空余替她拿洗衣篮。

台阶加起来十多级,先进阁楼再进露台。周礼轻轻将林温放在晾衣杆旁,没守在她旁边,他走到栏杆那儿看远处的田径场。

林温这才先把贴身衣物晒了,再慢慢晒其他的东西。

周礼今天来得太早,所以他没在这里待太久,见林温没什么事,他就走了。

午饭都在保温包里,中午拿出来还温热,林温吹着电扇喝着补汤,除去早晨一个人时的忙碌,她过了较为惬意的一天。

到了傍晚,周礼把晚饭送来,又背她上楼收完衣服。晚饭他留在这里和林温一起吃,吃完到点扔垃圾,流程和昨天一样,只是周礼临走前又多加了一步。

他伸手道:"手机拿来。"

"怎么了?"林温把手机递过去。

"解锁。"

林温解开手机锁。

周礼直接输入自己手机号,再按一下拨号键。

"有事直接给我打电话。"他道。

这一切发生得太自然又直接,林温固定的手机联系人列表里在这晚"被动"地多添了一位。林温想,她应该没什么给周礼打电话的需要。但很快,她就被自己打脸。

第二日,也就是五一假期的第三天,林温一大早接到母亲的视频电话。

"温温啊,我和你爸现在过来了,你起床了没啊?"

林温以为自己听错了,问道:"妈,你刚刚说什么?我没听清。"

"我说,我跟你爸现在过来了。我们还有十来分钟就下高铁了,大概半个小时到你那里。"

林温一看视频背景,真的是高铁上的座椅。视频结束,林温立刻跳下床,脚疼得她差点儿摔倒。她拄着拐杖先冲进厨房,理出一包东西后,再拄着拐杖冲进客厅,又理出一包东西,林温一蹦一跳换了个地方开始翻找。

大概全找完,林温像无头苍蝇似的转了一会儿,看了看时间,她翻出周礼的电话。周礼刚停好车准备去超市买点儿东西,这里离林温家只有七八分钟的路程。手机铃响,他一边开车门,一边随手接起电话。

"喂,周礼……"

周礼一顿,拿开屏幕看了眼来电显示。重新贴回耳朵,周礼开口:"怎么了?"

"你现在在哪儿?方不方便过来一趟?"

周礼关好车门,系好安全带,一脚油门冲了出去。

不到六分钟,周礼敲响林温家的门。林温在客厅听到,立刻蹦向大门口。右脚蹦得太多,脚腕发疼,门一开,她脚下站不稳,身体跌向了前面。周礼一把将人接住。怀里的人耳朵通红,脸颊也微红,看来是真着急。

"怎么了,出了什么事?"周礼问。

林温仰着头,不自觉地握住他的胳膊,说:"我爸妈还有十几分钟就到了。"

连呼吸都灼热。周礼低头看着她,看了几秒,他直接搂着她腰,将人抱回屋内门垫。接着松开手,他避开一步远。

Chapter 6
崭新五月

林温发觉她在周礼跟前滋生出了坏脾气。

周礼的手碰来时,林温下意识地有点儿僵,腰部是敏感地带,这和把她背来背去有些不同。但周礼很快放开她,又立刻退后一步,行为既绅士又守礼,于是林温没多别扭,适应良好。

时间紧张,林温脚刚落地,紧接着道:"我刚才整理出来了一些东西,不能放家里让他们看见,你帮我收走吧。"

这种"危机情况"周礼是第一次碰到,他除了诧异还觉得好笑,看林温一副正经严肃如临大敌的样子,他反而有种说不上来的身心上的放松。

"行,拿过来吧。"他连问都不多问。

林温单脚跳,说:"我藏卧室里了。"

周礼连忙将人拽住,手刚要扶住她腰,在触碰到的前一刻,他及时改扶她的手臂,就像之前那样把她架到了卧室。

进入卧室,林温打开衣柜,又挪开一堆用来遮挡的衣物,从里面挖出两袋东西。

"就这些。"为了以防万一父母比周礼先到,林温提心吊胆地把这些都先塞衣柜了。

林温一开始其实没想到找周礼。她收拾东西的时候第一个念头是要把这些都扔了,等全部装袋后她才想起自己的现状——她根本没办法在短时间内顺利来回六楼。

她脑筋急转。家里肯定不能藏,露台也一目了然,隔壁没住户,或者可以挂隔壁门上假装是他们的,但她父母肯定会问一声隔壁住了谁,什么时候搬来的，这太容易被戳穿，因为她父母跟小区里的不少老人相识。

眼看时间逼近，林温心念电转，忽然就想到了她家这几天的"常客"。幸好周礼就在附近，也有时间赶过来。

林温把东西塞出去，立刻赶人："快走，我爸妈马上就到了。"

"好好好。"周礼勾着笑配合，走到门口时又被林温叫住。

"等等，还有拐杖。"

"拐杖也带走？"

林温"嗯嗯"点头。

周礼皱眉，问："你要瞒着你爸妈？"

周礼太聪明，一下就洞察了她的小九九。林温没时间多说，点着头又催他快带着东西撤。周礼冷着脸下楼，上车后他没开走，坐车里抱了会儿胳膊，他看向一旁的塑料袋。

超市袋子透明，东西掩不住，没什么隐私在这里头。周礼把塑料袋解开，先看见几包醒目的冷冻半成品，又看见好几瓶白酒和其他牌子的小瓶装酒。涉猎还挺广泛……

其中一瓶白酒已经开封，容量剩一半，周礼拿出来晃两晃，猜这应该是被林温摆在电视柜上的那瓶，他给的。另一只塑料袋里是专治脚伤的药，周礼看到这儿，眉头皱得更紧。显然这些全是林温的"违禁品"，连拐杖和药都被她禁，看来她这只瘸腿兔子待会儿是准备身残志坚去演戏。

没几分钟，周礼看到一对老夫妇从出租车上下来，走进五栋单元楼。他手上转了几下手机，然后点开屏幕。

林温父母年纪大，走两三层楼没什么问题，走六层楼还是很费力，所以林温提前收到了她父母上楼的消息，开着门等了一会儿才将人等到。

消息是周礼发来的手机短信，言简意赅："有两位老人上楼了，不知道是不是你父母，你提前做好准备。"

林温看完，刚朝门口蹦出几步，又来短信。

"你爸妈准备待几天？你这脚能装几分钟？"

"……"

周礼用词精准，直击要害掐人命脉，林温感受到了打击，也清楚她要一直逞强的话是逞不下去的。

"找个借口让你爸妈回去，或者你自己躲出来，你可以跟他们说你临时要出差，想好了说一声，我上楼接你。"

这是周礼给她发的最后一条短信。

林温父母这趟就拎了一只小行李包，一前一后扶着楼梯扶手走到五楼半时，抬头就看见了林温守在门口。

父母露出笑："温温！"

林温没上前迎，站在门口开心叫人："爸妈！"

等父母几步走到门口，林温才去接他们的行李，扶着他们坐下换鞋，再和他们一道往里。她双脚正常行走，强颜欢笑，痛感直冲天灵盖。

父母先去洗手间，林温坐在沙发上，痛苦地皱起脸。缓了一会儿，她才开口问："你们怎么突然过来了？"

林母先洗完手出来，说："我们也是昨晚才想着过来的，给你个惊喜不好啊？"

茶几上已经摆好茶饮和水果，林温让母亲吃一点儿东西。

"好啊，但是你们提前说的话，我可以去高铁站接你们。"

"你又没车，要你接做什么，还多浪费一趟打车钱。"林母道。

"你们是打车过来的吧？"

"是啊，直接在高铁站里打的车。"

林温放下心。她家条件普通，普通家庭在吃喝上会舍得花钱，但在打车这类事上却始终觉得是浪费钱。

"你们要过来也不用赶这么早的车，"林温给母亲倒了杯茶，说，"我看你气色不太好，是不是起得太早了？"

林母还没开口，那头林父正好走出卫生间，说道："你妈她哪里是起得太早，她这几天根本就没怎么睡。"

"你瞎说什么。"林母瞪丈夫。

林父对林温道："你也劝劝你妈，让你妈睡个安稳觉。"

林温心里隐约有答案，但她还是问母亲："怎么了妈，为什么睡不着？"

林母又没好气儿地瞪一眼丈夫，才握住林温的手，疼爱地说："你不是说你分手了，我就是担心你，你说你要是一个人偷偷哭怎么办，不好好吃饭睡觉怎么行。多少人失恋走不出阴影，一会儿抑郁了，一会儿自杀了，哎哟——我这一想，心里就扑扑乱跳，怕你有个万一。"

林温弯起唇，温温柔柔地说："那你看我现在像不像没吃好睡好？"

林母捏捏林温的脸，笑着说："隔着手机到底看不真，还是要亲自来看看你我才放心。看来你这几天过得不错，还是白白嫩嫩的，脸还红扑扑的。"

脸红其实是因为忍着疼……

林温哄了一会儿父母，很快把二老都哄高兴了。

林父坐下喝茶看电视，林母依照旧例，一会儿在客厅摸摸，一会儿去卧室瞅瞅，拉着林温过去说："你衣柜有点儿乱，是不是工作太忙没时间收拾？"

——其实是刚才藏完东西没来得及善后。

又扯过床上的被子指给她看，说："别偷懒用这种小玩意儿，还是要用线缝起来最好，被芯不会瞎跑，比这种防滑扣牢多了。而且这种防滑扣带这么长的针，万一哪天掉了，扎到你身上怎么办？"

——其实是前几天刚洗过被套，她脚受伤突然，不想带伤缝被子，所以临时启用了防滑扣。

林母又要拉她去阁楼，林温深呼吸，顽强地跟了上去，下楼时后背已经渗出汗。

林母的最后一站是厨房。

"我看你冰箱里新鲜菜都没了呀，怎么只剩些水果了？是菜刚好吃完了，还是你这几天一直吃外面的东西？"

一个谎话得用千万个谎话来圆。林温从收到周礼的短信后就一直在踟蹰，她舍不得父母，又万分自责让父母这把年纪了还要赶来赶去。但总比让父母心疼她好。此刻她天灵盖都在呐喊撑不住了。

"其实我待会儿要出差了，所以就没买新鲜菜。"林温撒谎。

林母一愣，说："出差？你之前没说呀，怎么这么突然？"

"我有跟你说过啊，我们假期后几天要做项目，要去外面出趟差。"林温道。

林母失落地说："噢，早知道我就提前跟你说一声了，那这趟不是白来了。"

林温忍着不舍,问母亲:"是我没说清楚。那你们是在这里玩几天,还是一会儿就回去了?"

林母很快又打起精神,说:"来都来了,我还要跟你爸在这儿跟几个老朋友聚聚。你就出你的差吧,不用管我们。"

"……"

没办法,林温回房收拾"出差"的行李,算着时间给周礼回了一条短信。

没多久,有人轻叩大门。

"谁呀?"林母离大门近,走过去把门打开,看见门外站着的高个儿帅小伙儿,她愣了一下。

"阿姨您好,我是林温的朋友,过来接她一块儿去机场。"周礼温和地说。

"噢噢。"周礼的个子快接近门高了,林母仰着头,上下打量人。

林温拎着旅行包一步一步走向大门,周礼不动声色地瞧着。

林父林母送她到门口,林温转身说:"那我就下去啦,你们快把门关上,现在已经有蚊子了。"

"知道了,知道了,你路上当心点儿。"林母又抬头笑着问周礼,"你叫什么呀?"

周礼含笑答:"我叫周礼,礼貌的礼。"

"小周啊,今天你们赶时间,下次你过来一定进来坐坐啊。"

"阿姨,您客气了。"

"那你路上开慢点儿啊,要当心。"

周礼随和道:"好的,您放心。"

林温父母不会送林温下楼,因为上下一趟楼对他们来说到底有些吃力。

林温又催一遍让母亲关门防蚊子,林母这才把门关上。

门一关,林温立刻垮下脸,紧紧扶住周礼的手臂。

周礼又一次皱眉,问:"很疼?"

林温直点头。

周礼也懒得再跟她讲什么绅士距离,弯下腰,他招呼也不打,一把将人打横抱起。林温惊住,低低地叫了一声。双脚突然腾空吓到了她,她也不防周礼会来这么一下。但即使被吓到,林温还是没忘记一门之隔的父母,她很快把呼喊压了回去。

"我先带你去医院。"周礼低头看了她一眼,然后大步下楼。

林温不敢搂他的脖子,只敢搭着他的肩膀。到了底楼,林温心跳渐渐平复,对周礼说:"你先放我下来,我怕我爸妈在阳台上看着,我先自己走。"

周礼紧了紧手。

林温抬眸看向他,问:"周礼?"

周礼将人放下,说:"你在这儿站着。"

走出两步,他又回头警告:"站着别动。"

周礼面色严肃冷峻,林温觉得远胜过那天度假、他被迫坐上袁雪的车时的表情。林温很少看到周礼冷脸,她一时被唬住,等周礼将车开到楼道门口,她才回过神。副驾正对大门,周礼把车门推开,只有两步路,楼上再怎么探头探脑也看不到这个位置。林温看了眼驾驶座上没正眼看她的周礼,她抿了下唇,自己跳上了车。

林温家地段好,附近配套设施齐全,最近一家医院开车过去只要五六分钟。医院门诊大楼附近没停车位,周礼先把车停在门诊大楼门口。

林温以为周礼会扶她进去,谁知周礼绕到副驾,又二话不说将她打横抱了起来。医院人来人往,林温又没真的缺胳膊断腿,她忍不住红着脸推他,说:"我自己能走,你放我下来吧。"

周礼不冷不热来了句:"你还是少折腾吧,节省点儿。"

周礼抱着人,径直走到候诊椅前面才把人放下,叮嘱她:"我先去停车,你手机上先挂个号,别瞎跑。"

林温张着嘴,愣愣地看着人走出门诊大楼,她才掏出手机。

挂号的时候她还在想,周礼冷下脸的样子确实吓人,难怪袁雪不敢招惹他。

医院的大停车场离门诊大楼很远,步行需要十分钟,周礼停好车匆匆赶回,走进大楼,一眼就看见林温坐在椅子上,低着头握着手机。周围人来人匆匆,她一个人安安静静的。周礼缓下脚步,慢慢走过去说:"挂完号了?去几楼?"

林温抬头,说:"三楼骨科。"

周礼又去抱她，这回提前说："我先抱你上去，待会儿再给你找张轮椅。"

林温本来想拒绝了，听他这么一说，她就没把人推开。周礼将人打横抱起，跟着一群人在电梯口等。林温将脸朝向周礼胸口，既不想贴太近，又不想露出脸。周礼看向自己怀中，扯了下嘴角道："怎么，嫌丢脸？要是落个残疾你脸上有光？你在你亲爹妈面前逞什么能！"

林温憋了会儿，实在憋不住。

"你知道什么！"

"那你说！"

"我妈要是知道我受伤，她能一直胡思乱想，失眠好几个月，还会在这儿待着一直陪着我。"

"就这？"

林温没好气道："以前放学我摔伤膝盖，我妈带我去医院做了全套检查，之后整夜整夜失眠，生怕我再有什么意外，每天都接送我上下学。可我的膝盖只不过是瘀青了！"

这只是其中一个微不足道的例子。再比如，林温小学时候跟同学一道吃了顿路边的油炸火腿肠和里脊肉，回家后她肠胃不适拉了肚子，母亲一问，她如实交代，那一晚母亲睡不着，守了她一整夜。第二天，母亲就自己买回了一袋香肠和里脊肉，亲自做给她吃，也勒令她以后不准乱买零食。

林温母亲对她自己的生死不太看重，她知道自己的年龄正走向死亡。但她格外看重林温的生死，因为林温还小，她的人生才走向光明。所以她关心林温的饮食，总是提醒林温注意人身安全，杜绝掉一切危及林温健康以及生命的隐患。

林母脆弱敏感，一点儿小事就能让她伤怀忧思，更别说这次是林温伤筋动骨，要是让林母知道，后果应该天崩地裂。

两人就这么争执了一路，从电梯外到电梯里，吸引了若干陌生目光。

周礼还不忘避着人，一心二用不让林温被其他人撞到。林温却被周礼逼得早忘记了自己身处的场景。

周礼向来都是"和颜悦色"，至少在林温面前是这样的形象。这是他第一次在林温面前撕下了一点儿完美外衣。林温向来也是温柔软和，好说话，没脾气，这回算是头一次面红耳赤跟人"争吵"。两人争到了三楼骨科，周礼小心地将人放到座椅上，往她脑袋上揉了一记。

"行了行了，小心你爆血管。"

林温深呼吸。周礼忍俊不禁，终于算是哄了她一句："我去给你找轮椅，要不要吃点儿什么，顺便给你带来。"

林温吃不下，垂着眸说："不要。"

周礼离开前又叮嘱："别再乱走。"

周礼很快把轮椅找来，没给林温买吃的，但给她带了一瓶水。她难得"大声"地跟他"吵"了一回，嗓子应该不适应，需要润一润。

林温果然乖乖喝了水，又挪到了轮椅上。

她脚受伤那天原本也考虑过在医院租一辆轮椅，可是轮椅不能上下楼，她家空地小也转不开，实在没拐杖方便，所以她就没去租。现在坐上轮椅，她舒服不少，在诊室外等了几个号，终于轮到她，周礼推着她进去。

医生检查过后直皱眉，再三交代林温接下来一段时间不能再下地，这种伤可大可小，休养是关键。周礼在旁边问了一遍注意事项，记下后他推着林温出来，又在一楼药房重新配了些药。

已经到正午，阳光猛烈起来。周礼推着轮椅朝停车场走，林温抬手遮在额头。大约上午这批看诊结束，这个时间段路上来往车辆增多，保安努力维持交通，车还是太挤，前进缓慢。两人避让到边上，路太窄轮椅又过不去。周礼见林温耳朵已经晒红，他把轮椅扶手往下压，轮子翘起。

"坐好。"

"呀……"林温扶稳。

周礼把轮椅转向草坪，先打预防针："别跟我说教。"

翘上台阶后，他推着人往草坪上走，过了拥挤路段他再把轮椅推下去，重回到平整大路。林温全程闭嘴。走了十多分钟，终于回到车上，林温坐进副驾，周礼把轮椅收进后备厢。

"先去我家吃午饭。"周礼回车上后直接对林温道。

"去你家吃？"林温转头看向后座的保温袋，"那里面的饭菜呢？"

林温开始上车的时候已经看到熟悉的保温袋，知道周礼一早在她家附近不是碰巧，而是又来给她送饭。

平常没那么深的感受，这几天她却深深体会到孤立无援时身边有人陪伴着的幸运。想到这儿，她觉得之前对周礼"凶巴巴"的实在是不好，正打算说几句软和话，就听周礼开口："待会儿你就吃那里面的饭菜，我吃新鲜的。"

"……"

虽然知道周礼是在逗她，但小火苗还是在林温嘴里骨碌了一圈。

以前不这样，大约是刚刚共过患难吵过架，林温发觉她在周礼跟前滋生出了坏脾气，只是不清楚这坏脾气会维持多久。

这可不太好。林温使劲儿把小火苗扑灭，软乎乎地回应："好的。"

周礼开着车，瞥了她一眼，随之笑了一声，他被她这副模样逗乐了。

他忍不住想去揉她的脑袋，但又克制住了，双手紧握方向盘没松。

车子进入地库，周礼解开安全带。下了车，他取出轮椅打开，让林温坐上去，然后将旅行袋、保温袋、新配的药，还有林温的那些"违禁品"，以及一只他自己的公文包，统统放到林温腿上。林温被塞了一怀的东西，脖子以下全被遮住，剩一张小脸露在外面，微仰头，睁着双黑白分明的眼睛望着人。周礼看得失笑，说："知道你现在像什么吗？"

"……"

公文包放在最外面，林温指甲抠着包，配合道："购物车是吧？"

周礼笑出声，这回终于没能忍住，伸出手拍了一下林温的脑袋。林温想起上回在别墅厨房，周礼把肖邦翻转了一面，然后一脚踹过去的场景。她此刻有种感同身受的冲动。但她暂时做不出这么凶悍的动作，只能把腿上的公文包还给它的主人。

"你自己拿。"她说。

倒不是幼稚地不帮人拿，是她腿上确实兜不住这么多东西，公文包已经滑出膝盖了。

周礼拿走公文包，顺手把另外两个塑料袋也拿走了。林温说："这个我能拿。"

"行了，小朋友，你还是歇着吧。"他把袋子钩在扶手上，尽职尽责地推着轮椅前进。

林温："……"

周礼家在二十七楼，电梯入户。进门先换鞋，林温从轮椅上站起来，又被周礼摁了回去。周礼给她拿来一双拖鞋，说："坐着换。"

林温之前怕被父母发现脚伤，穿的鞋子是严严实实的。从家里出来后她把左脚鞋带松绑了，这样宽松，脚才不会被绷疼。

右脚鞋带却绑得太紧，林温蹬了蹬脚后跟，鞋子一点儿没被蹬下去，她只好弯腰解下鞋带，再蹭掉鞋。

这是林温第一次来周礼家，她坐在轮椅上穿过入户，先被房子的空旷所震撼。巨大的客厅里，沙发电视、书桌书架，各种家具摆设一目了然，没有任何多余的摆件装饰。林温觉得这像是电视剧里的房子，地段佳，空间大，装潢高级简约，每块砖都能踩出金钱质感，但没有什么生活气息，样板房也比这里热闹。

林温仰头问："你家多大？"

"两百多平方米。"

林温见过两百多平方米的大平层，视觉上绝对没有这么大。

周礼道："我把多余的房间全都打通了，卧室只留了个主卧。"

林温问了一个大多数人都会问的问题："那你家里人过来的话不是没地方睡了？"

"你上回不是说过最烦人际关系？"周礼轻描淡写道，"这里是我纯粹的私人空间，不欢迎什么朋友家人，所以我只留了一个房间。"

林温愣了愣，没料到竟是这个理由。她不喜欢复杂的人际关系，所以在外尽量做到精简，家中却是能多拥挤就多拥挤；周礼在外朋友一堆，成天应酬忙碌，私人空间却简单到这般极致。这与周礼平日表现出的做派完全不同。

林温又仰头看他。周礼挑眉问："怎么？"

林温道："那我今天到你这儿不是打扰你了？"

周礼笑了笑，说："所以你这回别再瞎折腾了，专心养好你的脚。"

说着，他把人推到餐厅，说："待会儿我帮你订个酒店，白天你就在我这里待着，晚上再送你过去，现在先吃饭。"

他提前叫阿姨过来重新准备一顿，桌上已经摆了三道菜，还有一锅补汤正小火炖着。周礼掀开盖子看了看，食材已经熟了，但不知道汤有没有炖够火候。他把林温推进厨房，说："你看看。"

"汤勺。"

周礼递给她。

林温往小碗里舀了一小勺汤，尝过后点头道："再加点儿盐就好了。"

周礼拿来盐罐，直接舀出一勺，林温看他动作，赶紧往他手背上一拍。

"停停停，多了。"

周礼听话地抖两下勺。林温认可："加吧。"

关了火，周礼端着珐琅锅出来，林温自己滑轮椅，到了餐桌旁边，她及时移动防烫垫，珐琅锅顺利摆好。

吃饭的时候林温一直在按手机，周礼等了一会儿，敲两下桌提醒："待会儿再玩，先把饭吃了。"

"不是在玩，我在跟我爸妈说。"林温低头发信息。

"你爸妈找你？"

"不是，我给他们买了菜送货上门，快送到了，我跟他们说一声。"

周礼没再说她。

吃完后周礼带林温逛了一圈，逛到办公区，林温见到书桌上的拼图很是稀奇。

周礼说："待会儿给你拿一幅，你玩着正好消磨时间。"

林温好奇地问："原来你喜欢玩拼图？"

周礼扬唇："没什么喜不喜欢的，也是为了消磨时间。"

周礼只有一张拼图架，现在架子上一幅新的红色太阳花拼图还没完成。他另外找来一张拼图毯，摆在茶几上，让林温垫两个抱枕坐地毯上玩。又给林温切来一盘水果，旁边再摆一瓶苏打水和一罐牛奶。

电视机里小声播着节目，长毛地毯干净柔软，林温坐在抱枕上，手指捡起一片拼图，看了看伸手就能够到的食物，又看了看地上的卡通拼图包装盒，她望向坐在不远处书桌旁、正敲击着电脑的周礼，张了张嘴。

过了一会儿，她还是把嘴巴合上了，挠了挠下巴，她低头开始玩拼图。

周礼处理完手头上的事，抬头就看到林温长发垂落、低着头专心致志的样子。

窗帘没拉，下午光线正好，林温的位置晒不到太阳，但一旁有光直射。一道阳光打下来变成背景，春末的午后如梦似幻。周礼看了一会儿，然后稍稍挪动椅子，坐到了拼图架面前。他拾起一片拼图，也开始拼起来。

时间不知不觉地流逝，林温再抬头时夕阳已经西下，这个下午她完成了半幅拼图。晚饭的时候周礼让林温留点儿肚子。

"干吗？"

"带你去美食节转转。"

林温不是爱玩的性格，但这几天足不出户确实也有点儿闷。

美食节活动由他们公司负责，林温在现场还看到两个同事，但同事在忙，没看见她。开幕第一天，周围人山人海，停车都找不到地方。周礼把车停得较远，一路推着林温过来，进场后没一会儿就买了一堆吃的，林温这辆"购物车"派上用场了。她不用走路，可以拿很多东西，周礼像在逛自助餐厅，看见什么都往林温怀里塞。找不到空余桌子，两人只能边逛边吃，一份食物两个人分。

吃饱喝足，回去取车的时候周礼走得很慢。晚风吹拂，已经闻不到食物的香味，远处是流光溢彩的高楼大厦，近处是路边茂密的植物花卉。周礼和林温一起辨认。

"丁香。"

"月季。"

"三色堇。"

还有一种花林温不认识，黄色花瓣很是鲜艳。周礼上前蹲下，学林温捡了一朵掉落的花，只剩花朵，没有花茎。"这是花菱草。"他把花递给林温。

林温接过，低头看手心。

崭新的五月，已经没了烦人的柳絮。

周礼订的酒店就在他家附近。

原本他想订五星级，林温及时想到周礼的消费习惯，提前避开一劫，让他订一家经济型酒店就行。林温预算一晚房价最多两百元，再多她舍不得。

时间已经晚了，周礼把人送到客房，检查过安全没问题后他就走了。

九个小时之后，也就是第二天早上七点，周礼又过来了，直接把人带回家，家里阿姨正在做早餐。没必要来回折腾，周礼让林温三餐都在这里吃新鲜的。

林温也没其他地方可去，所以这一天，林温在周礼家从早上待到晚上，把前一天没完成的卡通拼图拼完了。周礼替她拿框裱了起来。

两人分开八个半小时之后，周礼再次把林温从酒店客房接了回来。

林温其实没睡够。昨晚酒店来了一个旅行团，正巧住在她所在的楼层，不知道具体发生了什么，团里的人一直在跟酒店工作人员吵架。房间隔音效果不好，林温睡着又被吵醒，反反复复直到凌晨三四点。

吃过早饭，林温看了会儿电视，看着看着就睡着了。周礼在厨房交代阿姨今天的午餐和晚餐，出来后看见林温睡倒在沙发上，他顿了顿，去卧室拿了条毛毯出来。林温脑袋歪在一边，周礼捧着她脸颊将她挪躺下来，再给她盖上毯子。

林温睡得熟，双腿蜷起，手握成拳贴在脸旁。周礼抱着胳膊坐在茶几上，看了一会儿，他笑着摇了摇头，起身给她披了披毯子，然后走开了。

林温一觉睡醒，正好到午饭时间。她其实很惊讶自己会在周礼家客厅睡着，这大概是她第一次对异性完全不设防。午饭后周礼办公，林温又开始拼一幅新的拼图。这幅拼图片数增多，难度也加大不少，她按照周礼教的，先拼出轮廓，再一点点往里填。拼到后来，她肩颈酸疼，抬手捶了两下。

"累了就别拼了，休息一会儿。"周礼走到沙发上坐下，顺手打开电视机。

林温拼了太久了，确实有点儿累，她懒得挪位置，依旧坐在地毯上。

"想看什么？"周礼问。

"电影吧。"

"什么题材？"

林温想了想，问："你看不看悬疑？"

"看。"

"那就悬疑。"周礼点进悬疑片类别，让林温自己选。

林温一排排海报看下去，手指了一下，道："就这个吧。"

周礼点了进去，影片进度条在末尾，他重新拉到开始。电影时长两个半小时，林温坐在地上姿势不变，周礼坐在她身后沙发上，一直陪着她。

看完电影，林温似乎是累了，话也不多。晚饭后她就提出想回酒店。

"昨晚没睡好，我想早点儿回去补觉。"

周礼给她收拾了一点儿吃的，将她送了过去，离开前跟她说："明早来接你。"

林温洗漱了一下上床，但她并没睡。门外又在吵，旅客和酒店的纠纷还没解决，声响如雷。林温躺在床上翻来覆去，也许是被噪声干扰，她思绪越来越乱。半晌，她拿过手机，给袁雪发了一条微信："我前几天碰到了周礼。"

林温没告诉袁雪这几天具体发生的事，她下意识地想避开某些内容。

"我前几天碰到了周礼，你告诉他我脚受伤了？"

袁雪语音回复："是啊，就那天我和老汪在机场正好碰到了他，我不是跟你打电话嘛，电话没打完他人就走了。本来我还想着你要是实在没办法，就让他去助人为乐一下，他倒溜得快。"

林温抱腿坐在床上，双手捏着手机，听完这段，她有一会儿没动。那头的袁雪大概嫌微信聊天太慢，直接电话过来。林温这才从自己的思绪中回过神来。

"你脚好些没？这几天我忙昏头了，家里一堆破事，都忘了你这边。"袁雪道。

林温说："好多了，你家怎么了？"

"乱七八糟的小事，懒得说它。"

"那你什么时候回来？"

"老汪要上班，他明天下午就回了。我在家里再待几天，陪陪我爸妈。"袁雪问道，"对了，你问周礼干吗？"

林温抠着睡裤的裤脚，垂眸说："也没什么，我脚不方便，他帮了我一把，想问问你我要不要给他送点儿什么当谢礼。"

袁雪无语，说："你这就太夸张了，又不是不熟的朋友，大家都这么熟了，他帮你一把不是应该的嘛。"

"……你不是总把他说得很冷血无情似的。"

"那……也没有吧。"袁雪讪讪，想了想说，"他对朋友还是挺够意思的，真有什么事情喊他一声，他都会搭把手，谁要是帮过他，他以后也会狠狠地帮回来。"

具体例子袁雪一时懒得说，她每次聊起周礼还是更喜欢吐槽。

袁雪道："大事上他是没的说，但你要是让他给你递张纸巾啊，帮你泡面加点儿水啊，呵呵，下辈子都不一定等得到。"

林温捏紧手机。周礼没给她递过纸巾，这几天他们一起吃饭，周礼最多把桌上的纸巾盒推到她跟前。周礼也没给她加过水，但会在饭桌上帮她往小碗里添汤，等她喝完，又会再添。

从索道回来后她曾经动摇。林温不想把友谊误会成其他，她朋友向来少，所以她会尽量珍惜每一段她认为值得的友谊。

但今天她不得不再一次多想。她刚开始其实没意识到，等那部电影播了二十几分钟，她突然后知后觉，电影的进度条，一开始是在尾巴那儿的。

一部已经看过的电影，整整两个半小时，周礼不声不响坐在沙发上陪她又看了一遍。林温挂断电话，双手抱膝，说不清自己此时此刻的感受。她人有点儿蒙，思绪还是混乱，耳根也不知不觉烧了起来，越烧越烫。长发垂落到手背上，发尾轻挠了她一下，林温看向自己的手，目光偏移到中指，之前那里有枚戒指。

她又看了眼自己的脚，思绪飘远，耳根逐渐冷却。林温把手机放回床头柜，关灯躺下，盖好被子，静了一会儿，她闭上双眼，调匀呼吸。

睡了不知多久，林温忽然被一阵刺耳的声响吵醒，蒙蒙眬眬地听了几秒，她才清醒过来。这是火警警报。

拐杖和轮椅都在边上，林温披了件小外套，一把抓过拐杖，拿起手机往客房外走。走廊上已经乱成一锅粥，她跟着人群去往楼梯，有人见她行动不方便，热心地过来搀扶她。

晚上十一点多，周礼还没睡。他这几天难得没任何应酬交际，白天晚上都在家。今晚无所事事，他翻出一本书看。看累了，他摘下眼镜，捏了捏眉心。侧身去拿一旁的水杯，手机上正好推送来一条即时消息。

自媒体新闻竞争激烈，每条新鲜事的推送都争分夺秒。这条新闻推送于六分钟前，写的是某某路某某酒店失火，消防车已经出动，人员伤亡情况有待进一步了解。酒店离周礼家直线距离较近，但想从这里看到酒店，却是不可能。

这一头，周礼站在窗边，直接给林温拨去电话，响半天没人接听，他手机继续拨号,匆匆换鞋出门。

另一头,一群客人正在质问酒店工作人员。林温旁听许久,才弄清大概原委。

又是那几位新来的旅客,早前争执没解决,今天在客房吃外卖火锅的时候和工作人员矛盾激化,吵架时动起手,不小心撞翻了火锅,连带边上的高度酒也一起倒了,火苗瞬间上升,烟雾警报器自动响起。

幸好火势控制及时,消防人员赶到时火已经被扑灭了。林温拄着拐杖,在人群中看起来是最狼狈的一个。一位不知道是记者还是拍客的人瞄准她,举着相机对她录像,噼里啪啦连续发出数个问题。林温皱眉想躲,对方的相机反而逼得更近。这时旁边突然伸来一只手搂住了她,另一只手直接拍开了那部相机。

"哎,你这人怎么回事!"对方怒道。

"你这么喜欢拍,我让你也入个镜?"周礼冷嘲。

周礼穿着家居装,鼻梁上还架着副银边眼镜,看样子是匆匆赶来的,衣服没来得及换,连眼镜也不记得摘。

周礼冷嘲完就没再理对方,他侧过头,手从林温发顶抚到发尾,然后又返回,手掌按在林温头侧,将她的脸拉得更近。这动作带着明显的亲近,安抚多于关心。

"没事吧?"他问。

林温心跳快了一拍,僵着脖子摇了下头说:"没事。"

对面的人不罢休,骂骂咧咧:"我拍个视频怎么了,你有本事……"

"欸欸,原来是小周啊。"有个人过来制止,转头对拍摄者说,"这是我一个晚辈,都是自己人,你去那边拍吧。"

拍摄者气焰瞬间消失,说:"哦,那是误会了,对不住对不住。"

来人看起来四十七八岁,方形脸,皮肤微黑,身量颇高,穿着一身黑色休闲装,脖子戴玉,腕上戴名表和手串。

"怎么这么巧在这儿碰上你,咱们都多久没见了?"吴永江笑着说。

周礼挑了下眉,也含笑说:"是挺意外,你大晚上还出来跑新闻?"

吴永江指指后头的拍摄者,说:"跑什么新闻,跟小朋友出来吃夜宵,正巧撞着这里起火,这不,顺便就过来看看了。"说着,他看向被周礼搂着的人,又道,"刚才吓着你朋友了,小姑娘,不好意思啊。"

林温正要摇头说没事,周礼手按在她脑袋上,又抚了两下。

"多大点儿事,现在工作也难。"周礼说。

"可不是,成天麻烦一堆。"不远处的拍摄者在叫人,吴永江感慨完,对周礼道,"我也是劳苦命,你去忙你的,我过去看看。"

走出几步,吴永江又突然转身,说:"对了,你爸现在还在港城?什么时候他回来,你通知我一声,我跟他喝上两杯,这都多少年没见了。"

周礼搂着林温,回头说:"没问题,等着。"

酒店没起火,回去能坐电梯,应付完故人,周礼问林温:"脚还疼不疼?"

"不疼了,别人扶我下来的。"林温顿了顿,问,"你怎么会过来这边?"

"刚巧看到了新闻推送。"周礼问她,"你手机呢?我之前打你电话你怎么没接?"

"啊……"林温从外套口袋里掏出手机,一看确实有好几通未接电话,手机侧面的静音键被打开了,她道,"可能是刚才不小心碰到了静音。"

周礼直接伸手过去,拨了一下键,把静音关了。

林温抿了抿唇。周礼这回没背也没抱,架着林温送她回房,进入房间,他问林温着火是怎么回事。

林温把事情说了一遍,周礼道:"你把东西收拾一下,我带你换家酒店。"

林温也不放心继续住在这里,谁知道睡梦中还会发生什么意外。她点点头,很快把行李收拾好。周礼带她退了房,楼下这时人群还没散,吴永江远远看到,跟他挥了下手。周礼回了一个笑。

前往附近另一家四星级酒店,路上林温一心二用,一边回周礼的话,一边想着心事,等她在酒店安置下来,她才对周礼道:"对了,你明天不用来接我了,我约了同事。"

周礼指了下林温的脚,问:"带伤出去玩?"

"有轮椅嘛。"

"玩到什么时候?我过来接你。"

"不用,我爸妈说他们明天就回去了,到时候我让同事直接送我回家。"

顿了顿,林温道,"你也该上班了。"

今年五一假期有五天,今天已经是最后一天假。

周礼确实又要开始忙碌,听林温自己安排详尽,他就没多担心。

第二天,林温带着行李,早早下楼吃了一顿自助早餐,吃完直接退房。

出酒店后她打了一辆车,找了一间咖啡店坐下,边喝咖啡边搜索短租公寓和能护理病人的钟点工。她打算二选其一,哪边价格便宜就选哪边。最后她选择了一套短租公寓。她这伤就算一两周能下地,短期内走路还是不方便。钟点工价格贵,也不可能一直把她背上背下,她之后总要自己出门。

房子很快定下,位置稍偏,二楼带电梯,林温先短租半个月,行李是现成的,也不用回家收拾。她另外买了床上四件套,洗衣机带烘干,趁清洗的时候她坐着轮椅把房子稍微打扫了一遍。一天很快结束,林温洗完澡躺上新床,舒服地呼了口气。休息片刻,她才回复周礼之前发来的短信。

"到家了。"想了想,她把那个能聊天的 APP 删除了。

接下去两天,林温上午出门买菜,白天就在小公寓里窝着,晚上出门在周边散步,生活过得规律又惬意。

周礼上她家找过她,她告诉周礼她现在暂住同事家,之后周礼的短信她不再回复。她想尽可能地让事情没那么尴尬,大家都是成年人,话不用挑明,周礼应该能看出她的意图。

但可能因为短时间内养出的习惯,这两天林温每次想坐沙发,都会先看一眼沙发前的地面,似乎地面比沙发更吸引她。林温后来真的坐到了地上,只是短租公寓里的地毯远没有周礼家的舒服,她坐了一会儿就起来了。

在她搬到新公寓的第三天,袁雪千里迢迢发来问候:"姑奶奶,你能下地了吗?能下地了就去相亲啊,我都给你安排好时间了,一天相两个,五天相完全部!"

林温脚伤仍没养好,但她病假快结束了,工作后不一定能抽出时间,这几天倒勉强可以。她想了许久,又开始心烦意乱,最后回复袁雪:"那你安排吧。"

于是从次日开始,林温的生活就变成了上午买菜,下午或晚上相亲。

规律的生活一下变得不规律。

一号相亲对象去年大学毕业,主要做地理测绘方面的工作,这一位袁雪最看好。

对方外形尚可，镜片的厚度很夸张，扶眼镜框时能看到他鼻梁上深深凹陷出的痕迹。林温没戴过近视眼镜，她至今看到过戴近视眼镜最好看的人，大约只有周礼。

二号相亲对象是袁雪那位从加拿大留学回来的室友堂弟，刚见面就吃惊地问："你是残疾人？！"

听林温解释后他仍旧一脸狐疑，说："那你要不走两步让我看看？"

林温："……"

三号相亲对象是袁雪后期介绍的一位，普通公司小白领，外形清秀，履历也不错，但开口结结巴巴，眼神躲躲闪闪，低头时偶尔嘴角带笑，抬头却从不敢跟林温对视。

接下去林温相亲的两位，也是袁雪后来介绍的，外在条件看起来都不错，一聊天却让林温无话可说。

林温这边疲于相亲，周礼那边，在这天下班后他去肖邦店里坐了一会儿。

工作一天太疲惫，周礼进店后往沙发上一靠，闭眼捏着后脖颈放松。

肖邦给他端来一杯喝的，说："五一的时候你没空过来，现在这么累，倒是有空过来了。"

周礼没睁眼，没什么精神地说："给我捏两下。"

"不捏，"肖邦道，"想舒服就找女人捏去，用不用我帮你介绍？"

周礼懒洋洋道："这店开不下去，想改行了？"

肖邦笑了笑，说："也没有，只是听说林温最近在忙着相亲，快脱单了，我想我也该适当地抚慰一下你。"

周礼终于缓缓睁眼，看着肖邦，他扯了一下嘴角，脸上的神情却没显惊讶或不悦。

肖邦狐疑道："你……"

周礼弯身，拿起茶几上的杯子，将饮料一饮而尽，然后站了起来，说道："我约了人，走了。"

周礼约的时间在七点半，他赶到咖啡店时间正好，但对方比他早到，不知道等了多久。周礼走了过去，在卡座坐下，看着对面的人，他问："这是伤好了？"

对面的林温，目瞪口呆。

Chapter 7
窗户纸

你知不知道我是什么时候认识的你？

咖啡店里并不是太安静。边上有家电影院，七点半到八点的时间段观影人最多，咖啡店成为最舒适的等候区，有些人什么都不买就进来干坐。

这里店面环境相对较好，离林温新租的公寓又没那么远，林温出行不便，所以几次相亲她都选在这儿。

今天是她相亲第三天，七点半应该见六号相亲对象，但现在准时七点半，坐在她对面的人是周礼。店内的背景音乐很轻，各种杂音像是把这里裹进了一张鼓。敲一记，"嗡"一声，再敲一记，"咚"一下，回音久久不散。

林温身在鼓中，大脑运转能力一时受限，等店员拿着餐单走了过来，她才控制住不停扑腾跳跃的大脑，觑了一眼大门口——并没有符合六号相亲对象的人进来。

"晚饭吃了吗？"周礼接过店员递来的餐单，问林温。

"……吃过了。"林温脸快憋红。

周礼还没吃，但这家咖啡店里能填肚子的食物，除了甜品就没几样，而且并不合他的口味。

他不是太饿，晚饭先搁在一边，随便选了一杯咖啡，他再问林温喝什么。

林温胡乱要了一杯冰乌龙，给自己降降温。店员走开了，林温的语言功能也勉强找回，她稍微镇定下来，看向对面泰然自若的人，不信邪地问："你约了朋友在这儿？"

周礼一听，嘴角微弯。他这笑与以往不太一样，林温觉得他这会儿的笑容配上看她的眼神，很像长辈对待晚辈，平淡中带着亲切，最主要是有种包容的意味在。

"……"林温似乎读出了答案。

"脚怎么样,能下地了?"周礼没急着说什么,他把话题扯回开头,体贴地给足对面人缓冲的时间。

"……还没有。"林温缓缓呼吸,让自己先放平心态。

"那这几天也没开始上班?"

"……嗯。"

"吃喝呢?都吃外面的还是自己做?"

"……自己做。"

两人像在闲话家常,拉拉扯扯半天,气氛十分"和谐",彼此都没提重点。店员把饮料送来,林温看了眼时间,已经七点四十分,她又觑向大门,依旧无所获。

两杯喝的被放错位置,周礼调整回来,淡声道:"别看了,没人。"

这句话似乎是准备切入正题了。林温也做好准备,她的胳膊搭在桌上,手指触碰着冰冰凉凉的杯壁,先问:"他人呢?"

周礼没打算卖关子,他看着林温,正想要说话,手机却响了。

他拿出手机看了眼来电显示,接着向林温示意了一下,接起电话。

听了几句,他皱起眉。"现在?"他问电话那头。

那头说了什么,周礼看了眼腕表,又看向林温。

电影快开场,四周的人陆陆续续起身,嘈杂更甚。林温也不知道电话那边的说话内容,但看周礼的样子,应该是别人找他有事。

果然,周礼挂断电话后起身,道:"我现在要回趟电视台。"

林温一愣,坐着没动,她双手捧着冰乌龙点点头,说:"那你去吧。"

周礼忽然将杯子从她手中抽出,说:"你跟我一起过去。"

"……我去干什么?"

"正事不谈了?"周礼意有所指,"等我忙完了再跟你谈。"

林温:"……"

周礼雷厉风行,快速结账后将林温搀了出去。

林温头两天自己出门用的是轮椅,尝试后发现还是拐杖更方便,所以她现在随身带着拐杖。周礼把拐杖扔到后备厢,上车后立刻启动车子,其间还接了两通电话，抽空向林温解释："我现在要回去补录几个镜头，应该花不了多少时间，你就在楼上坐会儿。"

说着，车子就到了电视台。林温第一次来这儿，来不及多看，就被周礼带进了电梯，转眼进了一间办公室。

周礼没自己的独间，主持人不用坐班，好几人共用一个房间。房间非常朴素，两张棕色大桌，一排浅灰色文件柜，墙壁刷白漆，简单到周礼要是不说，林温绝对想不到他会在这种环境工作。

天气转热，周礼没再随身穿西装，他西装就扔在车里，上楼后他才往身上披。隔壁是个小化妆间，化妆师在替周礼打理，两三下就全好了，毕竟周礼才下班，发型都还维持着上镜时的样子。

"你就在这儿坐着，厕所在走廊西面。"周礼提醒。

"知道了，你去忙吧。"

周礼又对女同事小何说："照顾一下。"

小何一笑道："没问题。"

周礼一走，小何给林温泡了一杯热茶，又拿出一袋瓜子，热情地让林温吃。林温道了谢，可惜她还没给自己降温成功，热茶喝不下。

小何见她无聊，问她："你要不要玩游戏？我跟你玩一会儿？"

林温笑着说："我不玩游戏。"

"哦，"小何又邀请，"那你吃点儿瓜子啊。"

"谢谢。"林温意思意思地嗑了一粒瓜子。

小何还在读书，是新来的实习生，缺乏人际交往经验，也不知道该怎么招待陌生人。她想了想，指着办公桌边上的一堆东西说："你要不看会儿书或看会儿报纸？这些都是周老师的，你可以翻着玩。"

"可以翻？"

"当然可以，他们这些书啊，杂志啊，我们都随便看的。"

办公桌都是主持人共用的，但桌上还是会放置一些他们的私人物品。

周礼的私人物品不多，有两本书、几份报纸和杂志。

林温抽出一份报纸，全是英文的。她立刻换了一份，是经济类报纸，枯燥乏味，她一点儿都看不懂。她又拿出了一本书，翻了几页，她的手顿了顿。这是一本植物花卉科普书籍，每一页都会讲解几种花，其中几朵被人圈了出来，边上还标注了一点儿笔记，书写人字迹洒脱，如行云流水。

林温认得被圈出的几朵，她在汪臣潇的别墅附近捡回来的，就是这几朵花。她喜欢花，也认识不少花。她认识周礼这几年，没看出周礼喜欢花，上回美食节，周礼对路边花卉如数家珍，她感到很稀奇。小何见林温翻看这本书，说道："这书是周老师上个月休假回来后新买的，都不知道他什么时候喜欢上研究植物了，爱好可真广泛。"

林温没吭声，又把书放了回去。

大概一小时不到，周礼补录完回来了。林温正在低头剥瓜子，她不用牙齿嗑，手剥纯粹是为了消磨时间，周礼一看就知道她是无聊。

"待无聊了？"周礼脱着西装问。

"还好，你都忙完了？"林温把瓜子放下。

"嗯，这边都结束了。"周礼拿过林温的拐杖，利落道，"我还没吃晚饭，走吧，带你一块儿去吃点儿。"

林温没反对。周礼带人去了电视台附近的一家露天大排档。

五月的小龙虾比四月的肥美许多，周礼点了一份小龙虾，又另外点了一荤一素和大份凉拌面。

坐下等上菜，两个人，一人抽了张纸巾低头擦桌子，一人搅拌面条，夹出一小碗分给对面。桌子擦完，面条也摆正，谈话正式开始。

"你相的那几个感觉怎么样？"

这叫林温怎么回答？

"都还行。"

"有合适的？"

这又该怎么回答？

"还没相完。"

"你喜欢什么样的？"

林温憋半天，只能憋出一句："合适的。"

"还没合适的，是因为还没相完？"问题和答案成了一个莫比乌斯环。

林温："……"

周礼忍俊不禁，笑了一会儿才收敛嘴角，他不再逗她，认真道："五一前老汪问我有没有什么单身的朋友能介绍。"

五一前，正是他和林温从索道回来，紧接着又去外地出差的那几天。

袁雪在那几天广发英雄帖，到处征集单身男士，入选要求还颇为严格。

她列出一张明细，希望男方身高区间在一米七五到一米八五，年龄区间在二十三岁至三十岁，二十八岁以下的男士可以没房，但得有买房的能力，二十八岁以上的男士必须要有房，如有房贷，还完房贷的剩余工资需能支撑小家庭的生活开销。

另外，她还要求男方须得长相中上，工作体面，家庭关系简单，为人老实稳重，平常朝九晚五，双休日居家养生，无任何不良嗜好，不烟不酒优先考虑。

这是在选老干部。

周礼前脚才跟那人说"少认识些乱七八糟的人，好好找准下一个"，那人后脚就准备在乱七八糟的人里找人。

那几天周礼没再联系林温，也许是因为忙，也许是憋着火，但他帮她"找"到了人。他推荐给了汪臣潇，汪臣潇转发袁雪，袁雪审核过后觉得周礼介绍的这位各项条件都完美符合，只可惜没有照片，担心颜值问题，他的排位就直接掉到了第六名。

周礼没向林温解释得太详尽，他道："没那个人，你也可以当那个人是我。"

他说得淡然，林温却是第一次面对这样的人和这样的情景。

小龙虾端了上来，服务员又放下一瓶白酒，这是周礼刚才在里面点的。

他拧开瓶盖，给林温的玻璃杯倒上三分之二的量。

白酒瓶口小，流速缓慢，顺着汩汩水流声，他的声音像添了酒意。明明语气是淡的，好像透明似水，看起来无害。但一沾，是烈的。

"你既然准备找了，那就别躲着。"

话落，酒瓶收口。市中心的大排档喧闹鼎沸，玻璃底磕在桌面的那一声"咯噔",却意外地清晰突出,仿佛响在人的耳边。林温心口像被杵了一记,她目光看向对面,直视那双深邃似旋涡的眼。

林温是个尽量不去回忆过往的人,不像她的父亲母亲,他们在奔赴苍老的路上,所以总喜欢时不时地回头感怀。她长大成人后的生活平凡无波,鲜少有触发点牵动她的旧时记忆,何况周礼从前只是她的普通朋友,她更不会无缘无故去想有关他的事。可这段时间,确实有些不同。她跟周礼是什么时候熟悉起来的?

林温对待交友向来很慎重,刚跟这几个人结识的时候,她几乎隐形。一是因为没话题,二是因为她还在观察。后来袁雪私下形容她,说她像只沙丘猫。沙丘猫数量稀少,外形让人心软融化,性格方面,它们是最最谨小慎微的猫科动物。袁雪的脾性不遮不掩,一目了然,林温这只被袁雪当成沙丘猫的动物,在最初的观察过后,率先和她成了朋友。

后来是汪臣潇和肖邦。汪臣潇专业能力过硬,在他们几人面前憨,在旁人面前从不傻。肖邦不苟言笑,做事有板有眼,待人接物颇有分寸。

只有周礼,林温在很长一段时间内都没跟他有过近距离接触。

周礼看起来像个社会精英,既像肖邦有几分不苟言笑,又像汪臣潇专业能力强,但他更多的是让人捉摸不透,林温看他,总像隔着块磨砂玻璃。

后来改变他们陌生人状态的契机,应该是那回袁雪的生日。

那年她大四上学期,冬天正准备期末考,有一门课老师完全不画重点。她在读书方面不是个多灵活的人,这门课她本身也没太用心学,期末才收到噩耗,她只能狠狠地临时抱佛脚。看书看到天黑,她从图书馆出来,冒着风雪,背着书包去KTV赴约。

她去得最迟,可也算准时,但推开包厢门的时候,里面的几个人竟然已经喝完一打啤酒。汪臣潇用牙齿撬开一瓶新的,使坏说:"按理迟到应该罚三瓶,但你年纪还小就算了,不过怎么也要意思意思,来来来,把这一瓶吹了!"

任再斌还没开口,袁雪先护着她,冲汪臣潇吼:"去去去,你一边去!温温像是会喝酒的?!"

林温闭着嘴没开腔,袁雪搂她过来,把她按沙发上,然后给她叫了一杯果汁。林温捧着果汁看他们猜拳吹瓶，嫌低度啤酒不过瘾，他们又叫了三瓶高度酒。她也有劝，但他们没一个人听。

薯片也被袁雪弄得满天飞，林温看不过去，把几袋薯片从底部往上塞，塞成小桶状后方便取用，省得被袁雪倒来倒去。最后不到两个小时，他们一个个都躺下了，连最能耐的汪臣潇和周礼也没逃过。林温有点儿蒙，打开灯一个个叫人。

"袁雪？袁雪？"

"任再斌？能不能走？"

"老汪？肖邦？"

几个人全都瘫成泥，嫌她烦，还挥挥手赶她。林温叹口气，看了眼孤单坐着的周礼，也是双眼紧闭不省人事。她回到自己座位，捧起空了的果汁杯，把底下果肉挖出来吃了，然后打开书包，取出课本，安安静静开始背书。看了五六页书，她听到类似干呕的声音，转头一找，才发现周礼扶着沙发扶手，弯腰正要吐。

"别别——"

林温立刻飞奔过去，垃圾桶离太远，她顺手抓起薯片袋抵住周礼的嘴。

薯片是冬阴功味的，香气刺鼻，周礼大概不喜，所以别开了脸。

林温又往他跟前杵，说："你先拿着，我去拿垃圾……"

还有一个"桶"字没说完，周礼一声呕，同时一手抽走小桶状的薯片袋，一手按下林温的脸颊，将她的脸别到一边。然后他吐了个痛快。

林温虽然不用直面，但还是有点儿被恶心到，她总算把垃圾桶拿了过来，让周礼先把薯片袋扔里面，接着她从书包里摸出一只甜橙，剥开后自己吃两瓣，剩下的全塞给周礼。

"你把橙子吃了，解酒。"

周礼靠着沙发，没什么精神地瞥她一眼，然后接过她递来的橙子，三两口吃完。林温观察周礼气色，问："好点儿了吗？"

"嗯。"

"那你能把他们弄起来吗？"

四个成年人东倒西歪，包厢里像案发现场，周礼撑起身子，走过去踢了踢三个男的，没能把人踢醒。

林温见周礼把任再斌的裤脚给踢脏了，她过去拍了两下。

周礼又瞥了她一眼。

"别管了，让他们几个在这儿过一夜。"周礼说。

林温反对："这怎么行？"

周礼脚步不稳地让出位置，说："那你来。"

林温没管那三个男的，她走近袁雪，扶起人说："让他们三个在这儿过夜，袁雪要回家。"

周礼大概没料到，再次看向她，这次目光停留稍久，然后扯了抹笑。

周礼的车子停在这栋大厦的地库，林温按他教的，打电话叫来一名代驾。汪臣潇和袁雪住一起，可以顺带走。周礼醉酒没劲儿，扛不动，又找来一名KTV工作人员帮忙。至于另外两人，车里座位不够，索性就当他们两个不存在了。

林温和周礼先将袁雪两人送到家，从袁雪家出来，林温打算自己坐车回学校，她问周礼："你一个人行吗？"

周礼问她："那两个就真不管了？"

"……你能管？"

"不能。"周礼一笑，扯着林温胳膊，把她塞回自己车。

一片雪花落在他手背，瞬间温成了水珠。

周礼扶着车门，低头看着她说："但管你一个还是够。坐好，送你回学校。"

从那天之后，她和周礼终于渐渐熟悉。至今快要一年半。

五月的路灯下，飞虫在盘旋。林温手指摩挲玻璃杯，看着对面的人。

周礼现在仍穿长袖衬衫。黑西装白衬衫，是他工作的着装要求，但凡工作日，他都是这一身。这身衣服将他包装得成熟稳重，但在林温看来，此刻的他，更像换下正装、刘海儿搭在眉尾的那一个。

正装的周礼是绅士。额前碎发耷落的他，冷硬，且更加随心所欲。

那句话仿佛余音不断，林温好一会儿才轻声开口："我以为我的态度已经很明确了。"

周礼看了她片刻，才慢条斯理地说："这种事本身就是一场博弈，现在是我追你赶。"

"……你这样会让大家难堪。"

"你指的大家是我们还是他们？"

"所有人。"

"真正的朋友只会对你关心祝福，不会让你难堪。"顿了顿，周礼道，"我也不会让你难堪。"

"……这只是你的自以为是。"

"反过来说，这也是你的自以为是。"

"那你是更信自己还是更信别人？"

如果他更信自己，那林温也更信自己，如果他更信别人，那他就该更信林温。

周礼嘴角微微上扬，说："我更信尝试，不尝试你永远都不会知道结果会是什么样。"

林温反驳："不尝试就永远不会有坏结果的可能。"

"如果你这句话是对的，那这世界就停摆了。"

一时沉默。满桌菜热气腾腾，但周礼到现在都还没动筷子。马路上车流不息，周围嘈杂得像菜市，灯火下飞虫飞来飞去，只有他们这桌变得安安静静，像两军交战前的无声对垒。

终于，林温把玻璃杯拿起，仰头喝了一口。这酒五十多度，辛辣刺激，烈得像割喉，后味又显得绵长。身体的所有感官像被瞬间唤醒。林温端坐在椅子上，又喝了两口，然后将酒杯放下。

酒那么烈，却神奇地让她降了温。她的神态少了几分温顺，仿佛包裹着她的温水被融开了，露出了里面的一层薄冰。

林温直视着周礼的双眼，声音清晰："你先吃饭，待会儿送我去一个地方。"

这是林温第一次用命令的口吻对他说话，周礼挑了下眉，暂时休战，没再多说什么。

林温就着酒，把小碗凉拌面吃了，也吃了几口小龙虾，另外的没怎么动。周礼要开车，所以没碰酒。一会儿工夫解决完这顿饭，他结账问："去哪儿？"

"会展中心。"林温起身。

会展中心今晚的活动将在十点半结束，林温和周礼赶到那时，结束时间还没到。

林温坐在车上给彭美玉发了一条微信，等了片刻，有人从场馆里小跑出来，四处张望像在找人。林温推开车门，周礼给她拿来拐杖。

"你在这儿等着。"林温杵着拐杖走向不远处的实习女生。

她脚伤那天周礼问过她，是谁把她撞了，她当时确实没看到对方，大厦楼梯间也没有安装监控。

但那栋大厦，每个走廊里都安了监控。

前些日子她脚伤太疼，实在没精力去找人，五一头两天公司又放假，她也没法儿找同事帮忙。直到五一假期第三天，也就是她被周礼从家中接走那天，美食节开幕，同事们都回了公司，她托彭美玉去查一下监控。

林温没看到撞她的人，但知道那人没往楼下走，对方直接冲进了她公司那一层。所以林温按照自己受伤的时间，让彭美玉翻看监控录像，谁在那时段从楼梯门冲出来，谁就是伤她的真凶。

结果，那时段从楼梯门冲出来的人，是那位实习女生。

实习女生来公司快三个月，林温跟她并没什么交集，林温不确定是纯粹的意外还是对方有心为之，所以她又让彭美玉帮忙试探，在实习女生面前提起她那天被人撞导致脚受伤的事。

彭美玉照办后给她反馈，说："那女的演技可真棒，又惊讶又关心，我要是没看过监控就该被她骗了。可惜演技再棒智商不到位，她蠢不蠢，没想到走廊上有监控？"

明天是对方实习期的最后一天，林温算准时间，准备今晚相亲结束后就过来，谁知道碰上周礼这桩意外。

林温慢慢走近。实习女生是被彭美玉诓出来的，看清是她，满脸诧异。

周礼听林温的话没跟过去，他抱着胳膊站在那儿，后背靠着车门。

从他这角度能看见林温侧脸。林温说了几句话，然后从小包里拿出一沓纸，周礼直觉这沓纸是医院缴费单。对面女生着急地说了什么，林温又拿出自己的手机，像是给她发了一条消息。女生低头看自己手机，脸上表情渐渐龟裂。场馆里开始散场，人一个接一个出来，女生嘴巴不停，林温偶尔才开口，又过了一会儿，女生低头按了按手机。

终于结束，女生转身跑走，林温慢慢往回走。周礼松开胳膊，立刻过去接人。

林温等他走近，给他看手机，微信界面上是一笔转账。

"赔偿金？"周礼挑眉。

林温没想到周礼一猜就中，顿了一下，她才说："医药费和误工费都在这里，是她故意撞的我。"

紧接着她问："你知道她为什么这么做吗？"

"为什么？"周礼配合。

林温听完原因感到也很稀奇。

就在刚才，实习女生不甘又怨愤地说："那天相亲大会这么难得，全是体制内的人，我想参加组长不同意，可你有男朋友了，她竟然让你去，凭什么！"

凭什么她那么努力表现，在这种时候，组长想到的人却是林温，而不是她！

但实习女生虽然怨愤，却不是真要害人，那天她只是碰巧走在林温后面，越看她越觉得不顺眼，头脑一热，就故意冲过去撞了她一下，谁知道就把人撞伤了。她事后也害怕，侥幸到现在，还以为已经平安度过。

林温继续说："你知道我多讨厌复杂的关系吗？只是稍微复杂了这么一点，结果就变得不可控。我跟她本身没什么关系，就因为这么一件小事，她就要害我。"

大约林温平常看起来太温柔又好说话，所以实习女生有恃无恐。

但林温那么好说话，愿意无条件帮同事加班，是因为这些同事本身也挺好，懂得感谢，事后会给她水果小零食，而她有需要，他们也会尽量帮忙。

她不是真的这么温顺没脾气。她只是择友慎重，因为这些朋友都值得相交，所以她才在这些人面前软和得像只猫。

她的行为处事，因人而异。所以，也不会因为对方强势，她就顺从。

林温目视周礼，一字一句道：

"你跟任再斌是兄弟，我不可能让我们之间的关系再变得复杂。

"你说让我别躲着，其实是你把拒绝当成了躲。我是准备找男朋友了，但那个人绝对不会是你。

"周礼，我不可能让自己陷入麻烦。你以后别再找我。"

Chapter 8
男女博弈

她说别再找她，他抛出诱饵要她成天想。

林温没让周礼送，说完这番话，她没管周礼的反应，径自在手机上叫了车，然后拄着拐杖去路边等。

她一丝情面都不留，在用强硬的行动再次表明自己的态度。周礼没追，他先站在原地看了会儿她决绝的背影，接着坐回车上，也没发动车子，依旧看着人。

会展中心里拥出越来越多的男男女女，纷乱的脚步声和说话声搅和了这边的寂静。

周礼摸出一支烟点上。他烟瘾不大，通常在有女人和小孩儿的地方他不会碰烟。并不是他多有道德，而是他是小孩儿那会儿，有一阵曾饱受烟熏火燎之苦。

某一天他母亲来看他，闻到一屋子香烟味，撇下了自己大小姐的身份跟他父亲大吵一架。他的父亲和母亲都是体面人，一位是英俊的高知分子，一位是姿容得体的名媛，两人离婚前即使有争执，也是斯斯文文讲道理，或者来场冰冰凉凉的冷战。离婚后他们倒是扮演了一回泼辣的市井小民，不可开交地一顿吵，吵完他被母亲带回了外公那儿。

外公家住半山腰，出行必须车接车送，家中处处都是规矩，出门却全都换上一副平易近人的面孔。

他的厌烦写在脸上，比他大七八岁的表姐目露同情地说："真可怜。"

后来他舅舅带回了一个年龄跟表姐一般大的私生子。他把同情还给表姐："真可怜。"

再后来，父亲终于将他接回，他厌恶了坐车，开始每天跟肖邦步行来回学校。

路上遇见一条恶狗，他想，什么生活，什么大人的情情爱爱，都是一堆狗屁。他花费半学期将恶狗驯服，也让生活的狗屁在他面前屈服。

至于男欢女爱，无非就是这么回事，顺其自然，可有可无。等到他高考结束的那个暑假，他更觉得情情爱爱比生活还狗屁。

他会挑战很多事，把那些事都当成一场仗，但他从没挑战过男女那点儿事，因为不值一提。碰见林温这女人后，不值一提的事变成了一场博弈战，林温的战术显而易见，她是三十六计"走为上"。

周礼猛吸一口烟，然后启动车子，慢慢停靠路边。他拉下车窗，夹烟的手习惯性地搭在窗框上。

"你知不知道我是什么时候认识的你？"他看着仍在等车的人问。

林温拐杖拄得累，正低头摆弄，闻言她抬起脸，望进奔驰车中。

叫的车这时到了，就停靠在一旁，车主按了一下喇叭探出头。

周礼留下最后一句话："回去想想。"

紧接着，奔驰离去，白色的烟丝却还纠缠在林温周身。林温愣愣地目送他，直到看不见半点车影儿，她才在路边车主的催促下上了车。

林温的眉头从车中一路蹙到短租公寓。她记得她第一次认识周礼是在任再斌寝室。那时任再斌研三在读，还没搬寝室，想让她去帮忙洗衣服，她点头答应。到了那里，她让任再斌拿盆拿脏衣服，柔声说："深色、浅色要分开浸泡，这两件材质不一样，这件浸泡一会会儿就好，这件浸泡久一点儿。"全程她只动嘴。

洗手池在厕所外面，和床铺空间相通，她一边指挥，一边抬了下头，忽然对上镜子里上铺的一双眼。她吓了一跳，上铺的人一头乱发，双目清明。她后来才知道那是莫名其妙跑来这儿睡觉的周礼。周礼不是一个无的放矢的人，他最后留下的那句话不会无缘无故。可他在这样的情景下说出来的话，仿佛是在下饵——

"你知不知道我是什么时候认识的你？"

如果男女之事像他先前所说是场博弈，那这显然更像三十六计"抛砖引玉"。

她说别再找她，他抛出诱饵要她成天想。他难道不是那天认识的她？林温咬了咬唇。林温自认心志还算坚定，但六根不净的普通人始终难逃好奇心。她抓耳挠腮好几天，耳边反复回放周礼那句问，睡前想，醒来想。她找各种事做让自己分心，直到销假回公司上班，她才算从魔音中脱身。

林温的脚已经能下地走路，只是接下来的三个月内还要仔细调养，最首要的就是她不能运动。

这天她从短租公寓搬了回来，走到六楼，看到的第一眼是挂在她门上的一个帆布袋。打开袋子一看，里面竟然是一幅半拼好的拼图，以及剩余的拼图片。

这是她在周礼家中拼的，第一幅裱了框，她当时拼了两天，第二幅是她最后一天拼的，只拼完一半，之后她没再去过周礼那儿。

林温开门进屋，把帆布袋放在地垫上，行李包和其他东西也放一边。

她是下班后回短租公寓取的行李，买菜到家天已经黑了，晚饭也还没吃。她洗干净手，去厨房简单弄了点儿吃的，吃着吃着，视线不由自主瞟向地垫。

饭后洗碗，清扫家具地面，洗漱完再收拾行李，一切办妥，她的心思又被勾向了地垫。这两天她已经没再多想，此时此刻她仿佛泄了点儿气。林温穿着睡衣，站在地垫前低头看了一会儿，然后捡起帆布袋。

电视柜上的多肉盆栽还存活着，原先那半瓶白酒已经不在了，占据它位置的是这只新来的袋子。

又过了一天，袁雪总算从老家回来，打电话通知她这周末试伴娘服。

林温问："大家都去吗？"

"当然，"袁雪说，"要试就一起试了，再不试的话要等到什么时候，我已经拖到现在了。"

林温答应下来，但她把时间提前了。

袁雪约众人上午十点到，林温让袁雪提前一小时去，稍晚她还有事。

袁雪无所谓，早早到婚纱店后，她让人把伴娘服取来。

林温换上衣服后对镜照，袁雪扯了扯她腰上的布料。

"你是不是瘦了？"袁雪问。

"好像是瘦了一点儿。"林温说。

"真羡慕啊。"

袁雪也换上婚纱，让林温参考。

怀孕两个多月，袁雪孕肚还不明显，身材前凸后翘，婚纱穿在她身上性感无比。林温看了许久，袁雪捏她脸，笑道："换你羡慕了？"

林温说："真好看。"

"那你动作也快点儿呗，我给你介绍了十个，你居然一个都看不上。"袁雪道，"其他几个就不说了，听你意思确实真人比较奇葩，那六号呢？你还没说过六号怎么样呢，我看他条件很完美啊。"

林温酝酿半天，只能憋出一句："他真人比较丑。"

十点过后，袁雪转述林温的话："他真人这么丑，你有没有搞错，怎么介绍这样的？难怪你不发照片过来。"

周礼气笑了，问："是吗？"

林温这趟提前来提前走，周礼知道后并没露出意外表情。

他这段时间没再联系过她，打她电话、发 APP 信息，这种死缠烂打的腔调他还做不出，太招人烦。再说林温不一定仍保留着联系方式。

旁边的肖邦听见他们的对话，问道："什么六号？"

"林温不是要相亲嘛，"袁雪指着周礼，"喏，他给林温介绍了一个丑男，太缺德了！"

肖邦扶了扶眼镜，向袁雪问起详情，袁雪像说书似的把事情说了一遍。

肖邦想了一会儿，根据时间线推导出更异彩纷呈的剧情，他目光幽幽地看向周礼，跟风道："对，太缺德了。"

周礼懒得搭理他们，试完衣服后直接走了。

又过了两天，林温在忙一个签约仪式项目。这场签约仪式比较重要，签约双方，一方是当地政府部门，另一方是港城来的一位企业家兼艺术家，名叫郑徐月瑛，是位年近七十的老太太。老太太普通话说得不是很好，更多的是用粤语和英语交流。林温小时候喜欢看港剧，听得懂大部分粤语，但她不会说，不过这并不影响她跟老太太的沟通。

这情况比公司里其他人好太多了，于是这天，组长把她叫过去，让她陪老太太去出趟差。

老太太要去几个地点，第一站就是要和某地文化馆定下一个合作，这也是林温公司参与的一个项目，公司得派人随行。这趟出差最好的地方在于，工作之外还要陪玩。而工作量本身不大,出差等同放假旅游。彭美玉听说后直点头,说:"你早该争取了,其实我老早前就想说了,你又不是跟我一样的咸鱼,怎么每次都不争不抢跟傻子似的。现在碍眼的人没过实习期走了,你给我好好上位!"

林温没说什么,她回家收拾行李,第二天就跟着老太太坐上了高铁商务座。

"到时候我先生会来接我们。"老太太跟林温聊天。

林温问:"您先生在荷川市有工作?"

老太太点头,说:"他呀,比我还忙,本来我们是一起来宜清市的,说好一齐走,但他临时改变计划,比我先到荷川。"

两个小时后,林温和老太太下了高铁,一眼就看见出站口有人扛着摄像机,还有一位精神矍铄的老先生站在那儿。

两位老人笑着走向彼此。林温认出了这位郑老先生。就在上个月,她曾经在财经节目里见过他,老先生头衔耀眼,是位经济学家,也是某基金会高级顾问。

林温这时才将视线转向摄影师边上。当初采访郑老先生的就是这个人。

周礼穿着衬衣西裤,抱着胳膊站在那里,漠然地冲她点了下头。林温心中第一个念头就是那句抛砖引玉——"你知不知道我是什么时候认识的你?"

周礼见到人出现,面上没表情,心里想的却是她说出的那句话——

"他真人比较丑。"

这就是他们时隔半月后的首次相见。打仗总得面对面,博弈战正式开启。

来了两部车,郑老先生的车上还坐着助理,所以林温被分配到了后面一辆,跟周礼同乘。

摄影师坐在副驾,见缝插针地要拍行车镜头。林温和周礼坐后面,两人从见面到现在一直没有交谈,倒是摄影师不时和他们说上几句话。

"你是郑老太太的助手?"摄影师问林温。

"不是。"林温说了自己的身份,又道,"老太太的助手明天才到。"

"哎,那咱们都是宜清的啊。"摄影师自来熟,"这段时间咱们得同进同出了,以后多多交流,互相关照啊。有事你可以随时找我,也可以找周礼。"

说到这儿,摄影师回头,说:"你平常看不看财经节目,这位是我们的主持人。"

林温没看向周礼,她实话实说:"我很少看。"

摄影师打开手机,翻出视频,说:"就是这个,你感兴趣的话回头可以搜一下。"

"好的。"

"加个微信吧,方便联系。"

林温的微信好友数量有限,这些年她努力建立起一个稳定的社交圈,社交圈的范围是亲戚、她认定的朋友、部分同事,以及因为工作需求必须要保持联系的客户。更精准地说,这其实是一个她精心打造维护的人际网络安全区,她从不跨出这个区域,也不会轻易让陌生人跨进来。

林温想了想,刚要开口,边上的周礼突然出声:"老王,快拍!"

王摄影条件反射般地转回头,同时举起摄像机,但镜头里没捕捉到什么特别的。

"哪里哪里?"王摄影问。

"我是让你拍蚊子。"周礼慢悠悠补充。

王摄影黑线,说:"你视力真好!"

"凑合吧。"周礼道。

两人关系显然很好,说话随意,周礼无形中解决了一件让人为难的小事。

林温别开脸看向马路边。世界真是小,林温没想到她这么快就和周礼再次碰上,她以为两人下回相见,应该是在袁雪和汪臣潇的婚礼上,那应该是在两个月之后,不管周礼是心血来潮还是认真,说不定都已经过期。

车在这时突然停下,打断了林温的思绪,林温转头看向前方。

是郑老先生那边停车了。两位老人从车里出来,相携着走向路边商场。

林温和周礼也下了车,不明所以地看向前车助理。

助理解释:"郑夫人突然想吃冰激凌,郑先生陪她去买。"

众人:"……"

冰激凌店的门脸正对马路,马卡龙色的招牌图案极其诱人。

这家店主卖冰激凌筒,郑老太太看上两种口味的冰激凌筒,郑老先生不同意:"你不能吃这么多冰的。"

"那好解决,"郑老太太说,"两种我都尝一部分,剩下的你来吃。"

郑老先生皱起眉,说:"我不喜欢吃甜食。"

"你这不喜那不允,处处死脑筋,真是麻烦。"郑老太太雷厉风行,转头竟一口气要了七种口味。

郑老先生瞪眼,郑老太太将其中三种口味的冰激凌筒各挖了一点儿放进自己的盒装冰激凌中,然后将残缺的三支和另外三种口味逐一分给其他人,那三支被挖的分别落进了林温、周礼和助理手中,以彰显她同他们更为亲近。

郑老太太迫不及待地挖了一勺品尝,还不忘奚落郑老先生:"这不就解决了。你这么大岁数了还这么死板,一点儿不知变通,真不知道你是怎么教其他人做事的。"

林温生平第一次收获一支别人赠送的残缺冰激凌,她看向郑老太太,觉得老太太的形象瞬间颠覆了。

在此之前,郑老太太是位优雅高贵的老人家,如今在郑老先生身边,她是一位随心所欲的"女强人"。

更匪夷所思的是,郑老太太又心血来潮,想顺便逛一下商场。工作日的上午时段,商场里顾客稀少,他们一行人太引人注目,主要是走在前面的两位老人家过于显眼。林温跟着众人走在后面,冰激凌拿在手上已经稍稍化了。刚才她心事重重,忘记了自己来例假。今天是她例假第二天,她小腹隐隐作痛,有点儿下不了嘴。

郑老太太进了一家女装店,郑老先生和助理陪同,林温几人等候在店外。

周礼已经几口把冰激凌筒吃到底,他垂眸撕着包装问:"有没有纸巾?"

助理、王摄影和两位司机都在距他们几步之外的地方聊天,周礼这话问的是林温。林温原本以为周礼是想跟她装陌生人,所以除了在高铁站冲她点了下头,周礼再没表现出跟她相识的样子。林温从包里拿出一包纸巾递过去,周礼抽出一张,又把纸巾还给她。

周礼边吃着剩下的蛋筒,边说:"接下来这十天我会一直随行采访郑老,他太太的行程跟他基本一致,你这十天应该会天天看到我。"

他把最后一口吃完,将包装纸拧成小粒,提醒道:"所以你工作的时候认真点儿,别带着情绪。"

"我没带情绪。"林温说。

周礼点头,说道:"那最好。"

他朝垃圾桶走了几步，又忽然回身，行至林温跟前，一把抽走她握在手里的那支一口都没动的半融化冰激凌。

"不想吃就说，这种小事都瞻前顾后，你做人还不难受？跟以前一样。"

他一语三关，林温敏感地听出了他的弦外之音，尤其是最后一关，"以前"是什么时候的"以前"？她还没来得及反驳，也没想好到底要不要打破砂锅问到底，又听周礼接着道："我还没放弃，既然你说了不会带着情绪，那就记住你自己说的，不该避的时候千万别避。接下来几天，希望我们合作愉快。"

要说的话说完了，周礼替林温把冰激凌吃了。

对待林温，"以逸待劳"不行，她说不定还求之不得，温吞吞地吹着风扇吃着西瓜，乐得清静自在。不如干脆"打草惊蛇"，让她如坐针毡，寝食难安。左右她都喜欢扮隐身，让她活蹦乱跳一下，他还能看到个鲜活的人。

林温哪料得到两分钟前周礼还在装陌生，两分钟后突然就变得激进，听完这番话，她原本没怎么带的情绪，这下也控制不住地自动带上了。

林温从小到大不乏追求者，但从没碰到像周礼这样"若即若离"的，既不是没脸没皮的死缠烂打，也不是简单放弃，距离保持不远不近，不给她困扰，也没真给她清静，她根本找不出理由指责他。

装死显然行不通，放狠话对周礼也无效，她得想出更合适的应对方法。

就在林温竖起毛准备就绪的时候，周礼却根本没再做出意外之举。

一行人用过午饭后抵达酒店，周礼去忙他的，林温根本看不见他人。

第二天在吃早餐时碰见，周礼只是简单地跟她说了声"早"，也没其他话。

晚上两帮人一起吃饭，周礼没坐林温身边，而是坐在郑老先生旁边跟他聊天。

林温蹙了蹙眉，吃了一会儿东西，她眉头又松开了。

饭后两位老人出酒店散步，他们几人坐电梯返回客房。

周礼看起来很疲惫，时不时地捏两下后脖颈，边走边跟王摄影讲工作上的事。

林温走在最后，低着头回复母亲和袁雪的微信，距离和前面几人越拉越远。

王摄影进了电梯，见林温脱离了队伍，正想喊她快一点儿。

周礼一脚已经踩进电梯，回头看了眼后，他一脸疲惫地按下关门键，接着退后一步，冲一脸蒙的王摄影摆了摆手。

电梯门关上，轿厢上升，林温走近才发现她和周礼被剩下了。

四下没有其他乘客，酒店地面铺着地毯，背后偶尔一两个服务员走过，连脚步声都没发出。

"昨晚睡得怎么样？"周礼问。

"……还好。"林温简单回应。

"中午在哪儿吃的？"

"外面。"

"吃的什么？"

"饭。"

周礼瞟了她一眼，捏着脖子道："你这叫不带情绪？"

林温就在这儿等着他，她放下手机说："现在不是工作时间。"

"出差还有下班时间？"

"我有。"

周礼点点头，说："待会儿郑老太太会找你，你要是不好开口我帮你拒绝了。"

林温莫名其妙，问："什么？"

"刚才饭桌上我跟郑老他们聊起文化馆的事，郑老太太有了新想法，待会儿散步回来应该会找你加班。"

林温："……"

"你现在下班了，我帮你转告。"

"……"

林温别过脸不再理他。

还是应该减少接触，她想。电梯还有两层就到了，林温脚步一拐，干脆去走楼梯。才迈出两步，她胳膊突然一紧，眼一花，她被拽了回去。

电梯门打开，里面没乘客，周礼将人直接拽入电梯内，顺手按住关门键。

全程也就几秒工夫，林温抽回胳膊时轿厢门已经关上。

"你干吗！"林温的心忍不住扑扑地跳，后背紧贴轿厢壁。

周礼刚才一猜就知道她是打算去走楼梯，他瞥了眼她的双脚，说："脚全好了？这么能耐。"

"……"

周礼抱着胳膊,后背也贴向轿厢壁,对面前这只小白眼狼道:"还有,你这什么毛病,以为我什么人?"

"……"

"少看点儿脑残偶像剧。"周礼移开目光,看向电梯数字,淡声说出最后一句,"放心,我现在会尊重你。"

"……"

林温保持着耳朵滚烫的状态回到房中,半小时后她被郑老太太叫了过去。

果然被周礼说中,郑老太太要她加班。

林温熬了半个通宵,次日早早起床,跟随郑老太太去当地文化馆。

一直忙到下午,和文化馆的合作终于达成,郑老太太心满意足地给丈夫打了一通电话,问他那边情况如何,要不要来文化馆转转。

郑老先生很感兴趣,没多久就赶了过来,摄像机原本一路紧随,郑老先生摆摆手,说道:"这里就别拍了,我跟我夫人想随便转转,你们也去放松放松。"

王摄影立刻应下。

天气热,这里和港城的气候不太一样,初夏的高温最要命。郑老太太拿扇子扇着风,馋虫又上来,挽着郑老先生去文化馆外面买文创雪糕。这是她第一次见这么有特色又极富意义的雪糕,忍不住又一口气买下好几支,想跟大家分享。

林温很久没喝水,被太阳晒得更加口干舌燥。她例假一般只来三四天,今天已经干净,胳膊微动正要伸手,旁边的周礼忽然把她的雪糕劫走。

"她不爱吃冰激凌。"周礼帮林温解释。

"啊,原来你不爱吃吗?"郑老太太说,"怎么跟我先生一样,真是可惜,会失去很多乐趣。"

林温看向周礼。周礼把"她的雪糕"还回冰柜,顺手拿了一瓶冰冰凉凉的矿泉水递过去:"喝这个?"

"……"

林温在这一刻意识到,周礼也不过就是个普普通通的大直男,单细胞动物。她没什么好慌的,不如平常心对待,以不变应万变。

逛完文化馆继续采访，这次大部队跟着郑老先生走。

林温握着一瓶凉飕飕的矿泉水，对待周礼的态度终于变得相对正常。比如温和地有问有答，比如会自觉地帮忙递一下东西。

距离还是保持着，但至少没再避如蛇蝎，平和的相处让林温精神也跟着放松。

周礼挑了下眉，对她这种积极向上的改变适应良好。

采访期间中途休息，郑老先生被郑老太太拖着去展品区挑选杯子，周礼给林温点了黑咖啡和小蛋糕当下午茶。

这是家文艺咖啡馆，馆内展示着各种精致摆件，几张书架用作隔断，氛围幽静清心。林温坐在角落，正在笔记本上写接下来的游玩路线。

同文化馆的合作已经敲定，郑老太太打算在荷川市多留两天，刚才她让林温和周礼一起制订游览计划。

郑老先生也很期待。四十多年前郑老先生曾在这里求学过两个月，当时内地刚刚改革开放，百废待兴，老先生从中窥到商机，第一桶金就是在这里挖掘的。后来出于各种各样的原因，他没什么机会再来荷川，即使来了，也因为时间紧没法儿久留。如今年近七十，他们夫妇终于都有了空闲，机会难得，自然想好好把握。

林温因为工作关系，这一年多时常来荷川，她对荷川相对熟悉。周礼来过两次，该去的景点也去过几个。

郑老太太这才将任务派给他们。

服务员忽然过来放下咖啡和蛋糕，林温抬头正要叫住人，周礼拉开椅子在她旁边坐下，说："我给你点的。"

"……我不饿。"

"那先放着。"周礼瞧了眼笔记本，"计划定好了？"

"你看看？"

笔记本是竖长形的，比手掌略大，黑色封皮简约耐脏，偏男性化。

林温买东西更注重实用性，连简单的一个笔记本都不会挑符合她外貌气质的，就像她这人，缺少幻想和希冀，理智主导人生。

周礼不动声色地瞥她一眼，手指按住笔记本，轻轻一滑，将本子拖到自己跟前。

林温字迹清秀，书写条理清晰，从今晚开始，按时按点制订，路线涵盖名山名湖、战争纪念馆、寺庙、夜市，等等，详细贴心堪比专业导游。

周礼问："爬山？"

"不爬山，坐缆车。"林温说，"我想他们腿脚不方便，尽量挑一些适合老年人玩的项目。"

周礼朝她看去。

咖啡桌设计得小，两张椅子离得近，近距离下林温连周礼瞳孔中的倒影都能看清。林温往椅背靠，稍稍离周礼远一点儿。

周礼这时开口："你可能有点儿误会，他们腿脚应该比你现在好。"

林温："……"

周礼笑了下，低下头，唰唰几笔在林温的字迹旁添上自己的字迹，然后将本子推回去。

周礼随意写的字棱角尖锐，龙飞凤舞，林温的清秀小字在映衬之下反而显出几分小家子气。

林温低头看完，不免诧异，问："打篮球，还要去夜店？"

周礼说："别太把他们当老年人，年轻人喜欢的，他们也渴望。就算完全把他们当老年人，你想想，他们也没多少年能活了，是不是想把能玩的趁腿脚还便利的时候都体验一遍？这样将来才走得圆满。"

林温张了张嘴，朝远处的郑老先生他们望去，离这么远，他们应该听不到周礼说的话。

周礼在她眼珠子前轻飘飘地打了个响指，仿佛林温肚里的蛔虫，说："他们没顺风耳。"

"……你平常都这么说话？"

"你刚认识我？"

"……你以前不这样。"

"你有多了解我？"

"……"

"只是在你面前斯文了点儿。"

"……"

周礼不动声色地带出这样一句话，语气太过自然，既像暗示又像随口一言。林温觉得，真要平常心对待的话，她还需要千锤百炼。她干脆闭嘴。

周礼嘴角微勾，过了会儿才转回正题："别总大惊小怪的，我刚说的难道不是实话？"

林温思考过后说："我觉得不太合适，尤其是夜店。"

周礼读书时期是学霸，同学向他请教问题，问两三次后就再也不来找他了，因为他的解题过程太简单。

他凡事都不喜欢一个字一个字地掰开来讲，对方能理解最好，不能理解他也爱莫能助。后来他办事、说话更简单。他说，别人执行，或者别人说，他直接执行，他很少碰到需要详细解释的情况。

这会儿，周礼耐心地对林温道："郑老年轻时打过篮球。打篮球的地方是他曾经待过的学校，虽然学校早就改了名，地址也搬迁过几次，但情怀还在，对他来说，年纪大了就图个情怀。至于夜店这类地方，你看看郑老太太——"

周礼转头，林温也同他一齐望过去。

郑老太太童心未泯，买完杯子又买了一只玩偶。

"她这老太太现在就想体验年轻人的玩意儿，该怎么顺她心意，你这两天应该也有体会。反正你得跟她汇报，待会儿让她自己决定。"周礼总结。

林温若有所思地点点头，把笔记本上的时间重新调整一番。

她写字姿势非常正规，背挺直，头微垂，握笔标准，像极了现在那些坐在几千上万元学习桌前的小学生。这应该是她从小养成的习惯。真乖巧。

夕阳斜照，落在桌前，周礼懒洋洋地靠着椅子，静看她睫毛微扇。

"对不起，刚才冰激凌机器出了点儿小故障，耽误了您的享用。"服务员端着托盘走近，遮住了夕阳。

盘中是一碗冒着凉气的诱人冰激凌，先前林温自己点的。

"没关系。"林温挪动了一下桌上的本子，服务员将托盘放下。

"那您慢用。"服务员礼貌地离开。

林温放下笔挖了一勺，丝丝清凉入喉，她朝周礼看了眼。

周礼耷拉着眼皮，视线像落在冰激凌上。

林温又挖了一勺。银色小勺折射着光，柔顺地铲进粉糯软白中。

周礼抬眼，默不作声地把他给林温买的黑咖啡和甜品挪了过来，喝口咖啡，再吃口蛋糕。咖啡醇香，蛋糕过甜。没了服务员的遮挡，夕阳再次落回桌上。食物滤镜温暖，一深一白的两只手处于同一片热烈汹涌的晚霞中。

下午的工作全部结束，林温将游玩计划讲解给郑老太太听，郑老太太很满意，尤其期待今晚的夜市和明晚的夜店之行。

林温很难描绘自己的心情。但晚上逛夜市的时候，林温又突然意识到，是她太故步自封了。就像全世界都在说男女平等，可真正需要平等的时候，许多人又明确划分出了男女有别的范畴，而他们自己可能都没意识到。林温也一样。她在不知不觉中给年老添上了"不应该"跟"不合适"的标签。但年轻人可以跳广场舞，老年人自然也可以逛夜店。

林温暗自想着事，默默看着前方那对老夫妻又在为该不该买这样那样的食物发生争执。

夜市之行其他人都没跟来，郑老先生夫妇嫌人多麻烦，只让周礼和林温随行，四个人一部车正好，周礼当司机。

荷川夜市很有名，天气好时游客络绎不绝，游戏杂耍、小吃特产在这里应有尽有。郑老太太似乎格外好吃，见到什么都想一试，尤其是那些煎炸油腻或者一看就添加了很多色素香精的食物，她见到就挪不动脚。

刚才走到冰激凌摊位，郑老太太想要买，郑老先生说："你今天不是吃过了！"

"我哪有吃？"

"你下午在文化馆的时候。"

"胡说，我什么时候吃过了？"

郑老先生顿了会儿，无奈地买了一支。

现在来到炸食摊位，郑老太太又看中一长排。那一桶油热浪翻滚，站在这里好像提前进入了盛夏。郑老先生一边说着不允，不住地跟她理论，一边又扫码买下，把不健康的炸食递给对方。

林温在想这是不是有点儿"不该、不合适"？幸好郑老太太心中有数，食物最多只吃两口，她就递往后面。

后面的人正是林温跟周礼。

过了没一会儿，两人各手捧一堆，快要超负荷，嘴巴和肚皮也应付困难。

林温已经吃饱，再硬塞就要反胃了，她看着自己手上剩下的这点食物犯愁。

周礼还行，他问："要不要帮忙？"

林温见他自己手上还有，又想界限能分尽量还是分开点儿，所以她摇摇头，回道："不用。"

周礼没再管她，优哉游哉地吃着自己的，还有闲暇为郑老太太推荐。

"凉粉看起来不错。"

郑老太太真没吃过凉粉，她问："这是甜的？"

"会浇红糖水，是甜的。"周礼介绍，"还会加坚果和水果。"

"那买一份试试。"

郑老太太问摊主讨了一只纸盒，用干净的勺子舀出两勺，剩下的给了林温，女孩儿更爱吃甜食。

周礼又给老太太推荐："旋风土豆闻着挺香。"

郑老太太更没吃过，二话不说就要了一串，撕下一小截后本来想把剩下的给周礼，结果周礼不知何时跑到了另一个摊位，郑老太太顺手就把土豆给了林温，慈眉善目道："你趁热吃，这个很香。"

林温："……"

周礼远远招手，再次推荐："这里有番茄蜜饯。"

郑老太太大手一挥："买！"

番茄蜜饯又入手了。

林温捧着新得的一堆东西，等着周礼走近。周礼再次问她："用不用帮忙？"

林温深呼吸，二话不说把东西塞向他。

周礼没伸手，林温也不能撒手。

夜市人挤人，他们两个挡住了别人的道，周礼微搭住林温的肩膀让她靠边，林温眼疾手快，想先把旋风土豆的签子插进她肩膀和周礼的掌心之间。

但她很快反应过来，这已经不是她脚伤的那几天。林温马上收回动作。

周礼垂眸看了她一眼，顺势从她手里抽走签子，替她把旋风土豆吃了。

林温没说话。两人继续护在两位老人身后，一时半刻找不到垃圾桶，周礼把签子给林温，交换走她手上的凉粉，几口干完，又用凉粉纸盒交换走她手上的番茄蜜饯。

小番茄切一刀，里面夹着乌梅，酸酸甜甜开胃爽口。

周礼对林温说："这不错，来一颗？"

林温手捧垃圾说："不要。"

周礼嘴角微勾，落后一步，看着她的后脑勺儿，他又捡起一颗番茄蜜饯吃了。边吃边回头，笑容敛下，他沉下目光，在人群中搜寻。

番茄蜜饯没吃完，被周礼带回酒店，留给林温当零嘴。

林温在第二天早上尝了一颗，味道确实不错。

今天的游玩路线并不紧密，反正还有两天两夜，林温把项目分散得较开，让两位老人不会感到太累。

上午一行人坐缆车上山，山上寺庙极其有名，两位老人捐了不少香油钱。

下山后顺便游湖，午饭是在湖边一家私人厨房吃的，厨师手艺独到，来这儿用餐的有许多名人，预约排期已经到半年后。林温没本事预约，这事是周礼办的。

郑老先生他们吃得很尽兴，饭后回酒店小睡片刻，到了下午，一行人又前往荷川大学。荷川大学的前身不叫这个名，郑老先生一提起，回忆就拉长了。走在陌生的校园中，郑老先生感慨道："你们有没有这种感觉，有时候突然想起件什么事，好像那已经是上辈子了。"

助理接话："是的，我也有过这种感觉。"

林温和周礼都没搭腔。记忆是很奇妙的东西，它能随时改变一个人当下的心境，林温现在生活得不错，她不需要改变现状。

郑老先生又道："但是上辈子已经经过去了，再怀念也无用，还是过好这辈子更要紧，我还有好多事未完成。"

郑老太太说："我也是，所以你别再拦着我这不行那也不行。"

"哼，你还说！"

学校领导作陪，领着一行人进入体育馆。

郑老先生虽然年事已高，但手脚还算利索，很怀念年轻时在篮球场上叱咤风云的日子。

他外出穿着西装，进体育馆后他将西装脱了，郑老太太习以为常地接过来。

王摄影架起摄像机，对周礼说："你可动作轻点儿，不小心来个磕磕碰碰搞不好得吃官司。"

"有道理，我还是跟你换换。"周礼说。

"你现在才想抢我饭碗是不是太迟了？"

周礼笑了笑，脱着西装走向观众席，直接将西装往林温腿上一撂，说："帮我拿着。"说完就卷着袖子转身入场。

西装还带着体温，林温大腿感到温热，她拎起衣服，换了个方向折叠，将热的一面朝里。她四处看了看，边上座位都有点儿脏，西装不好放上去。她又把西装平放回腿上。

这场打球像电影慢动作，众人都配合着郑老先生的速度。郑老太太看得有趣，时不时地给他们加油。场中人身高、体形参差不齐，周礼身形占优，最为醒目，就像白色花丛中的一朵艳丽红花，目光很难从他身上移开。

林温也一样。

周礼气势较温和，不管运球还是投球，都像他名字一般绅士。偶尔把机会给别人，偶尔自己留着，他动作自然，如行云流水，没让人感到任何突兀或明显示好。

林温很难不承认周礼足够优秀，他像自带舞台灯，走到哪里都耀眼。

围观群众不多，当中有两个女生大约在电视上见过周礼，看到周礼进球后就欢呼呐喊："周礼——周礼——"声音立体环绕，仿佛魔音穿耳。

郑老太太也乐得凑趣，在旁边跟着喊："礼仔加油！"

林温听第一遍时没反应过来，等又听了两遍，她才偏头看向郑老太太，问道："您跟周礼以前认识？"

"礼仔"这称呼太亲近，对港城人来说，熟人才会这么叫。

郑老太太道："礼仔没跟你说过吗，我跟我先生同他们家相熟？"

林温一愣，眉头渐渐蹙起，想问点儿什么，斟酌半天，还是将问题咽回了肚。

这场球赛打得既愉快又和气，结束后周礼还替女生签了名，边签边走向观众席。

女生壮着胆子问他能否加微信，周礼笑意温和地跟对方说了什么。

林温只听到女生的话，没听到周礼的。

周礼走近，身上全是汗，他朝着林温说："纸巾。"

"我有我有！"女生抢先一步。

周礼抽了张纸巾擦汗，林温将他西装递过去，周礼没接，转头跟走过来的郑老先生几人聊起刚才的球。郑老先生兴致勃勃，认真跟他分析各种战术技巧。

林温只能捧着西装，等跟随众人回到车上，她才顺利将衣服还回去。

林温一路话不多，回到酒店后就进了房，还没到晚饭时间，在外面跑了一天身上沾到不少灰，她顺便洗了个澡。

吹干头发出来，林温坐在床上想着心事，大约今天体力消耗大，她肚子渐渐感觉到饿。林温下床，走到书桌前打开番茄蜜饯的盒子，捡出一颗送进嘴里。酸酸甜甜的，吃几口就会上瘾。在此之前她从不知道有番茄蜜饯存在。番茄和乌梅这两种完全搭不上边的食物竟然能简单完美地融合。林温拿着盒子坐回床上，不知不觉吃了一颗又一颗。

晚饭后终于要出发去夜店，郑老太太着装不变，穿着符合她年龄的雅致裙装。

林温问她："您不换身衣服吗？"

郑老太太低头看自己，问："这身不好看？"

"不是，很好看。"

"我知道了，是不是不适合夜店？"

林温听她反问，想了想，一笑说："不会。"

郑老太太也跟着她笑起来。

老太太的年龄在旁人看来已经不适合夜店，她换再多衣服也不会让别人当她寻常。郑老太太喜欢林温的贴心和玲珑心，她握起林温的一只手，轻拍着说："我穿这身衣服最舒服自在，所以才不管别人的目光，否则多累。"

林温点头。

去夜店的路上，林温照旧跟周礼一辆车。

林温洗过澡后换了一身裙子，裙子有点儿长，进座时她没注意，裙摆坠到了车垫上。林温拎高裙摆,弯身掸了掸,长发垂落下来,正好搭在了周礼手背。

周礼上车早,劳累一天,他正闭着眼犯困,搁在椅子上的手忽然感到痒,他随意揪了一下。

林温很快直起腰,几根头发扯得她头皮疼,她"啊"了一声顺着疼看边上,才发现周礼眼睛闭着,大拇指和食指却揪着她的头发。

"周礼。"林温一边轻声叫周礼,一边往外拽自己的头发。

周礼没被叫醒。林温只好边去掰他的手指,边喊他:"周礼,松手。"

周礼没睡熟,有人掰他手,他这下终于睁开眼,手指下意识地胡乱一搂,正好搂住一根纤细软嫩的指头。林温像沾到毒,立刻将自己的手指抽出,周礼手上的温热落空,侧头看了过来。

司机这时抽完烟回来了,王摄影也终于赶到。

"出发出发!"王摄影兴冲冲地喊。

后座两人沉默,林温目视前方。周礼收回视线,捏了捏脖子,他仰头靠下,眼睛半合,但没再让自己入睡。

夜店不同于酒吧,酒吧喝酒为主,夜店里玩得太疯。

林温也是第一次来,音乐震耳欲聋,她一进门就感到不适,尤其她还跟在两位面不改色的老人家后面,所过之处,人人目光都为他们停留。

周礼拉伸了一下肩膀,松弛肌肉神经。

他自自在在地找位置坐下,问身边几人喝什么,最后才问到林温:"想喝什么?"

音乐太吵,周礼问得大声,林温回答:"苏打水。"

两人没坐一起,周礼没听清,问:"什么?"

林温倾身靠近,冲他喊:"苏打水!"

"知道了。"周礼按住她头顶,将她一把推回去,然后离座。

林温愣了愣,揉了下自己被按的地方。

郑老夫人感受着现场气氛,没多久她就放开了。她想进人群中深入体验一番,郑老先生觉得这里光怪陆离,不太乐意,但最终还是被郑老夫人拖下场。

一行人陆续都去玩,座上只剩周礼和林温。周礼问:"你不去?"

林温喝着苏打水说:"你去玩吧,不用管我。"

周礼扯了下嘴角，正要说什么，他的视线突然顿在某处，然后放下自己手中的饮料，跟林温说了句："别乱跑。"接着离座。

林温以为周礼真去玩了，等看着他走到远处某角落，揪出一个人后，她才发现不对。

林温犹豫了一下没动，又看着周礼抓着人走向门口。林温不知道发生了什么，怕自己会坏事，她又坐了一会儿。舞池里众人还沉浸其中，周礼一直没回来，她坐不住了，这才迟疑着起身，挤过人群往门外走。

周礼把人拽到夜店边上一条小巷，直接甩他上墙。

对方痛得一叫，骂骂咧咧："有病啊！"

周礼双手插兜，没将这人放在眼里。

"手机拿出来。"他说。

"你有毛病？我的手机凭什么给你！"

"那你今晚就躺在这儿。"

"呵，有本事你试试！"

周礼抽出手走近，说："这话还给你。"

对方身高一米七出头，生得消瘦，脸颊都往里凹，周礼个高腿长，气势压人。

对方身体紧紧贴墙，外强中干地警告："你别乱来，你可别忘了自己的身份，你是公众人物！"

"吴永江派你来的时候，没告诉你我是个什么性子？"周礼悠悠道。

这人正是上回林温住酒店遇火灾，把相机往林温脸上撑的那个小跟班。

周礼猛出手，从小跟班兜里抽出手机，又反手将人制住，直接撑脸解锁。

小跟班嘶吼："手机里没东西，我什么都没拍到，你给我放开！"

周礼点进相册，随意一扫就看见了昨晚夜市上的偷拍照。他对镜头敏感，昨晚察觉后他没逮到人，今天这家伙还不收手，被他一眼就揪了出来。周礼不管三七二十一，将这几日的相册内容统统删除。

小跟班胳膊被反扣，脸颊贴着冷硬的墙壁，痛得直喊："老板——老板——"

周礼扯了个笑，松开手，偏头看向巷子口。

"误会误会，"吴永江这才从阴影中走出，用长辈口吻道，"你这孩子，怎么这么多年了还这么喜欢动手动脚。"

　　周礼抛了抛手机，小跟班一边揉着胳膊，一边眼珠跟着手机动，周礼再一抛，将手机抛回了小跟班怀里。小跟班连忙接住，快速溜到吴永江身边。

　　"我也奇怪，这么多年了，你怎么还干这种鸡鸣狗盗的活儿？"周礼漫不经心，"说吧，又想干什么？"

　　"我能干什么。"吴永江笑着道，"我上次不是说了，想跟你爸叙叙旧，也不知道你有没有转告他，这么久怎么还没听到消息？这不，知道郑老他们来了，我想着也许你爸也一道过来了？"

　　"那见着了？"周礼问。

　　"是没见着，所以我更想见了。"吴永江皱了下眉，似作困惑，"你爸出狱也有个两三年了吧？之前听说他出来后被人请去港城做了个高管，你说说这叫什么世道，他贪污这么多钱只被判了六年，出来后照样吃香喝辣。他付出的代价实在太小，法律不作为，我倒是还想做点儿正义的事。就是不知道他现在死没死。"

　　周礼眯眼，说："你放心，你儿子坟上长草了他也还活着。"

　　"欸，话别说太早，我还想给你爸坟上插几支香呢，让他下辈子投胎投好点儿，找个省心的老婆，别像这辈子，为了个女人成了条丧家……"

　　差一个字，周礼拳头已经挥了过去。他出拳快，吴永江根本来不及反应，脸颊一挨到，吴永江感觉半边脸都要废了。吴永江大骂一声，边上小跟班见状，一齐冲了上去。

　　周礼动拳头的时光都集中在高中和大一，这些年他习惯了西装领带，脾气也尽数收敛，所有的恶念和暴力都被他压在了不见光的角落。这一拳挥出，恶念和暴力统统释放，他以一敌二，没收力道，也没听见林温最开始的呼喊。直到林温扑过来，脸色发白地拽住他。

　　"别打了，快停下，快点儿停下！"

　　倒地的两人脸上渗血，周礼跟跄着站起来，转头看林温。

　　林温读书时学校也有男生打架，但她从没见过这种打法。

　　血红色侵蚀她双眼，她有点儿犯晕恶心，更多的是害怕。

　　手腕突然被握住，林温一颤，周礼拽着她往巷子口走。巷子口远离血腥，周礼按住林温后脑勺儿,将人搂进怀里。鼻孔里有液体流出,周礼用手背随手一抹,血又沾到他手上。

林温什么都看不见,周礼没去管。他重重地抚摸着林温的柔软长发,过了一会儿,想安抚几句,他又忽然不知道该怎么安抚。

周礼叹了声气,只能更用力地将她按进胸口,让她看不见外面分毫。

Chapter 9
某夜，某车

"林温，"周礼这时开口，"你过界了。"

巷子口光线昏暗，不时有人经过。林温双眼被遮，失去视觉的时候，其他感官会更敏锐。此刻她闻到了清新的薄荷香。

周礼打完篮球后回酒店洗过澡，香味应该来自酒店的沐浴露。林温不喜欢用酒店的沐浴产品，条件允许的情况下，她出差通常会自带旅行套装。这次她也用了自己的。陌生的薄荷气息往她鼻子里钻，仿佛清风拂面，怡人静心。

不适和害怕的感觉奇妙地被冲淡了，林温不自觉地深嗅几下，然后轻呼口气。推了推面前的胸膛，林温抬起头。

周礼却没马上松开。他一只手搂着林温的背，另一只手扶在她后颈上，低头看了看她的面色。依旧有些苍白，连唇色也变浅，眼神没了平日的娴静或者灵动，显出几分不安。

"好点儿了？"周礼低声问。

林温先前只顾拽人，看见地上的血腥后也没仔细留意周礼，现在她才真正看清对方的模样。周礼脸颊瘀青，嘴角破了个口，鼻子下有血痕，T恤上一片狼藉。他受伤并不轻，但显然没地上那俩人严重。

林温反应过来，转头望进巷子，她又推了推周礼，紧张地提醒："那两个人！"

"没死。"周礼轻飘飘地说。

林温用力，语气变凶："快把他们送医院！"

林温这记力道用在了他胸口的伤处，周礼吃痛，顺势松了手。

林温没发现，她想去巷子里，但才走出两步她又立刻转身，对周礼道："你去看看。"

周礼不动,瞥了眼里头。

"快点儿!"林温又凶巴巴地拽他。周礼这才往里走。

吴永江和小跟班满脸是血,一个像是昏迷,一个挣扎着想从地上爬起来。

见周礼回头,小跟班仿佛被注了一剂鸡血,从原地弹开,气若游丝地警告:"你别过来,我马……马上报警!"

周礼连眼神都没给过去,他踢了踢吴永江。吴永江根本没晕,只是体力透支,浑身剧痛,一时半刻起不来。

"喀喀……"吴永江咳嗽着,躺在地上的样子就像一件被泼了血的垃圾。

周礼鞋底点住他的肩膀,声音很轻,但冷如冰锥:"记着,滚远点儿。"

吴永江本来撑起一点儿的身子又被压了回去,根本无力挣扎。

周礼放下脚,转身返回。

林温身体朝着这边,头却偏向一旁,听见脚步声,她才将头回正,视线正前方是周礼。她不用看到前面的血红色,周礼抬手在她头顶一拍,手掌顺势停留住,力道往下压,旋了一下,带着林温转身。

"走吧。"他说。

"他们呢?要叫救护车吗?"林温想回头,脖颈遇到阻力。

周礼仍按着她头顶,道:"他们自己会解决。"

"你就这样走了?"

"不然呢?"

"他们要是报警怎么办?"

"不会。"

"怎么不会?"

"说了不会就是不会。"

林温脚步停下。

周礼这会儿各个伤口的痛感都觉醒了,人本身也累,他一点儿都不想多说话。

"又怎么了?"他尽量耐住性子。

"那我陪你去医院。"林温温声道。

"……"

沉默片刻，周礼淡淡一笑。手从林温头顶收回，他人也稍稍温和。

"不用去医院，你查下附近的药店。"

"你要自己处理伤口？"

"嗯。"

"……我们还是去医院吧。"林温轻声细语地跟他商量。

周礼双手插在裤兜里，他看着林温微微仰起的脸。她脸小，眼就显得特别大，那双圆眼睛里透着藏不住的担忧。

他手指头微动。过了几秒，周礼的手慢慢从兜里抽出，然后很自然地牵住林温，带着她往前，边走边解释："不太方便，万一有人认出我，后续处理起来会费事。这点儿小伤我心里有数，别担心。"

林温一怔，抽了抽手。周礼手劲不轻不重，正巧是能控制住她的力道，她抽不出来。

很快到了一辆车前，周礼拿出车钥匙。

昨晚是他开车带人去夜市的，车钥匙他没还回去，为了以防万一留作备用。没想到今晚就用上了。周礼打开副驾车门，牵林温的手在这时又自然而然地松开了。这一切半点儿突兀的痕迹都没留，仿佛他牵手、放手都不是刻意的。

周礼推了下林温肩膀，让她进去，又说："搜一下药店。"

"……"

还是治伤要紧，林温稳下心绪，顺从地坐进车中。周礼绕到驾驶座，系安全带的时候勒到了胸口，他眉头也没皱，面不改色地发动车子。

林温查到最近的药店距这里是三分钟车程，往前开再拐个弯就能到。

周礼跟着导航走，不一会儿到了药店门口，他解开安全带说："你进去买。"

林温不知道该买哪些东西，进药店后她向店员描述周礼的伤口。店员向她推荐了几种伤药，又简单教了她一下如何处理。林温付完钱，拎着塑料袋走出店门，又拐到隔壁便利店买了三瓶矿泉水。

"还行吗？"林温一上车先问周礼。

周礼刚才照镜子看了看伤，这伤短时间内消不下去，他正想着巷子里那人，林温就买完东西回来了。

刚才的情绪暂时靠边,周礼回答:"嗯,没事。"

"你看看这些药对不对。"林温打开塑料袋。

周礼随意翻了翻,说:"没问题。"

"现在回酒店吗?"

"不回,先随便找个地方。"

先不说郑老先生他们还在夜店,就算他直接开车回去,他现在这副样子也必须要处理一下才能走进酒店。林温刚才也考虑到这一点,所以特意去买了矿泉水。

周礼随意找了附近一条无人小巷,停好车,他把灯打开。

林温拧开矿泉水说:"有纱布,你先擦洗一下再消毒。"

林温打下手,周礼对着镜子自己处理伤口。

林温发现周礼对这套流程很熟练,根本不用她一步一步教,她这才想起早前袁雪讲的那段关于周礼打架斗殴的黑历史。

林温手上递着东西,时不时地看一眼时间。"想回去了?"周礼见状问。

林温摇头,斟酌着说:"我怕那两个人……"

四周幽静,密闭的空间里只有他们二人,林温坐在他身边,一手拿着纱布,一手揪着塑料袋提手。也许是他在第一次回答关于吴永江的问题时带了情绪,林温怕他不开心,此刻第二次提起,她说得又小声又迟疑。

周礼静静地看着她。

等了几秒,林温以为周礼不想说,正想跳过这话题,突然又听他开口。

"那个中年人叫吴永江,他开了家传媒公司。"周礼温和地解释,"公司还没做出名堂,他不会让自己惹一身骚,今晚的事他不占理,报警的话也是两败俱伤,所以他只能咽下这口气。"

林温听着,松了口气。

"那点儿伤也要不了他们的胳膊腿,养一阵就好了。"周礼又道。

"他们脸上都是血……"

"我也流了血。"

"你还能走。"

"说了他们腿没断。"

才说了几句又这样,林温抿唇。

周礼看了她一会儿,轻轻扯了扯她手里的纱布,对她说:"纱布。"

林温松手。周礼接着又叫她拿这拿那,不一会儿,脸上的伤就处理好了。

还有通红的手指骨节。周礼舒张了几下手指,低着头一边继续处理,一边问林温:"你刚才都听见了?"

"没有。"林温脱口而出。

周礼撩起眼皮看向她,说:"我问了什么,你就说没有?"

林温张了张嘴。周礼扯笑,说她:"你知不知道你长着一张不会说谎的脸,但偏偏谎话张口就能来?"

"我哪有……"

"你爸妈来的那回。"

林温哑口无言。

"你能当影后。"周礼评价。

林温脸上浮起了血色。

周礼看着好笑,低头继续处理手指,再次开口时,他声音变得低沉。

"我爸妈在我小学的时候离了婚,高考完的那个暑假,我爸贪污,进了局子。"

周礼的父亲叫周卿河,出生江西农村。周礼的爷爷奶奶没念过书,父亲的名字是村支书取的。三十多年前,周卿河考入宜清大学,寒门出贵子,命运一朝改变。毕业后他进入电视台,从记者变成新闻主播,再由幕前走到幕后,成为电视台高层。

周礼的母亲家世算显赫,从小养尊处优,没吃过半点儿苦。

两人相识相恋结婚,周礼外公不赞成,母亲婚后没得到娘家半点儿财力支持。

周卿河已经算是中产阶级,他能提供良好的居住环境和优质的日常饮食,也能在假期随时出国游,但他的财力无法让母亲一如既往地出入各种奢侈品店或者随手就在拍卖行拍下一件上百万元的珠宝。

周礼记事早,在他的记忆中,他们夫妻第一次关于消费能力的探讨,发生在他上幼儿园大班时的饭桌上。那天周礼母亲买回一只价值十万元的手提包,周卿河看着账单问:"家里存款还剩多少?"

母亲挑着菜,眼睛不看人,轻声说:"还有二十来万元。"

周卿河沉默片刻,开口说:"其实这些包款式都大同小异,十几万元的包和几千元的包,只差在一个牌子。"

"不一样,完全不一样。"

"那你说说,哪里不一样?"

母亲从品牌文化讲到匠人手工,一顿饭全在科普奢侈品的价值究竟在哪里。

周卿河一言不发地听着,等对方讲解完毕,他才再次开口:"好,那这只包你就用着,下次买些轻奢品牌,怎么样?"

母亲坐了半晌,最后道:"周卿河,我已经五年没买过这样的东西了。"

母亲从小享受的就是最好最贵的,她从没为金钱发过愁,直到她从名媛成为家庭主妇,才知道她婚前向她父亲夸下的海口根本实现不了。

一段婚姻让她的交际圈换了个底朝天,让她的生活习惯重新学起,让她花钱束手束脚,让她变得不像她。他们夫妻从最开始的就事论事,到后来的冷战,再到最后的离婚,只用了短短几年时间。

但婚离了,人却放不开。周卿河开始抽烟,开始没日没夜地工作,开始累积阴暗的财富,他想把人唤回来,期望爱情能回到开始。

可是爱情没有回来,他最终将自己送进了监狱,被判有期徒刑六年。而周礼自己,则开始了他一个人的大学生涯。

林温仿佛在听一个编造出来的故事,周礼讲完后车中再次变得寂静,有一种无法言说的情绪在他们周围蔓延。

林温从夜店出来,找到周礼的时候,正好就是吴永江跟周礼面对面之时。

两人开头讲什么她没听到,但吴永江后来说的那些关于周礼父亲的话,她一字不落全听见了。她不敢过去,更不敢离开,心里隐约预感不妙,结果一晃神的工夫,巷子里的对话突然就转变成了斗殴。

周礼完全失控,她预感成真。

林温不知道该说点儿什么。她从小就觉得,听起来再真诚的安慰话也是空洞的，只有行动才能让人感受到真心实意。可是周礼这人，他真的需要他人的共情和安慰吗？

"傻了？"周礼把手递过来，他手上已经缠好纱布，没事人似的说了句，"打个结。"

"哦……"林温慢半拍，低头给他打了一个蝴蝶结。

打完结，林温看向周礼右手，说："还有那只手。"

"等一会儿。"周礼道，"你先转过去。"

"……干吗？"林温不解。

"转过去，别看。"周礼朝她摆了摆手，也不解释。

林温莫名其妙地转过身，脸朝着车窗玻璃。周礼脱下了T恤。胸口一侧有处瘀青，连系安全带都疼，他翻了翻手套箱上的塑料袋，从里面拿出一瓶药，抬眼时他看见了林温的后脑勺儿，动作不由得一顿。

林温听见背后有塑料袋的窸窣声，蹙了蹙眉，她忍不住转头说："你……"喉咙像被掐住，她戛然而止，立刻又把头转回去。

周礼的身形并不健壮，他胜在个子高，比例好，没有大块肌肉，但骨骼线条十分流畅完美，每块皮肤底下仿佛都是力量。

这会儿他光着上半身，放下药瓶，拿起矿泉水和纱布，问林温："你晕血？"

林温脸上发烫，不知道周礼怎么突然冒出这么一个问题。

"什么？"

"是不是晕血？刚才你不敢看那两个人。"

"不是，我不晕血。"

周礼的声音好像就贴在林温背后，林温不自觉地向车门靠近。

"是血太多了，我没见过这样的，所以有点儿害怕。"

"嗯，别动。"周礼往纱布上浇了一点儿水。

林温后脑勺儿传来压力，是周礼在给她擦拭头发。

"我的血沾上去了。"这是他先前摸她头发时沾到的，室外没发现，车内灯亮着，不仔细看也很难发现。血的颜色深，快要和黑发融为一体。

林温头发长至肩胛骨下方，周礼的手从她后脑勺儿一直摸到她的肩胛骨。

林温脊背发麻,又不敢回头。

周礼今晚心情不佳,脾性也有点儿故态萌发,最简单的证明就是林温在他面前变得更"柔"了,会对他察言观色,也不再明确划分楚河汉界。林温有她的尖刺,但她的柔软始终比尖刺多。他则跟她完全相反。此刻在这辆车中,周礼变得心情平静,耐性也十足,擦拭的动作不急不缓,像在打磨一尊茶具。茶有沉淀的意味,绵长回甘,能让人静心。

"擦好了吗……"林温等了一会儿,僵硬着后背问。

"没。"

"我自己来吧。"话是这么说,但林温还是不好直接转身。

"林温。"周礼无视林温的话,忽然叫了一声她的名字。

"嗯?"林温的头动了一下。

周礼还搂着她一束头发,黑色长发在他掌心跟着撩动。

他垂眸看着手心这缕仿佛有生命力的发,问道:"你小时候什么样?"

"……我?"

周礼的提问好像没头没尾,但林温一下想到今晚发生的一切。她最初装作完全不知情,后来听完故事她也不知道该说些什么。

直到这一刻,她才终于想明白一点——其实当人还有愤怒的时候,他就不是一块坚不可摧的石头。所以寻常人需要的,周礼也是需要的。

林温真的很少回忆从前。

眼前是面干净透明的车玻璃,把外界的黑暗和凌乱都隔绝了。狭小的空间里,林温背对着周礼,望着窗外的昏暗小巷,想了一会儿,轻声讲述。

"我小时候……我爸是小学老师。

"你记不记得我现在住的房子对面是所中学?几十年前那里是小学,我爸当年就在那里教书。

"后来我妈妈意外怀孕有了我,我爸为了让我妈安心养胎,就辞职搬回了老家。"

林温的母亲在有孕一个月后才知道自己意外怀上了,在孕期的前五个月,林温母亲的身体状况非常糟糕。

林母原本就是高龄产妇,怀孕生产全是风险,加上她当时浑浑噩噩的精神状况,头发大把脱落,吃东西靠硬塞,睡觉成煎熬,人急速消瘦,导致她孕后五个月还看不出大肚。林父极其忧心,深思熟虑后他咬牙把工作辞了,带着林母返回老家县城,重新考上了县城小学的语文老师。

他们在县城里有一套小平房,这套房是林温的爷爷奶奶留下的。

那房子从大门进去先是厨房,再是客厅,最后是一间卧室。卫生间在房子旁边,和隔壁邻居共用。直筒型的房屋结构历史悠久,小平房位置偏僻,周边环境又差,原本他们把房子出租给外乡人,回来后他们把房收回,自己住了进去。

他们没多余的钱另外买房,宁可受点儿苦,也不愿意把宜清市的那套房子卖了或者出租。直到上小学之前,林温一直就和父母住在那间平房里。

因为母亲孕期身体不好,林温刚出生时特别瘦小,体质也弱,感冒发烧是常态。稍长大一点儿后,母亲规定她必须每天吃鸡蛋、喝牛奶。

担心她和附近的小朋友玩耍不知轻重,母亲时常过来监督,看见她抓起泥巴,每次都不忘提醒她别塞嘴里。

林母的精神一年比一年好,住的地方龙蛇混杂,她除了要照顾小家庭,还要三不五时地去调查是谁偷了她晾在竹竿上的衣服,又是谁偷了她的自行车,还有谁把垃圾撂她家门口了,竟然连几步路都不愿意走。

林温每天睡在父母中间,夏天拉蚊帐,冬天电热毯,上厕所用痰盂,写字画画都在床边的书桌上。隔着门还能听见母亲炒菜的声音。

林温的这段童年生活,和周礼的天差地别。周礼生活在高楼大厦,林温仿佛生活在年代剧中。

"所以你是在那里开始的厨房启蒙?"周礼问。

林温没想到周礼还记得她上回度假说过的话。林温点点头,说:"嗯。"

手心长发又在动,周礼搂了搂,又问:"上小学之后就搬家了?"

"嗯,"林温道,"我爸妈省吃俭用,攒了一半的房钱,加上我舅舅也出了一笔,我爸妈就在我升小学前一个月买了一套房子。"

二十年前县城的房子并不贵,当年那里并不时兴按揭,林温父母出了全款,一半钱是借的。

林温的舅舅是生意人,给出钱的时候说这是给林温的红包,红包哪有这么大,过了几年林温父母再次把钱攒够,又将红包还了回去。

林温住进了楼房,开始了每天和父亲同进同出的小学生涯,参与的第一个大型集体活动就是开学一个月后的国庆文艺演出。她的班主任从她父亲口中知道她会讲阿凡提的故事,所以特意让她去为班级争光。

周礼已经将林温的头发擦干净,但他一直没打断林温的话,也没放下她的头发。周礼有一下没一下地卷着她的发尾,听到这里,他挑了下眉,问:"你讲故事?"

林温这样的性子,周礼想象不出她站在台前,对着台下成百上千的人,声情并茂讲故事的模样。

"我从小就听阿凡提的磁带,我妈让我跟着学。"林温说。

林温其实并不喜欢,但母亲在这件事上特别执拗。林温从小听话柔顺,那是她第一次违背母亲。母亲很爱她,见她真不乐意,也没再逼,只是偶尔独自听着磁带,眼角泪光闪闪。林温懂事早,心里难受,某一天她低着头,小手在背后扭了扭,跟着磁带开了口。

林温到现在都还会背她学会的第一个故事,开头第一句是:"从前有个人叫阿凡提,他天天骑着他的小毛驴。有一天他路过一个湖,看见他的老朋友巴依老爷正在湖里喊救命。"这个故事她说得最熟练,所以一直说到小学毕业。

林温跟周礼讲的时候,没提她的不乐意,但周礼听完后说的第一句话就是:"你应该不喜欢这个。"

林温一愣,说:"……还好。"

周礼冒出两个字:"影后。"

这是暗指她又在撒谎?林温提了口气,但又莫名地,她懒得再去反驳。提了几秒,她就把这口气泄了。

周礼没揪着这个,他问:"后来呢?"

"后来也没什么了。我高中考进了市里的中学,我妈想陪读,但我要住校,所以没必要,我爸把她劝住了。"

林温跳过了初中,直接说到高中。

高中学校是新建的校区,环境非常好,寝室是六人寝,一切都是全新的,卫生间用着很干净。室友间和和气气,偶尔也有小矛盾,大多时候都相亲相爱。后来文理分班,她换了一批室友,新室友处得也很好,但念大学后大家天各一方,联系渐少,这两年逐渐演变成只在朋友圈点赞的关系。

"我成绩一般,高考算是超常发挥,最后考来了这里。"林温说完了。

林温对现在的时间没有概念,她不清楚她说从前说了多久,但感觉应该不是太长。她和周礼在这辆密闭的车中,都说了自己过去的人生。原来看着无比漫长的岁月,压缩成语言后,也经不住几十分钟。

林温一直看着车窗外的昏暗巷子回忆从前,早就忘了自己为什么要背对着周礼不能转头,周礼也没有提醒她。

周礼盯着车玻璃上映出的那张脸,正要再开口,忽然有三个醉鬼闯进了小巷,大嗓门搅和了这一角的幽静。

"那狗东西就是个娘们儿!"

"再娘们儿唧唧,你女人还不是跟人家跑了!"

"我呸,别让老子看到他们,狗男女……"

三个人踉踉跄跄,面朝墙壁解开裤链。三道放水声一齐响,音量效果翻倍。林温原本就在看外面,听见声音后她脑袋往那边偏,还没看清人,眼睛突然被一只大手盖住。被顺势带了带,林温身体不由得向后倒,同时耳边响起一句轻语。

"这都看,不怕眼瞎?"

下一瞬,林温贴住了周礼的身体。

林温双手下意识地扒住眼睛上的那只大掌,迟钝了几秒才感觉到有股强势的气息和体温入侵了她的触觉系统——周礼一直没穿上衣。

此刻他光着上身,皮肤温热,骨骼坚硬。林温撞在他胸侧的瘀青上,痛感尖锐,他不由自主地加了几分力道,林温也完全倒在了他的怀里。

这个意外让两人都顿了一下。

林温最先回神,一边用力去掰眼睛上的手,一边努力坐起来,说:"周礼!"

没考虑到周礼胸前的瘀青，林温奋力中不小心又一次撞在了那儿。

周礼这回闷哼出声，条件反射，盖在林温眼睛上的力道不由自主地又加重了。

林温想坐起却失败了，再次倒回周礼的怀抱，这次贴得更近，她的脸颊感受到了温热的肌肤。周礼随即放下手。林温狼狈地坐回去。两人目光对上，周礼不闪不避，林温又闪又避。

"……你把衣服穿起来。"

周礼没吭声。

林温瞄过去。周礼这时才开口："还没上药。"

"……那你快点儿。"林温再次把头转向车窗。

三个醉汉终于注意到了停在小巷里的车子。

车里有灯光，他们不是因为亮灯才注意的，而是因为车里传出的动静。

染着红毛的醉汉骂了声："又是狗男女！"

仗着醉意，把怨气往陌生车辆撒，红毛一边拉着裤链，一边朝车子走去。

另外两个人跟上，一个车头，一个车尾，将车子的去路堵死。

红毛拍打副驾车窗，嚷道："给老子滚出来！！！"

林温往周礼那边挪。周礼拍拍她的脑袋，说："别怕，把安全带系上。"

"你要开车？"

"跟这种醉鬼讲不了道理。"

"不行，那两个人都站在那儿呢。"

周礼看向林温，一边发车，一边教她："不怕死的人太少，我们没那运气碰上。"

果然，车一启动，前后两个醉鬼都有了反应，要让不让地犹豫了起来。

林温刚要松懈，红毛忽然再次拍窗大叫："林温！林温！"

林温一愣，周礼也停住了。

"是我啊，你还记不记得我？张力威！"红毛脸贴车窗，五官贴着玻璃面对林温。

林温回头看周礼。周礼悠闲自在地问："老朋友？"

林温对旧同学还有印象，只是有些名字忘了。她见红毛喊完后，另外两人也不让位了,只好降下车窗。

"张力威。"她称呼对方。

红毛激动,嚷着:"还真是你,这也太巧了!"

林温礼貌回应:"嗯,真巧。"

红毛醉得脸脖子通红,自顾自地一个劲儿在那儿说:"这都多少年了,三……七……这都七年了,不对,八年!八年了,咱们毕业后就没见过,上个礼拜我们还在群里聊起你呢,你说巧不巧,才提到你,你就冒出来了!要不是你长得一点儿没变,我还真没法儿认出你,你怎么还这么漂亮啊,跟以前一个样!"

林温尴尬,这种话她不知道怎么接。红毛掏出手机,话题跳跃:"我加下你微信,下个月同学聚会你可一定得来!"

林温道:"我QQ号还是以前那个。"

"可是你QQ不回啊。"红毛还存着点儿智商。

"是很久没登录了,等下回去我就登录。"

"那你可一定得登。"

林温点头,又道:"能让你朋友让一让吗?我现在回去。"

红毛挥向两边,说:"闪开闪开,不知道挡着道了?"

前后两个醉鬼听话地让到一边。

周礼听出林温跟红毛是初中同学,他没多问什么。只是朝林温扯了个笑,今晚第三次说出那个词:"影后。"

林温这次又提了口气,转头看他,说:"喂!"

"嗯,我在。"周礼边应声,边倒车开出小巷。

才开到巷口,手机铃声响起,是周礼的,林温憋着话没打扰他。

车速本来就慢,周礼顺手接通,听了两句后他忽然停车,拿起之前随手搁在边上的T恤,他一边套回身,一边对林温道:"郑老那边出了事。"

两人赶回夜店时,郑老先生他们已经走了。

周礼从闹哄哄的夜店出来,站在门口给郑老先生的助理打电话。

"你们人呢?"周礼走得快,身上有点儿热,他扶着腰问电话那头。

"郑先生等不及，让我们先去找夫人。"助理说。

大约二十分钟前，郑老太太不见了。当时郑老先生走出舞池，回座位喝水，顺便接了一通电话。就这几分钟时间，等他再去看舞池，原先的区域已经不见郑老太太的身影。另外几个人难得外出放松，忘我之际根本没留心其他。

郑老太太的手提包搁在座位上没拿，手机在包里。他们在夜店搜寻一圈，女厕里也拜托工作人员进去看，同时翻看店内的监控录像，才发现就在郑老先生接电话期间，郑老太太一个人走出了夜店。

这一通找已经耽搁十五分钟，等给周礼打完电话，郑老先生一声令下，心急如焚地先带着大部队出去找人了。

"你们现在在哪儿？"

"我们分了三路。"一路就在夜店附近，另外两路向两头延伸。

林温听到郑老太太失踪，已经脑补出一连串绑架案件，等周礼挂断电话，她立刻说："他们没有报警吗？"

周礼收起手机，心中有了猜测。想了想，他还是没将自己早前知道的隐私告诉林温。

"上车，我们先去找人。"他略过了报警的话题，带着林温重回车上。

林温打开手机导航，放大地图研究周边区域，因为心里牵挂着事，她忘记了系安全带。

"往那个方向走的话，还有好几条小路，这样不行……不如我们也分开行动？"她问。

周礼启动车子，正扯自己这边的安全带，见林温低着头一副心无旁骛的样子，他松开手，直接倾身过去，将副驾的安全带扯出来，利落地给林温扣上。

药味混着薄荷香划过鼻尖，周礼动作太迅速，林温全程只来得及往后躲，没能做出其他反应。

周礼这才回她话："你能走几步路？坐好，你帮忙盯着外面就行。"

说着他重新坐直，系好自己的安全带，一脚踩下油门，挑了地图上的一个方向走。

两边窗户全都打开，车速极慢，林温扒着车门仔细留心窗外的街道。

郑老太太打扮贵气优雅，那一身裙装特别醒目，再者她年近七十，走路速度不可能太快，二十几分钟的时间，步行直径范围有限，大家兵分四路扩散，按理来说应该不难发现老太太的踪迹。可是沿着这个方向兜了一路，林温始终没见到类似老太太的身影。有些地方路灯太暗，还有些楼房的入口是敞开的，这里边边角角的地方过多，林温就怕郑老太太正在哪个旮旯角落待着，而他们恰好就错过了。

林温再次提出："我们还是分头找吧。"

周礼也有数，他皱了皱眉，缓缓将车靠边停下。

两人分头找了几段，依旧没见人影。再次回到车上，两人商量接下去往哪边找，讨论了一会儿，周礼的手机忽然响起。助理打来电话，平日的稳重不再，兴奋的嗓音捅破话筒，连林温都听到了他嚷的什么。

"找到了，找到了，你们在哪里？不用再找了！"

林温瞬时松懈下紧绷的神经，后背往车椅一靠。

周礼让助理发来定位，方向盘一转，掉头回去。

巧得很，郑老太太离这儿不远，就在林温先前去过的药店附近，他们哪儿都找了，就落下了那一带。

车子还没靠边停，林温和周礼就看见了被助理和郑老先生护在当中的老太太，以及另外三个眼熟的醉鬼。

两人对视一眼。

停好车，周礼和林温走近，助理先看到他们，招手道："夫人没事！"

周礼和林温看见了，郑老太太正优雅地吃着一支雪糕。

红毛一见林温，咧开嘴"欻欻欻"地指着她，说："怎么又见到你了！咱俩太有缘了！"这才分开多久！

红毛还没完全醒酒，他脑子晕乎乎地站在那里，边上是他的两个醉鬼朋友。

之前林温离开后，红毛三人也出了巷子。原本想回到先前喝酒的小饭店，结果他们左右没分清，东倒西歪地走了好长一段路，感觉怎么没尽头似的，这才想起来饭店在另一头。

三个人骂骂咧咧互相推搡着掉转方向，没料到背后有个老太太，他们一不小心就撞了上去。

老太太"哎哟"一声摔向地，红毛眼疾手快地扑了过去，为老太太垫了底，骨头差点儿开裂。

"你抽风啊！"醉鬼甲评价。

"你才抽风！"红毛扭曲着脸从地上爬起，"没见这是个老太婆？摔着了咱们倾家荡产都赔不起！"

醉鬼乙醍醐灌顶："还是威哥聪明！"

三个醉鬼把老太太扶起来，老太太拍拍自己的裙子，见他们转身就要走，她拉住红毛问："靓仔，这里是什么地方？"

老太太讲的是粤语，红毛在广东住过几年，就用粤语回答了她。这下老太太就莫名其妙地赖上他了。

三个醉鬼虽然一直醉醺醺的，却始终谨记千万不能动老人，否则赔不起。

于是他们忍气吞声，蹲路边想着是报警还是等老太太家人找来，其间老太太要吃雪糕，红毛又破财给她买了一支。老太太吃着东西，三人继续蹲路边商量。

"报警吧。"醉鬼乙说。

"要不等等看？"红毛犹豫。

"我说我们还是别管了。"醉鬼甲冷酷道，"怎么说这老太婆刚才确实摔了一跤，万一警察或者她家人来了，她趁机讹上我们怎么办？"

醉鬼乙又觉得他说得有道理。几人拍案，正打算溜之大吉，老太太的家人就在这时找来了，没过两分钟，连林温都再次冒了出来。

红毛正想再跟林温叙会儿旧，醉鬼甲赶紧拽住他，喷着浓重的酒气提醒："她家人都来了，小心被讹！咱们快走，快快！"

红毛被连拖带拽，还不忘跟林温挥手道别："那我走了啊，再联系！"

助理刚掏钱包准备答谢，三个醉鬼就像有鬼追似的，喊也不停，眨眼逃之夭夭。

郑老先生的心思全在郑老太太身上，他紧握着妻子的手，神情似乎很受打击，语气却依旧克制镇定："稍后再感谢他们，现在我们先去医院。"

两部车都在这里，他们也不打算等王摄影那几个人了。这种情况周礼不可能自顾自走，他和林温坐回车上，跟在助理的车子后面前往医院。

林温还没彻底回神,她欲言又止看向周礼。

"想问什么?"周礼开着车问。

"老太太是不是……有老年痴呆?"林温不太自信地问出口。

这事是个人隐私,周礼原本不打算说,但刚才老太太的样子跟平常判若两人,想瞒也瞒不住。周礼想了想,说道:"她有轻度阿尔茨海默病。"

郑老太太在最近半年记忆力开始衰退,检查后被告知了病情。轻度症状不算严重,除了偶尔记忆偏差,其他症状还没显现。

倒是她的性情有所改变,变得比从前"任性"许多,想做的事也多了许多。

郑老太太的病情一直对外隐瞒,周礼也是不久前去港城出差时才得知的。

周礼没有避讳他跟郑老夫妇相熟的事,他接着道:"今晚的情况之前从没发生过,老太太病情加重了。"

所以郑老先生看起来像受了很大打击。

林温蹙着眉,忧虑地望着前方那辆车。她想起昨晚逛夜市,老太太又要买冰激凌,老先生说她今天已经吃过了,老太太却赖皮否认。昨晚她以为是老太太任性,现在看来,老太太应该是真的不记得这回事。

不一会儿抵达医院,挂了急诊先给老太太做几项检查,助理陪着老夫妇,周礼和林温帮忙跑腿。

两个人坐在诊室外等待,周礼后脑勺儿抵着墙,疲惫地捏着两侧脖颈。

他脸上的伤处理过,看着没原先那么触目惊心,林温见他皱着眉没精神,问道:"你怎么样?"

周礼闭着眼睛,有些无精打采地说:"没事。"

林温觉得他不像没事,可周礼又不愿意去做检查,她想了想道:"你要是实在不舒服,一定要找医生看看,身体比什么都重要。"

周礼睁开眼睛,偏过头看着林温,指了指她的脚说:"你在你爸妈面前的表现不是这么说的。"

又翻旧账!

林温这回没再忍着,她道:"那当然,因为他们的身体比我的身体重要。"

"哦……"周礼勾了下嘴角,把头又正回去。他眼睛再次闭上,漫不经心地像是呓语:"对我来说,我的身体没那么重要。"

"……"

林温闭上了嘴。她也正回了头,目光落在对面雪白的墙壁上。其实从某种角度来说,她跟周礼一样,她的身体对她来说也没那么重要。重要的是,在父母眼中,她的身体是什么样的。门吱嘎一响,助理从诊室出来,周礼闻声睁眼,林温站了起来。

"好了吗?"林温轻声问。

"还没有,不过应该也快了,详细的检查得白天才能做。"

林温点头。

助理又道:"对了,我是想问问,你认识那位红头发的先生?他刚才跑得太快了,我还没向他答谢,你有他的联系方式吗?"

林温顿了顿,然后道:"有的,我找找看。"

助理返回诊室,林温坐回椅子上,拿出手机打开 QQ,输入账号,再输密码。

登录失败,账号不对。她的密码都类似,所以时间过去再久,她也记得这个 QQ 的密码。但她有些记不清这账号。

周礼瞥眼过来,问:"多久没登了?"

林温捏了捏手机,垂眸看着屏幕说:"七八年了吧。"

也就是初中毕业后就再没登过。

周礼道:"不记得就算了,让他们自己去找人。"

"不用这么麻烦。"林温说着,再次尝试输入。

试了两次,终于对了。QQ 一登上,嘀嘀声响个不停,一串串旧消息跳出来,林温没打开。她随意扫了眼,直接翻到好友列表,去找张力威这个名字。

张姓在最末,林温手指不停地划拉。周礼瞄到好友人数,数量竟然还不少。才这一会儿工夫,周礼又看到她有新的消息。

QQ 好友问她:"林温???林温你居然上线啦!!!"

周礼移开视线继续闭目养神。闭了一会儿,又有"嘀嘀"声响。

怎么她的好友这么多……

周礼皱眉，再次把眼睛开，眯了眯眼，他从口袋里拿出手机。

林温打开张力威的聊天框，斟酌着给他留言，字才打了一半，手机界面忽然一变。

有电话进来，来电显示名是"周礼"。林温定睛，两秒后她转头看向身边。

确认了号码没被拉黑，周礼切键挂断，将手机放回兜，面不改色地说："抱歉，按错了。"

林温："……"

林温捏着手机无语片刻，见周礼没再开腔，也没要做什么，她低下头，继续给张力威留言。

按照助理的意思，她先表示感谢，再提出想当面答谢，最后留下酒店地址和助理的联系方式。发送完，林温返回"消息"界面，一长串的红色圆标异常震撼。

还需要等张力威回复，林温没退出QQ，她把在线状态切换成隐身，再看向界面。最新的未读消息来自几分钟前，内容是一连串震惊的表情，并配上文字："是活着的林温吗？我的天，有生之年啊！"

账号备注的名字叫"王振"，林温记得他是初中班里的体育委员，十四五岁就已经长到一米八，座位永远在最后一排的垃圾桶边上。但凡她去后面扔垃圾，王振总要伸出一条大长腿挡住她去路。

另一条最新的未读消息也来自几分钟前，内容大同小异，备注名字叫"许敏翔"，林温隐约记得他做过某门课的小组长，好几次作业收到她这里，会问她有没有不会的题目，他可以现在教她。但林温对许敏翔的模样已经印象模糊。

再往下的未读消息是很久以前的，林温对备注的名字有印象，但完全想不起对方长什么样了。其余的留言时间基本都在七八年之前，林温扫了一遍，没有挨个儿点进去看。

她只是想着，在同样的一段时光里，有些记忆已经如此模糊，有些记忆却依旧深刻。近在昨日，又恍若隔世。林温不由得记起白天郑老先生在前往体育馆的路上说的那句话——"你们有没有这种感觉，有时候突然想起件什么事，好像那已经是上辈子了。"

白天她没搭腔，因为她觉得自己没什么回忆可想。

谁知道才过了几个小时,她竟回忆了这么多,还是当着周礼的面。

想到这儿,林温看向边上,才发现周礼又换了一个姿势。他抱着胳膊,双腿叉开坐姿懒散,脑袋低垂,眼睛紧闭。林温看不到他有没有在皱眉,不过他呼吸很平稳,胸口浅浅起伏着,模样像是睡着了。

夜间医院人少,这条走廊空空寂寂,连一丝风都漏不进来,此刻平静安稳的状态和先前在外的混乱仿佛发生在两个不同的时空,对比鲜明。

林温在这种安宁中也感到了疲惫,她后背靠下来,想像周礼一样说睡就睡。她从没经历过这么惊心动魄的一天。

……也不对。林温突然一顿,某段旧时空像开了一个闸口——

她曾经的某一天,也好像今天这么惊心动魄,那回她遇到一个人。

林温坐直身体呆愣片刻,然后眉心微微拧起,像尊雕塑一动不动。半晌,她偏过头,迟疑不定地盯着周礼的侧脸,眉心拧得更紧。

高鼻梁,微薄的嘴唇,清晰流畅的下颌线,干净的下巴和脸颊,一点儿胡楂都没有。即使添了瘀青和破口,这张脸依旧英俊年轻。

林温眉心松开,摇摇头收回视线。她盯着墙壁,大脑放空。想闭一会儿眼睛,但已经没了刚才昏昏沉沉的倦意。

不知过了多久,林温再次转头,目光落在身边人的脸上。

这张脸她已经认识两年多,一点儿都不陌生。周礼无论是穿正装还是休闲装,打扮永远干干净净,林温想象不出他邋里邋遢、不修边幅的样子。

林温咬了咬嘴唇,慢吞吞地伸出手臂。手停在距对方脸颊一二厘米的位置,她弓起手背,遮挡住周礼的侧脸。

似乎不太对,林温歪头细看,过了一会儿,她放下手。这个角度看不出来,她需要辨认正面。林温站起身,把手机搁椅子上,她走到周礼正对面,先站着将对方上下打量一番。接着抬起手,遮住周礼下半张脸,又觉得不对,她两手拇指相贴,作花瓣状。可周礼脑袋垂着,这个角度依旧不行。

林温朝周礼走近两步,不知不觉走到了他双腿间的范围。她半蹲下来,两手依旧作花瓣状,遮盖住周礼下半张脸,包括下巴也遮住。林温以仰视的姿势,只看周礼的嘴巴、鼻子和闭着的眼睛。但想象力不够,她还是没辨认出什么。

林温觉得自己现在这种行为有点儿犯蠢,她无声地叹口气,正准备放下手起来时,面前睡着的人突然毫无预兆地睁开眼,一把捉住她两只细腕,另一只手同时扣住她后颈,将她扯近。

周礼气色不好,双眼布满因疲倦产生的红血丝,看人时显出几分阴郁深沉,以及凌厉。他坐着俯身,气息贴近林温,嗓音带点儿被人吵醒的沙哑:"想干什么?"

一切发生得太快,林温受惊没有蹲稳,她双腕被束,摔向前的时候她手肘抵住了周礼的大腿,这才避免膝盖磕地。林温挣扎着手腕和脖子说:"没有……"

周礼没松,他又问了一遍:"刚才想干什么?"

林温尴尬,脸有点儿热。

"嗯?"周礼声音很低。

"没什么……"

"嗯,"周礼道,"那你是走错路了?"

林温:"……"

"想去哪儿?"

周礼明显在逗她,林温无话可说,手腕还挣不开。

"你先松开。"

林温边说边看周礼,不动声色地从嘴巴看到鼻子,再看到眼睛。

周礼现在睁着眼,这双眼睛林温已经看过许多次,但没有一次像此刻这样,她与他面对面,相距不过半掌,她能深深望进这双旋涡似的眼睛中。

人的五官——眼、眉、鼻、口、耳,后四者都向外生长,只有眼睛嵌在内。

外在终归肤浅,内在却深藏着太多太多的东西。

周礼也在看她。林温的漂亮人畜无害,功劳全在于她这双眼睛,圆溜溜又熠熠生光,好像能读出很多内容,但又好像简单纯粹到了极致。

单纯的人吸引人,矛盾的人更吸引人。

"林温,"周礼这时开口,"你过界了。"

林温一愣,一时没听懂他的意思。

周礼垂眸看着她,重复了一遍:"现在你自己过界了。"

周礼这声说得极轻，没什么力气，就像贴在她耳边，顺着灼热的气息送进来，林温耳朵一阵麻痒。

林温感觉到周礼呼吸有点儿急促，她挣了挣手，谁知周礼仍旧不松。周礼收了收力，更加扣紧林温的后脖颈。

林温的手腕还被捉着，她双手往前推，撞到周礼胸口。

周礼闷哼，被迫松了手，皱着眉哑声骂了一句道："我迟早被你害死。"

林温第一次听周礼说脏话，这一声好像更轻了，半点儿精神都没。

林温一摸他额头，说道："你自己要死别赖我，我给你去挂急诊！"

周礼一动不动地看着她。

"你不知道自己发烧了？！"林温没好气。

周礼看她半晌，就在林温以为周礼又要拒绝看病的时候，周礼开口了。

"嗯。"

林温："……"

这时，助理朝他们走了过来。

林温跟助理打了一声招呼。

老太太那边还没结束，助理问林温："周礼严不严重？"

林温摇头说："还不清楚，应该是发烧了。"

"那你快带他去看看，就算没发烧，你们也先回去吧，还是早点儿休息好。"

林温说："如果发烧打点滴可能要很久，你们到时候先回去。"

"那你陪着他？"

"嗯。"

助理放心地说："如果你不行的话跟我说一声，郑先生这边一好，我就跟你换。"

"不用的，这边你不用担心。"林温又提醒，"我已经给张力威留了你的电话。"

"好的。"助理道了谢。

林温交代完，把周礼带下了楼。

林温小时候总生病，感冒是常态，发烧也是老朋友，各种各样的症状太多，她经验丰富。

周礼果然是发烧，伴随肌肉酸痛，所以他这几天总是捏脖子，脸上也老是显出疲态。

前段时间林温脚受伤，一切都任由周礼摆布。现在风水轮流转，林温指哪儿，周礼就只能待在哪儿。挂完急诊号后去科室，量完体温再挂点滴，林温把周礼安置好，又问他拿车钥匙。

"干什么？"周礼刚挨了一针，点滴袋子悬挂在半空。

"我给你把药拿来。"林温说。

车就停在门诊大楼前面的停车位，林温来回一趟很快，除了拿药，她还把车上的备用毛毯带来了，顺便在医院内的便利店买了两个蔬菜三明治，以防周礼待会儿肚子饿。

周礼胸口的伤三番两次被她误碰，林温担心拖延太久会麻烦，本来想一上去就让周礼找地方上药，谁知她回到诊室时，周礼已经在躺椅上睡着了。

周礼看起来真的很累，脸上、身上又伤痕累累，跟半个月前的他判若两人。

林温把东西放边上，抖开毛毯，轻轻替周礼盖拢。

已经过了十一点，林温也累了，她坐在周礼旁边的椅子上，看了看点滴的量，给自己调了一个振动的闹钟，然后闭眼睡了过去。

周礼浑身酸痛，睡得并不熟，他一时醒一时昏，没多久又醒了过来。

诊室里除了他们，还剩一对老夫妻，墙上电视机开着，声音却关了。

老夫妻盖着彩色的小被子，靠坐在一起看着无声的电视画面，偶尔低声交谈。

周礼看向边上。在他感觉，医院空调温度并不低，但男女老少体感温度显然不同，林温是怕冷的那一个，她抱着胳膊蜷缩在椅子上。

周礼坐起身，把盖在身上的毛毯扯了一大半过去，又给林温掖紧，然后拆了一个三明治，一边吃着，一边把另一只手伸进毛毯，覆住林温冰凉的小手。

其实之前在楼上，林温轻手轻脚在他跟前比画的时候，他就已经醒了。

周礼拿着三明治，手背擦过自己的下颌。

他记得自己在那个暑假的样子，只是不知道原来自己在林温眼里，只剩下了眼、鼻，还有口。

Chapter 10
从前之时

> 六年的时光,小女孩儿也悄悄长大了。

周礼又咬了一口三明治。

大概是因为有所思,所以他有了所觉,咀嚼的时候他仿佛感受到了下颌上的紧绷,好像那一道被刮胡刀划开的口子再次重现。周礼十三四岁时嘴边开始长小胡子,那是发育的征兆,小胡子只是一些细软的毛,颜色如果加深一些,就是难看的八字胡。周礼很嫌弃,翻出周卿河的剃须刀将小胡子刮了。

周卿河这几年忙于工作,成天神龙见首不见尾,周礼能见到对方的时间基本集中在早晨。一米八的长方形餐桌,父子俩分别坐在相距最远的两头。早餐时间除了进食时偶尔发出的声音,餐厅通常不会再有其他声响。

那天周卿河的目光反复停留在周礼脸上,用餐即将结束时他破例开了口:"你现在还没真正长胡子,等长了再剃它。"

周礼一顿,半天才将最后一口包子吃了,喉咙里回了对方一个淡淡的"嗯"。

十五岁,周礼终于长出真正的胡子,某天他放学回来,在自己卧室的卫生间里发现了一套崭新的刮胡工具。

周礼自学成才,刮胡子从来没有手残的时候,这套工具质量也极好,高考结束后,周礼仍在使用。

直到那天,周卿河东窗事发。周卿河是头天下午被带走的,周礼在第二天早晨起床刮胡子,刀片划过下颌,不小心割出一道血痕。

周礼冲洗干净,在伤口处贴了一张创可贴。他没工夫再刮胡子,毛发又生长旺盛,之后两个多月的时间,他长出了别人也许要大半年才能长出的络腮胡。

大概他的胡子，也有度日如年的本事。这个暑假确实格外漫长。

八月底，周礼在北阳市见了一位熟悉的律师，几番交谈结束，周礼准备离开，律师叫住他，语重心长道："我跟你爸认识了这么多年，当然希望他能好。你也是个聪明孩子，其实你很清楚这案子的结局。既然你心里清楚，那更要照顾好自己，你比我上次见你的时候瘦多了，你才十八九岁，还这么小，别把自己搭进去。"

这两个月周礼没称过体重，他照镜子的时候估计自己瘦了有十斤。他本来就不胖，这一瘦，T恤更显宽松。隔天八月二十九日，距大一开学还有整三天，周礼穿着宽松的黑色T恤和破洞牛仔中裤，背着只旅行双肩包，前往机场返回宜清市。

天色阴沉，他早晨七点二十分的飞机，不到七点他抵达机场，仍不见一丝阳光。

办理登机手续、过安检、候机，一切流程结束，航班晚点了。同航班的乘客们不耐烦，不是议论就是质问，全场最淡定安静的只有他和一个小女生。

周礼坐在椅子上，随意瞧着宽敞的过道对面。小女生穿着米色Polo裙和白色运动鞋，扎着软塌塌的低马尾，脚边是一只登机旅行箱，她抱着只小小的黑色双肩包，不知在想什么，她一直低垂着眼，像是望着地面瓷砖。周礼跟着看了眼地面。机场瓷砖锃光瓦亮，映照出一脸络腮胡的他。

七点五十分，终于能登机了。周礼坐经济舱，位置靠近右边机翼，他看了眼已经坐在靠窗位的邻座，将旅行包放到行李架，然后坐了下来，手机直接关机。

周礼昨晚没睡好，他懒洋洋地一靠，闭上眼睛准备酝酿睡意，邻座小女生却开始打电话。

"妈妈，我已经上飞机了。"

"嗯，飞机晚点了半个小时。"

"舅舅开车送我来的，小安安要上幼儿园，舅舅还要送他过去。"

"知道的，等到了宜清我再给你打电话。我坐大巴回去，你们不用来接我。"

小女生语气温柔，但周礼还是觉得聒噪。这通电话结束，周礼以为耳边能安静了，谁知道又有新的开始。

"小安安，舅舅呢？"

"我是温温姐姐，你把手机给舅舅好不好？"

"那你告诉舅舅，姐姐已经上飞机了。"

"好，小安安拜拜。"

这次结束，耳边终于清静，周礼继续酝酿睡意。

可惜过了大半天，飞机还没起飞，机舱内逐渐嘈杂。

周礼好不容易酝酿出来的一点儿睡意就这么散了，他睁开眼睛，看见舱内乘客躁动不满，而他旁边那位好像叫"温温"的小女生，依旧像候机时那样，抱着小小的黑色双肩包，安安静静像沉浸在自己的世界中。

干坐到九点多，已经有乘客在扯着嗓子骂脏话，机舱门终于打开，空乘人员安抚大家先返回航站楼，航班再次延误。

"必须讨个说法！一开始延误了半个小时，后来又让我们在飞机上傻坐了一个多小时，耍着人玩呢？！没个说法绝对不行！"

"让他们赔钱！"

"赔不了的吧，我记得要延误四个小时以上才能赔钱。"

"谁稀罕这点儿破钱，老子要的是时间！他们人都死哪儿去了，啊？！工作人员呢，给我滚出来，信不信我把你们机场给砸了！"最后一位戴着金项链的暴躁中年男人站在那里，他脸红筋涨，唾沫四溅，源源不断的怒骂声回荡在航站楼。

周礼调整了一下旅行包的位置，寻求更舒服的坐姿。他眼角的余光注意到旁边有影子晃动，抬眼一看，隔着一个座位，是那小女生低眸坐在那里，一边慢慢解着缠在一起的耳机线，一边两脚交叉，鞋底擦着地面一晃一晃的。

周礼看到的影子就是她晃来晃去的腿。

别人都因为航班延误而焦灼暴躁，她的心情似乎没受影响……也不是，她脸上表情似乎比刚开始的时候要自在，仿佛航班延误正合她的心意。

没多久来了几位机场工作人员，解释安抚统统无效。众人群情激奋，像真要将机场拆了似的，两边人一会儿推一会儿挡，一会儿踹脚一会儿伸出巴掌。

暴躁中年人砸出一拳，一位员工不再忍气吞声，转眼两人真打了起来。恰好就在周礼跟前。

没人再安坐，统统起了身，连那悠闲的小女生都站了起来，小心翼翼地靠边，像是要避开这边的打斗。只有周礼无动于衷。他安稳地坐在原位，面无表情地看着这场斗殴，像是一个局外人。

这时出现意外，一个四五岁的小男孩儿拿着一只玩具飞机，嘴里"呜"来"呜"去，从过道那头飞来这头。他的母亲挺着孕肚，追在他身后，根本抓不着人。

眼看小男孩儿不管不顾地就要撞上打斗中心的两人，随时可能被误伤，他母亲紧张大喊，小女生见状，立刻走回头路，冲进战斗区域，弯腰去抱小男孩儿。

周礼同时有了动作，他站了起来，狠狠踹出一脚，强行拆散了这场打斗。

暴躁男跛着腿被带走，失控的现场气氛逐渐冷却。

小男孩儿的母亲一个劲儿地道谢："谢谢你们，谢谢你们，要不是你们，大宝肯定得被他们撞倒！"

这感谢一路跟到餐厅。午饭时间到了，依旧无法登机。餐厅里座无虚席，周礼端着一碗面找座位。

男孩儿母亲冲他招手，说："这边这边，我特意先占的位子！"

边上已经坐了那个小女生。小女生刚放下托盘，抬头朝他望来，没其他空桌，周礼只能应邀。男孩儿母亲极热情，又说了一通感谢的话，还把她点的两道菜推到中间，让他们两人吃。

小女生抽出张纸巾，擦了擦自己跟前的桌面，又问男孩儿母亲："阿姨，你要擦吗？"

"唉，我也擦擦。"

小女生似乎犹豫了一下，又将纸巾递向斜对面，问："你要擦吗？"

周礼拆着筷子，看了她一眼，摇了摇头。小女生收回纸巾。

小男孩儿坐在旁边，一个人玩得不亦乐乎，完全不理人。男孩儿母亲摸摸孩子的脑袋，低头跟他说："大宝，叫人呀，叫叔叔——姐姐——"

周礼拿筷子的手一顿。

男孩儿连自己母亲也不搭理，嘴里依旧发出"呜呜"的声音，不停地飞着他的飞机,隔绝着所有人,完全沉浸在自己的小世界。

男孩儿母亲对他们笑了笑,说:"大宝有自闭症,所以不太懂事。他爸爸上个月被调派到了宜清市,房子刚刚弄好,我今天就是过去跟他会合的。"

"啊……"小女生不善言辞,只说了这么一个感叹词。

男孩儿母亲生性乐观,又笑眯眯地继续说:"我叫姜慧,你们叫什么呀?"

她看着两人,最后目光给了周礼。

周礼挑起面条,擦了下眼皮,道:"我姓周。"说着,他清了一下嗓子,这是很久没说话的嗓音。周礼嗓音沙哑,从起床到现在他只跟出租车司机和机票办理人员说过两句话,其余时间没再开口,直到现在。

"小周!"姜慧笑着叫了一声,又转向小女生。

小女生很有礼貌地说:"阿姨,你可以叫我温温。"

"温温,这小名好听!"姜慧夸赞,又问道,"温温,你多大了呀?"

温温说:"开学就初三了。"

"呀,还这么小啊,你是要去宜清市上学?"

温温摇头,说:"我是回家,我家不是宜清市的。"

"哦,那你是在宜清下飞机,那回家还要坐车的呀?"

"嗯。"

"那你来这里是来旅游的?"

"我亲戚家在这里,我来这儿过暑假。"

温温有问必答,但又没有回答太仔细,每个答案都做了模糊处理,对待陌生人保持着一份该有的小警惕。

姜慧问完温温,又问周礼:"小周,那你是去工作?"

面条滚烫,周礼还没吃几口,他夹起一筷子面,边送进嘴,边敷衍地"嗯"了声。姜慧感叹:"我看我们这班飞机上,就你们两个心态最好。我老早就注意到你们了,刚才在候机那里,就你们两个没事人一样坐着,脸上是一点儿都不着急也不生气,我还得跟你们学学。"

周礼不由得瞥了眼斜对面,正好斜对面的温温也看向了他。

开学才初三的小女生,脸蛋还有些稚嫩,但身高差不多有一米六三,周礼刚开始以为她是高中生。这年纪应该还能长几厘米。

几个人吃完午饭,航班信息终于更新,飞机能起飞了。天空仍旧一片阴霾,周礼坐上飞机座位,拿出手机翻看信息。温温又开始打电话汇报。

"妈妈,我现在上飞机了。"

"嗯嗯,我知道。"

"来得及的,你们不用接我。"

周礼看完信息,将手机关机。温温把手机调成了飞行模式。

飞机终于缓缓升空。

周礼没有睡意,躺靠着闭目养神,忽然听见"嘚嘚嘚"的细小声,他拧了下眉,睁眼看向旁边。

温温在默默磕牙。应该是没有口香糖,她在用这种方式缓解起飞带来的耳朵不适。周礼扯了下嘴角。

过了会儿,周围噪声越来越明显,温温转头看了看他,微抿唇,也不说话,又把头转了回去。周礼视线落在她侧脸,琢磨了一下她的神情,他慢慢开口:"机翼附近的座位,噪声可能大一点儿。"

温温再次转头,这回她看着他,小声说:"哦。"

安静了一会儿,她问道:"前面的座位是不是比较好?"

"嗯,"周礼道,"不过这里的位置更平稳。"

温温点点头。

飞机稳稳升空,机舱内的讲话声小了下来。但乘客中有不少小孩儿,安静没多久孩子又开始吵,孩子一吵,大人呵斥,讲话声此起彼伏。

直到过了许久,飞机倏地一晃。雨水击打舷窗,噼噼啪啪的声响仿佛一下盖过了机舱内的讲话声。

飞机又是失重似的一坠,舱内一阵喧哗。温温捏紧了扶手,周礼皱了皱眉。

飞机再次一坠,这回温温也跟着惊呼了一声。乘客们开始恐慌,飞机广播安抚众人。但是天空闪电一刀劈下,安抚的话也被劈成了碎渣,没起到半点儿作用,尖叫声响彻机舱。

广播通知因为天气原因,飞机需要备降,但之后飞机迟迟没降,而是一直在高空盘旋。

一道道闪电近在咫尺,温温紧紧抓住扶手。有两位乘客在恐惧之下竟然开始喊遗言,加上小孩儿的哭闹声,这一切都让机舱内的恐慌情绪迅速蔓延。

在又一道闪电劈来,飞机第三次下坠时,温温摸出手机,打开录音,声音小小地发颤:"爸妈,你们要好好吃饭,好好睡觉。"

周礼在旁边看着,眉头一直没松开,但他内心竟然没多大起伏。

就像先前在航站楼里看打架,他只是一个局外人。在这雷雨交加、险象环生的高空中,他依旧像一个局外人。

他的手机已经关机,他没人能说。直到一只冰冰凉凉的小手覆了过来。

飞机逐渐降落,跑道近在咫尺,暴雨和狂风将飞机吹偏,整个机身向右侧倒。

他们就坐在右侧,亲眼看着机翼即将碰到地面。温温闭上眼死咬嘴唇,大约把他的手当成了扶手,她越握越紧。

周礼的指骨被挤在一起,手背上被光溜溜的拇指指甲摁出一个小凹印。

小女生没多大力气,她全部的力量才让他感受到了一点点疼。周礼盯着看了几秒,然后伸出另一只手,将她的小手捉起,反手攥紧。带凹印的手使劲揉了揉她的脑袋,周礼出声:"睁眼。"

小女生没反应。

周礼将她脑袋扣过来,贴近说:"小朋友,把眼睛睁开。"

温温睫毛颤动,听话地缓缓睁眼。

机翼离开了地面,飞机爬升,重回跑道,机舱内爆发出劫后余生的热烈欢呼。

温温忽地转头,她睫毛上挂着两粒小水滴,脸上是一道灿烂又柔软的笑。

周礼又揉了揉她的头发,她原本就软塌塌的低马尾已经不成样子。

机舱门打开,众人有序走出。周礼替温温取下行李箱,再拿下自己的旅行包。

受恶劣天气影响,这趟航班备降在了另一座城市,机票改签最快也要等三天,众人炸开了锅。

周礼把手机开机,查了查信息。查完后抬头,见温温正看着他。

他扬了下眉,问:"嗯?"

温温睁着双圆溜溜的大眼睛,轻声开口:"叔叔,你打算怎么走?"

"……"

周礼一时沉默。大拇指慢慢刮了两下手机屏幕,周礼把手机放回裤兜后才开腔:"明天再看情况。"

"明天?你的意思是明天也许能飞?"温温求知。

周礼其实不太想说话。这两个月的时间对他来说是分裂的,一半时间他对着律师滔滔不绝,一半时间他对着世界装聋作哑。现在他应该属于后者。

但周礼感受了一下手背上还没退去的凹痕,还是缓缓开了口:"明天应该飞不了,没见那边?"

周礼扬了扬下巴,温温顺着他下巴所指的方向转头。

他们这边风调雨顺,另一边已经刮起十二级台风。

"要是明天能飞,机场这边还能这么装孙子?"周礼语气没重音,说得漫不经心,"我刚查了下,这里没有开通到宜清市的高铁,火车也没直达,中途得中转,全程时长超过一天。"

温温愣了:"啊……那只能坐火车吗?"

"你想坐还没的坐。"周礼双手插兜,在转身离开前最后说了一句,"今天火车票买不到了,得明天再看能不能买到。"

如果真的飞不了,这一路还有的折腾。

温温欲言又止,周礼看了她一眼,没再说什么,转个身直接走了。

前面有根柱子,柱子锃亮,映出温温往前追了两步却又很快停下的小动作。周礼只一瞥,脚步没半点儿停顿。只是才走出十几米,后面忽然传来清晰响亮的召唤:"小周——小周,等一等!"

这声喊回荡在空旷的机场屋顶,攫取了所有人的注意力,连那头的十二级台风都短暂地停了一下。姜慧一手推着只硕大的行李箱,一手推着辆小巧的黑色婴儿车,挺着个圆滚滚的孕肚在光洁的瓷砖地面奔跑,看得人提心吊胆。

"你去哪儿啊,小周——"姜慧最后高歌。

"……"

周礼在万众瞩目之下收住了脚。姜慧追到了人,抚着胸口稍稍喘口气,问道:"你怎么就走了呀,他们还没说完呢,你是不是有办法去宜清?"

"……我去吃点儿东西。"周礼说。

"哎呀，那正好，一起去吧，我也饿了。"姜慧说，"待会儿机场这边要是有个什么情况，我们正好可以一起商量商量。刚才在飞机上我差点儿就晕过去了，我这一辈子都没碰上过这种事，比电影里演的都要吓人，还好只是虚惊一场。"

姜慧说话语气还像之前一样活泼，但她脸上神情显然多了几分后怕。

她边说边摸肚子："我出门出得少，真怕再有点儿什么事，还是跟着你一个大男人比较放心。"

周礼："……"

姜慧还惦记着温温，她转头招了招手，说："温温，你也一起过来吧，阿姨请你吃饭！"

温温还站在原先的位置，距离他们有十几米，她张了张嘴，没马上过去。

周礼望着她，没有动作。

姜慧朝温温走了几步，热情道："傻站着干吗，过来呀！"

姜慧一走，坐在婴儿车里的大宝忽然发脾气尖叫，姜慧又赶紧回头，温温这才朝他们小跑过去。

自闭症小孩的喜怒哀乐捉摸不定，姜慧把儿子抱出婴儿车，边哄儿子，边对温温说："我看你一个孩子碰上这种事肯定也吓坏了，我活了三十几年都没碰上过这种事，更别说你了。你就跟着我们，反正都是去宜清市的，我们总能照顾一下你。"

温温"嗯嗯"点头，很乖地说了声"谢谢"。

因为是姜慧开的口，温温这声谢也是对着姜慧说的。

周礼走在前面，没有照顾后头的两人，走出机场后姜慧才反应过来："欸，你要去外面吃饭啊？"

周礼回头，"嗯"了一声。

姜慧的行李箱很大，这会儿箱子被温温推着，她只用管好婴儿车。

周礼扫了一眼，开口："我吃完就回来，你们可以在机场里面找个地方吃。"

姜慧摆手，说："还是一起吧，里面也是乌烟瘴气的。"

但外面却是狂风暴雨,并不比里面太平。机场大多建在郊区,这家机场建于七十年代,位置相对靠近市区。

周礼查到距离最近的住宿餐饮,步行过去只需要五六分钟。天气太恶劣,一时半刻打不到车,他要是一个人,这点儿路直接就走过去了。但他也不会为了两个陌生人而改变自己的行动。周礼不知道他什么时候看起来这么让人信任,又这么好说话了,姜慧即使带着孩子,顶着电闪雷鸣也要跟着他。

三人都带了伞,周礼撑开伞走进雨幕,走了几步感觉后面没动静,他又回头。

后面两人磨磨蹭蹭,大的那个扶着婴儿车在说话,小的那个歪着脑袋,在尝试用脖子卡住雨伞,到现在都没发现自己的马尾辫已经岌岌可危。

周礼长长地叹了口气,走回小的面前,抽走了那只大号行李箱。

他撩起眼皮看去一眼,小的抿出一个浅浅的笑,语气轻松地说:"谢谢!"

周礼没吭声,推着箱子默默在前面带路。

顶着狂风大雨,六分钟后三人走进一间饭店。饭店里竟然坐着不少人,有部分大概是进来躲雨的,头上、身上湿了不少。周礼挑了一张靠窗的位子,点完菜,他跟两人打了个招呼,起身去柜台买了包烟和打火机,找到卫生间,进去点燃一支。

他不在机场吃饭,主要是为了出来抽支烟。

周礼记得他第一次碰香烟,拿的是周卿河的。周卿河嗜烟是在离婚之后,家中少了一个女人,但多了源源不断的烟。他长出难看的小胡子后尝试着抽了一支,第一口就让他呛了半天,第二口也没尝出滋味。

周礼抽了一会儿,拿出口袋里的手机,翻看先前在机场时已经看过一遍的短信。短信是他母亲发来的,问他为什么手机关机,去了哪里,钱够不够用,让他老实回去等开学,从头到尾没提其他的话。

周礼对着水池弹了弹烟灰,抬眸看向镜子。饭店里的镜子没擦干净,表面一层脏,照得人也模模糊糊失了真。他看着络腮胡的自己,多少也有几分陌生。

一支烟抽完,周礼回到座位。菜已经上了两道,没见到姜慧,只看见小的那个正向后拢着长发,准备重新扎马尾。

她头发浓密却细软，总有几绺滑落颊边。大宝被放在座椅里面，安安静静地玩着他的小飞机。温温把发圈绕了几下，然后解释："姜阿姨去卫生间了，让我们先吃。"

说着，她耸了一下鼻子，朝他看了一眼。耸鼻子的动作很小，但周礼还是捕捉到了。他提起茶壶倒了杯茶，问道："怎么了？"

温温放下手，摇了摇头，不再软塌塌的马尾跟着荡秋千。

周礼喝了一口茶，杯口抵在唇边说："你很喜欢有话憋着？"

温温愣了下，然后说："不是……我只是闻到了一点儿烟味。"

"我刚去抽了根烟。"

"哦。"

桌上摆着两只筷子盒，一只盒里装着一次性筷子，一只盒里装着普通的合金筷子，任由顾客自己选择。

周礼伸手去拿合金筷子，对面的人也恰好伸手，两人指尖一碰。

温温把手缩了回去，周礼抽出一双，她才再伸手去拿。

两人都往杯子里倒了热茶，把筷子烫了一遍后开始吃饭。

周礼在生活中有点儿小洁癖，他喜欢干净整洁的环境，吃的方面，能选自然也尽量选干净的。一次性筷子比这种无数人使用过的合金筷子要干净，但他非常不喜欢一次性筷子的细小和轻薄，所以选筷子是个例外，他挑让自己舒服的。这还是他头一次碰到跟他做出同样选择的人，只不过不知道对方又是什么原因。

温温的手机在"嘀嘀"响，是 QQ 的声音。她没管 QQ，先给她母亲打了一通电话，汇报现在的情况。

"所以今天回不来了，具体情况我待会儿再问问。"

"你们别担心，我没事。"

"我现在在吃饭，晚上住宿机场这边会安排，回去的问题机场当然也会解决，可能赶不上开学。"

周礼吃着菜，听到这儿，他瞟了眼对面。

这小的又编了几句才挂断电话，手机没电了，她从包里翻出电板。

智能手机还没完全普及，她用的是普通机型，电板换好，QQ又"嘀嘀"响了两声，她依旧没管。

"叔叔，这附近是不是有宾馆？"温温打听。

周礼淡定地扒了一口饭，回她："有，你想住这儿？"

"嗯……你不住这里吗？"温温问。

"住这儿。"

"你知不知道哪家便宜点儿？"

"你预算多少？"

"一百元左右？"

周礼拿出手机，点开网页，让她自己看。温温看了看整一片全是屏幕的手机，又看了看他。周礼顿了一下，然后做示范滑两滑。

温温点头，说："哦，知道了。"

周礼问她："有吗？"

"有是有……但是好像离这边比较远。"温温说，"这个价格和房间要怎么看？"

缺乏独立社会经验的准初三小朋友，现在外出跟着"大人"，充满了求知欲。周礼跟她说了半天话，嗓子也渐渐适应了，顺手教了她一遍手机操作。

温温一边研究酒店，一边吃饭，还一边喂大宝吃鸡蛋羹。大宝吃东西的时候倒很乖巧，虽然眼睛不会看人，依旧玩着自己的，但他会乖乖张嘴。温温喂得不熟练，但动作很小心，喂完一勺，会刮一下大宝嘴边，注意到口水会流下来，她又打开两张纸巾，塞进大宝的领口，接着继续刷周礼的手机。

QQ又响了一声，周礼问她："不回个信息？"

温温低头刷着酒店网页说："不用回，都是说些开学的事。"

周礼问道："你哪天开学？"

温温回答："九月一号。"

周礼挑眉，问："你跟你家人说赶不上开学？"

温温顿了一下，说道："机场那边不是说，最快也要三天后才能改签吗？三天后已经开学了。"

"不是还有火车？"

"你说不一定能买到票吧。"

"我没这么说，我说的是明天再看。"

"……"

"再不济还有大巴。"

"……大巴要坐更久。"

周礼总算看出来了。他扯了下嘴角，突然心血来潮，诱拐小朋友："想不想逃学？"

小朋友一愣。

外面的狂风骤雨把他们边上的窗户当鼓敲，密集的鼓声咚咚咚，敲得人心跳加速，血液沸腾。

……

诊室里无声的电视节目还在继续，墙上钟表的时针默默行走，周礼掌心下的小手忽然动了动。

他捏着才吃一半的三明治，看向身边躺椅。林温侧着脸，眼皮微颤，像要醒来。

Chapter 11
我们试试

你可以把我当成那个六号,给我一个相亲考察期。

周礼一动不动,三明治也不吃了。他等着林温睁眼,又想着她继续保持这样的状态也挺好。

半晌,林温眼皮逐渐安静。

周礼轻拍两下她的手背,靠回椅枕。他吃两口三明治,侧头看她一眼。

林温呼吸清浅,睡相文静,周礼总觉得她天生自带催眠技能,让人看着看着,就不自觉地懒散了下来。

将最后一口三明治吃完,周礼搭着林温的手准备再次入睡,忽然感觉到手机的嗡嗡振动。他掀开一角毛毯,没看见林温椅子上有手机。周礼靠过去,又掀开林温的另一侧。果然手机就卡在椅子缝隙,还在不停地振动。

周礼不想把人吵醒,他将手机取出,直起身时他的呼吸与另一抹清浅的呼吸交汇,隔着一指距离,两个人四目相对。

林温还是被振动吵醒了,她意识半昏,看着近在咫尺的那双眼睛。

九年前的那个男人,身形消瘦,穿着破洞牛仔裤,络腮胡看不出真容,形象老气又邋遢。最重要的是,他整个人犹如槁木死灰。而现在这人,外形出众,气场强大,与当年截然不同。唯一能让她辨认出来的相似之处,大约只有这双一如既往的沉静眼眸。林温终于将面前的人和遥远记忆中的那个"成年男人"重叠在了一起。

林温清醒过来,这才意识到周礼离她太近,她刚要动作,周礼忽然横过手机,抵住了她的鼻子和嘴。

口鼻感受到了嗡嗡的振动,林温蒙了蒙。

周礼顺手把闹铃关了,将手机撂到林温的身上,靠坐回自己的椅子,他神态自然地说:"还以为你有电话,你怎么喜欢大半夜开闹钟?"

林温隔着毛毯接住手机,嘴唇被震得有点儿麻,她咬了一下唇才说:"我怕你输液输完了不知道。"

林温这才想起来,她仰头看向点滴瓶,点滴还剩一些,快输完了。

周礼也瞟了一眼,道:"差不多了,叫护士吧。"

"嗯。"林温掀开毛毯起身,一丝凉意袭来。

睡过一觉,她身上暖了,连冷冰冰的手也变热了。林温把护士找来,不一会儿两人就走出了医院大楼。

"你能开车吗?不能的话叫代驾。"林温说。

周礼还没完全恢复,但不至于连车都开不了,"放心,不会让你出事。"他说。

从医院到酒店,一路上林温只字不提她的记忆。

周礼清楚,她还要跟他划清界限,自然不会将更多的羁绊牵扯进来,他看了看她,也没主动开口。反正不提不代表不存在,她装聋作哑也不管用。

回到酒店,林温洗漱后上床,一时半刻睡不着。回忆突然像潮水,她控制不住它的涌动。林温拿起手机刷微博,刷了一会儿走神,不知怎的,就搜索起了"周卿河"的信息。

周卿河的知名度高,那事发生后当年上过新闻,新闻不少,只有文字没有视频。

林温想着心事,临近三点才迷迷糊糊睡了过去,没几个小时天亮,她又自然醒。前一天走路太多,早上林温起床后左脚感到了不适。她揉捏了一会儿,下楼吃完早餐,她先去看望郑老太太。

郑老太太今天哪儿都去不成了,被丈夫勒令只能待在房间休息。

老先生在酒店书房办公,老太太觉得无聊,正好拉着林温作陪。

"听说昨晚那个红头发的男孩子是你的同学?"老太太问。

林温说:"是的,他是我初中同学。"

"你们平常有联络吗?"

林温摇头说:"初中毕业后就没联络了。"

"哦。"老太太道,"那个男孩子挺有意思的。"

林温其实也没想到张力威醉成这样还能助人为乐。

老太太问完话,掀开笔记本电脑,打开了一个文档,开始输入文字。

林温以为老太太要工作,不想打扰对方,她起身告辞。

老太太摆手拦住,说:"别急着走,你再跟我说说那个男孩子的事。"

林温被难住,她对张力威的印象并不深,只记得他成绩不好,有些调皮,老挨批评,但也没闯过什么祸。林温挑着相对较好的方面说。

老太太边听边记,林温不由得好奇,但她始终没把视线移到老太太的电脑上。

老太太倒是自己主动把电脑屏幕转向了她,说道:"你看,我有没有写错?"

林温看向屏幕。文档右边是几段描述张力威的文字,左边是一串目录,很奇怪,目录全是人名。

林温看完文字,摇头说:"没有写错。"

"我最近时常写着写着,就忘记该写什么了。"老太太毫不避讳地说,"我生怕把人都忘记了,所以我才将身边的人都记录下来。"

老太太将身边人按照重要性排序,逐一记录在电脑上。排在首位的两个人是她的父母,第二位是郑老先生,第三位到第六位是老太太的兄弟姐妹。

老太太含笑道:"我跟我先生无儿无女,最初记这个,要记第三位的时候,我问我先生是否有遗憾。我年轻时坚定地不想生育,这观念在当年算离经叛道,我父母跟公婆都不理解,更不赞成,我先生谎称是他身体有问题,这才让几位长辈放过了我。"

林温是一个很好的倾听者,她既安静又耐心,老太太难得有倾诉欲,拉着她回忆往昔。说完她先生,老太太又挑了几个人往下说,林温越听越诧异。

"那这……不是您的仇家吗?"

"是啊,"老太太道,"仇家也是重要的人,自然要记上名字。"

"……您连不好的回忆也要记住?"

老太太笑起来,说:"人这一生哪有全做好事,全碰到好人的?我是没见过这样的圣人,也没见到过这样幸运的人。愉快和不愉快,都是我经历过的人生啊。"

林温慢慢点着头,又注意到她的名字排在张力威上面,老太太指着目录道:"你要是多跟我相处,我就能把你的名字提上去了。"

林温笑了笑。老太太又道:"你看,礼仔就排在前面。"

周礼的名字竟然排在十几位,林温问:"他跟您这么熟?"

"他的外婆是我的朋友,他的母亲算是我看着长大的。"老太太说到这里,笑容微敛,似叹非叹道,"人生真的是在做选择题,有人有幸选对,有人不幸选错,题目一定逼着你做,重考的机会却吝啬不给。"

林温轻声说:"所以无论做什么事,都要三思而后行。"

老太太听她这样说,笑道:"那倒也不必事事如此,如果每件事都要权衡清楚才去做,人生哪还有激情。理性是生命,感性是生活,光有生命而没生活,那人还算活着吗?"

一老一少从凡尘俗事探讨到高深的人生哲理,差点儿要忘记时间,直到林温的手机响起 QQ 信息的提示音。是张力威发来的,说他刚醒,才看到信息,后面打了一大串文字,林温看完提炼出重点:"张力威说他马上过来。"

另一边,周礼也被汪臣潇的电话吵醒。他头疼得厉害,浑身疲乏,提不起什么精神。讲完电话,他进浴室简单冲了个澡,又重新上了一遍药。上到胸口处,他想起林温再三撞他的那几下,不由得"啧"了声,勾着嘴角摇了摇头。

周礼吹干头发,问助理他们在哪儿,助理回复:"先生和夫人在餐厅,先生让你起床后直接过去。"

"林小姐呢?"周礼问。

"林小姐跟我在一起。"

"你们在哪儿?"

"正在去餐厅的路上。"

周礼换好衣服去餐厅,出电梯时手机来电,他走到栏杆处讲电话。讲了几句,见到助理从对面电梯里出来,身后跟着林温,正跟一个红头发的男人说说笑笑。

周礼跟电话那头打了声招呼,挂断电话,他跟上队伍。

"你来了?"助理问,"身体好点儿了吗?"

"还行。"周礼说。

助理介绍：" 这位是张力威先生，大家昨晚见过。"

张力威一头醒目红毛，看起来出门前特意打理过，穿的衣服虽然是简单的T恤，但配了一条长裤，相比他昨晚的短裤打扮要正式许多，人也看着很精神。

周礼嗓子稍哑，说话带了点儿鼻音，伸出手说："张先生，幸会。"

张力威握手动作豪迈，他龇牙咧嘴道："我说你怎么好像有点儿眼熟呢，你穿了衣服我刚刚差点儿没认出来！"

周礼："……"

旁边的林温先是一呆，接着有点儿尴尬，又有点儿想笑，她抿住嘴唇才控制住嘴角的弧度。

"之前没机会认识，昨晚的事多亏张先生了。"周礼揭过话题，放下了手，轻轻瞪了林温一眼。林温微微别过脸。

一行人来到餐厅，郑老先生和老太太已经等着了。两位老人没有架子，恩人看起来又像是少根筋似的，双方聊天竟然非常愉快，一顿饭吃了两个小时才结束。

郑老先生看出周礼仍不舒服，问他："今天还用不用打吊针？"

周礼回答："不用。"

郑老先生叮嘱他："今天反正不出门，你回去好好睡一觉，有不舒服要说。"

郑老太太又道："多大的人了，竟然还打架，跟什么人打的？你脸上这伤什么时候能好？破相也是活该。"

所有人都关心了周礼一遍，只有林温没出声。周礼看了眼林温，然后视线又很自然而然地移开了。林温恰好顺着众人的目光在看他，接收到了他那道短暂的眼神。他的眼神不像是无意义的，林温心里一动，竟然觉得他那轻飘飘的一下像带着点儿控诉。

离开餐厅乘电梯，两位老人跟张力威说着话，周礼放慢脚步，跟林温并行。

"袁雪联系你了吗？"周礼问。

"联系了。"袁雪上午发微信，问她什么时候出差回来，说要办个订婚宴。当时林温正陪老太太，只简单回复了一句，没来得及问前因后果。

林温问周礼："他们怎么突然要办订婚宴？不是还有两个月就要结婚了吗？"

"老汪说他们家那边有这规矩，本来不想多折腾，但他爸妈不同意。"

"那订婚宴在哪里办？"

"镇上，主要请几个亲戚。"

两个人边走边说事，早已脱离了队伍。房间在同一楼层，林温先到，道了声别就进屋了。周礼没回房，转身又下了楼。

老太太今天休息一天，明天就要换地方继续原先的行程。林温提前收拾了一下东西，想起袁雪，她坐床上准备给对方打电话。

林温习惯从通话记录里面翻号码。她平常电话联系的人不多，界面里来来回回就那几个名字，今天她进入界面，通话记录里第一个名字变成了"周礼"。

脚伤那段时间，周礼的名字也一直出现在上面，因为她住酒店，周礼早接晚送，需要联系她。

那几天之后，周礼的名字就被其他联系人压了下去，直到昨晚他"按错"号码，名字又回来了。林温掰着手指数天数，这才过了多久，好像她先前严格划分的界限，完全白划了。正想着，手指不小心点了一下，正点在"周礼"这名字上。林温心一跳，赶紧摁掉，也不知道电话有没有拨出去。

过了一会儿，有人敲了敲房门。林温下了床，走到门口问："谁？"

"我。"周礼声音依旧沙哑。

隔着门，看不到人，林温忽然像被拉到了九年前，早已记不清的声音原来还是在她记忆中留下了一道印，当年那道声音也是微微沙哑。

九年前和九年后，他们的身体状况也重叠了。

"开门。"门外催了一声。

林温拧开门把，只露一条缝，问道："有事？"

周礼见她像防贼一样，眯了眯眼说："不是你打我电话？"

"……没有，我按错了。"

"按错了？"

"嗯。"

周礼扯了下嘴角，说："行。"

对话莫名地熟悉，只是角色调了个儿。

林温没来得及再开口，周礼忽然敲了两下门，拎起一个塑料袋，说："拿着。"

"什么?"林温把门缝拉大,接过袋子。

"自己看着用。"周礼说完,懒得再看那道门缝,直接转身走了。

林温打开袋子,见到里面是一盒喷剂和一支药膏,用来舒缓脚疼的。

她望向周礼离开的方向。走廊上铺着地毯,听不到半点儿脚步声,周礼早已走得没了影。

接下来几天,他们一行人又跑了两座城市,郑老先生工作,老太太跟着玩。

周礼脸上带伤,烧退后嗓子还哑,他跟王摄影商量好拍摄角度,采访时严肃认真,一丝不苟。休息时闭目养神,生人勿近。林温几次看去,他都是这副状态。

老太太玩游戏玩得不亦乐乎,让林温也一起,林温收回视线,打开了重新下载好的剧本杀 APP。

APP 是周礼推荐给老太太的,老太太每次等在边上,总有无聊的时候,周礼教她用这打发时间,谁知老太太一玩就喜欢上了,让林温和张力威都下载了。

离开荷川市的时候,林温才知道张力威被两位老人请来当他们在内地的专职司机。薪水不错,还交五险一金,张力威没考虑几秒就点头答应了。

现在 APP 回到了手机上,林温兢兢业业每天和张力威一起陪玩。

行程的最后一天,一行人去走玻璃栈道。

林温参与过的唯一的高空游戏是焕乐谷的索道,那回周礼全程带着她。

玻璃栈道和索道全然不同,透明的脚底下是真正的万丈深渊,林温看得头皮发麻,明知道玻璃是安全的,她还是先伸出脚试探。

"哈哈,你胆儿原来这么小?"张力威伸手给她,"来来来,哥带你飞!"

"不用。"林温对他笑笑,迈出一只脚。走在栈道上的感觉其实也还好,只要她别低头。

张力威围着她转,一会儿让她看东边的山,一会儿让她看西边的云,后来又指着脚下的深渊,让她看石头堆。林温只好一直保持微笑,想着快点儿走完这段路。走了几步,她看到周礼抱臂靠着护栏,正朝着她这边看。

张力威抬手打招呼:"周哥!"

周礼一点头,直起身朝他们走了过来。大约是此刻所处环境的不同,林温莫名感到周礼行走时在压制着某种情绪。林温不由自主地后退了一小步。

周礼朝张力威说:"我跟她说会儿话,你去照顾一下老太太。"

"啊……啊,好。"张力威愣了愣,走得一步三回头。

周礼盯着林温看了一会儿,才开口:"你对我不太公平。"

林温站在半空,吹着山风,度秒如年。

"你相亲开出的什么条件,用不用我帮你回忆?身高年龄、经济能力,我样样都符合。你对着张力威都能笑得跟朵花似的,就因为别人对我退避三舍?"

周礼站在栈道中央,他声音沙哑,脸上依旧带着疲态,眼神却咄咄逼人。

"你别忘了,我们的关系早于所有人之前,这种针对太不公平。"

周礼说着,慢慢走上前,在林温跟前站定,垂眸看了她一会儿,道:"我要一个公平的机会。"

侧过身,他推着林温往前,动作没像在索道时那样温柔,这回带了一点儿强势。

"走吧。"

林温完全忘了身处高空的恐惧。她脚下生风,勇往直前,像踩着水泥地一样生猛。直到走到圆形观景台,她才想起自己脚下仍是透明玻璃。这里是栈道的尽头,而刚才"逼"着她走的人,竟然被她甩在了十几米外。观景台上风更大,不少游客在拍照,林温离玻璃护栏较远,总感觉站在正中央更安全一些。

"你看,你脑子少想些有的没的,不就这么过来了?"周礼不紧不慢地走到林温边上,说,"你这人什么都好,就是喜欢瞻前顾后,活得太累。少动动脑子,让一切顺其自然,多好。"

这已经是周礼第二次说她瞻前顾后,林温知道他话里的意思。

林温吹了一会儿风,转身要走时才轻轻吐出两个字:"歪理。"

她没再理会对方,沿原路返回。只是这次她脚下没生风,因为她又将玻璃下的深渊敛进了眼中。林温看向其他游客,有人寻寻常常聊天闲逛,有人扒着栏杆不敢迈步。她羡慕前者,但她属于后者。肌肉反应很难控制,林温多少有点儿腿软,脚步不由得放慢。脑后忽然传来熟悉的声音:"我说的要是歪理,你现在在磨蹭什么?"

林温头皮一紧,快走也不是,慢走也不是。

周礼上前一步到她身侧，垂眸盯着她的脸。

林温深呼吸，被"逼"着再次生猛起来。当少了瞻前顾后，行就如风。

第二天回程，林温难以静心。

她来的时候为了陪独自一人的老太太，公司大方地同意她买高铁商务座的票。回去的时候老太太身边跟了好几人，所以她就买了二等座，否则公司不会给她报销。

林温坐在靠窗位，车程两小时五十分钟。其间邻座乘客换了两拨，她无所事事，打开笔记本电脑连上网，提前工作起来。写了一会儿东西，电脑上微信显示新信息，林温顺手点开，是老太太发来的一张照片。

"昨天忘记发给你了，你看看我拍得如何？"老太太问。

林温把照片点开。

背景是浩瀚蓝天和险峻群山，她目不斜视地走在玻璃栈道的中央，背后离她一步之遥的男人嘴角噙笑，微耷拉着眼皮，像在专注地看她。

这是她往回走时，老太太顺手拍下的画面。

林温不由得想起昨天离开栈道时周礼跟她说的话。

当时大家都在下行，老太太几人走在前面，她和周礼殿后。

有个游客脚步匆匆地往下冲，林温对这样的情景警惕性很高，毕竟她脚伤才好没多久。她一听到动静就尽量缩到最边上，那游客冲下来时果然撞到了人，只是撞到的不是她，而是周礼。

不知道是不是周礼肩膀太硬，撞人的游客差点儿摔倒，周礼却站得稳如松。

林温眼睁睁看着那游客一边道歉一边踉跄着继续往下冲，周礼若有所思地看了看她，然后在她头顶说道："你总不能因为被撞伤过一次，以后走楼梯就竖块牌子，让别人离你一丈远。"

林温侧仰头。周礼原本就比她高很多，现在周礼站高一级台阶，比她高更多，也将她完全拢在了楼梯扶手这一角，行人根本走不近她。

周礼道："你可以把我当成那个六号，给我一个相亲考察期。"

这就是他要求的公平。高铁平稳前行，林温看着电脑上的照片，迟迟没有动作。直到一道阴影落下,边上空座一沉,她才抬眸,见到了照片上的男人。

周礼一边调整座椅角度,一边评价道:"老太太的摄影技术还能再进步。"

林温把照片关了,想公事公办地问他是不是有事,又觉得这种问题纯粹白问。

周礼躺靠下来,头偏向林温,说道:"我睡一会儿,你忙你的。"

"你回去睡,万一待会儿上来人。"林温说。

"你把我座位号告诉他。"

林温张了张嘴,没把话说出口,只是在心中腹诽了一句。

周礼确实是想补眠,本来都要眯眼了,见到林温的小表情,他想了想,问:"你不会想说,干脆你跟我换座?"

林温闭嘴不言。

周礼气笑了,握着扶手直起身,林温立刻转回去看电脑。

过了几秒,"咚"的一声,周礼的手机突然被摔在她键盘上。

手机屏幕亮着,界面显示的是高铁订票信息,上面有座位号。

周礼靠回座,闭上眼睛,语气还算温和地说:"你过去吧,那里比这儿舒服。"

其实用不着甩座位号,商务座车厢就一节,老太太几人都在那里。

周礼这一觉睡得微沉,其间没其他乘客出现,边上的人也没要出去,说些让他挪个腿之类的话。

中午时分高铁到站,商务车来接。

张力威回了荷川市收拾行李,这趟没有跟过来,晚两天再到。

老太太早已饿了,打算先去吃饭。

"你跟我们一起去,吃完饭再送你回家。"老太太很喜欢林温,拉着她的手不放。

林温没有拒绝,她也很喜欢这位睿智并且特立独行的老人家,更何况老太太还是她公司的客户。

林温跟随众人坐上车,没多久到了一家中餐馆。包厢在二楼,服务员带路,走过转弯角时迎面走来几人。为首的女人中短卷发,穿一身职业装,惊喜含笑,说:"郑爷爷、郑奶奶,你们什么时候来的?"

"阿尤!"郑老太太笑着对覃茌尤道,"我们刚从外地回来,你在这儿吃饭?"

"是啊,我已经吃好了,你们还没吃?"覃茳尤问。

"还没呢。"

覃茳尤边上的电视台台长说:"二老第一次光顾这家?给您推荐这儿的飞龙汤,这里的主厨是东北人,飞龙汤做得非常有特色。"

几人都认识,也不耽误彼此的时间,简单聊了几句,台长又对周礼道:"这趟出差辛苦了,回头好好休息。"

"那就给他多放几天假吧。"覃茳尤说着,转向周礼,"你有空也回家吃顿饭,爷爷已经念起你好几次了。"

周礼站在两位老人身后,闻言他掀起眼皮,浅浅勾起嘴角说:"有时间就回。"

覃茳尤眼尖,注意到他脸颊上有淡色瘀青,"你脸怎么回事?"她问。

周礼敷衍:"不小心撞了一下。"

"你也太不小心了。"覃茳尤对老太太和郑老先生道,"你们看他,跟没长大似的。"

"我看你也还像小孩儿。"老太太调侃。

"我当您在夸我了。"覃茳尤笑了笑,说道,"那我们就先走了,您二老有空也来家里坐坐。"说完告辞,走过几人身边时,覃茳尤视线从林温脸上移开,朝她和善一笑。

林温礼貌回应。她知道覃茳尤,上回在欢乐谷举办相亲大会,同事向她科普过,覃茳尤是覃氏集团董事长覃胜天的孙女。

林温抬头看周礼,周礼瞥她一眼,简单介绍:"我表姐。"

"周礼跟覃老先生是……"走到楼下,台长问起覃茳尤。

覃茳尤说:"他是我表弟,我亲姑姑的儿子。"

台长笑着说:"周礼怎么从来没提起过,上回他还去采访覃老先生,竟然也没说。"

"他就这性子,向来喜欢低调。"覃茳尤淡淡道。

饭后林温坐老太太的商务车回去,下车时周礼也跟了下来,提起林温的行李箱说:"我帮你拎上去。"

"不用了,我自己来。"林温伸手。

"让他跑跑腿。"老太太在车里道,"女孩子应该多享受。"

行李箱重量不轻。

林温这趟出差十天,时间长,带的东西自然多,她自己拎箱子费力,对周礼来说这点儿重量轻而易举,即使他现在还带着病。

送人到六楼,周礼没打算多待,楼下车还等着,他下午也要回台里工作。

"明天下班我直接去你公司接你,你把要带的东西带上,省得来回多跑一趟。"

汪臣潇和袁雪的订婚宴安排在后天,地点位于汪臣潇父母所在村子的大礼堂。汪臣潇的别墅离镇上远,那个村子看起来不比别墅近,加上订婚宴是上午开席,如果当天早上才出发,不一定赶得上。

汪臣潇和袁雪明天上午就走。林温和周礼都要工作,肖邦又恨不得半步不离店,他们三人只能安排在明天下班后出发。

林温就算再想跟周礼划分界限,这种情况下也不可能自己一个人去,她找不到合适的借口,而且那地方太远太偏。林温觉得可以考虑买辆便宜的代步车,她的驾照总不能一直当摆设,以后再遇到这类事情,她也可以独立。

洗了个澡后林温把旅行包收拾出来,第二天她拎着旅行包去上班。一直忙到快五点,周礼电话打来。林温看到手机屏幕上显示出"周礼"两个字时,心头莫名涌上一种说不上来的情绪。

她慢半拍地接起电话:"喂?"

"我这边还要半个小时才能结束,大概六点到你公司,你先去吃点儿东西,到了打你电话。"周礼赶时间,简明扼要说完就挂了电话。

林温放下手机,坐了一会儿,她才继续忙手头上的事。

五点多工作完成,办公室里只剩两个同事。林温不是太饿,但想到路上时间长,她还是拎上单肩包下了楼。

随便吃了点儿快餐,林温想了想,又去附近便利店买了点儿矿泉水和饭团。

拎着一袋东西回到公司,林温才发现公司大门被锁上了。林温愣了愣,使劲推几下大门,又打电话给同事。

"啊,我不知道你还要回来,所以就把门锁了。现在怎么办,我已经上地铁了。"同事抱歉道。

"没关系,那你回去吧。"林温无奈,旅行包还在公司里面。

林温看了看时间,已经五点四十七分,周礼应该快到了,她不好现在回家,只能下楼等着人。但这一等却等到了六点十五分,大厦一楼小厅没有座位,林温从站姿变成蹲姿。周礼到时,隔着大厦玻璃,一眼就看到林温蹲在亮堂堂的小厅里。

这栋大厦很老旧,外观看起来十分复古,像是林温现在住的房子,给人的感觉仿佛时光停留在几十年前。室外夜色朦胧,室内暖光融融,蹲着的人显得小小一团,这幅画面莫名有几分酸软。周礼出神地看了一会儿,等见到林温挪了挪脚,似乎蹲得腿酸,他才回过神。

周礼降下车窗,又摁了下喇叭,喊:"林温!"

熟悉的声音一入耳,林温立刻站起来。起得太快,她腿还弯了一下。

出了大厦,林温走向车子后座,她刚要拉车门,周礼扒着车窗对她说:"前面来。"

林温一顿。

"肖邦要睡觉。"周礼提醒。

林温这才想起肖邦的习性,这样的话她坐前面更合适,林温只好坐到副驾。

"怎么在这儿等?不是说了,到了会给你打电话。"周礼等她上车后开口。

"我下楼吃饭的时候同事把公司门锁了,我进不去。"林温没提旅行包的事,反正就一个晚上,她可以借用袁雪的。

"……你等了多久?"

林温看了眼车上显示屏的时间,算了一下说:"半个小时。"

"……一直在楼下等?"

"嗯。"

周礼沉默,后来一路也没再说什么。二十多分钟后车子停到肖邦店门口,周礼给肖邦打了一通电话。

等了两分钟,店门拉开。肖邦拎着一个塑料袋出来,袋子里装着他的换洗衣物。

他径直走向副驾,刚碰到门把,副驾窗户就降了下来,露出林温的脸。

"肖邦。"林温打招呼。

"……"

肖邦以为林温坐后面。他看了眼林温,又瞥进驾驶座,周礼转头和他对望。

"上车。"周礼偏了下头。

贼心不死……

肖邦扶了扶眼镜,凉凉地扯了下嘴角。

周礼瞧着他,没再说话。等了几秒,肖邦昂首抱臂,稳如泰山。

"呵。"周礼收回视线,一脚油门,绝尘而去。

肖邦蒙了蒙,转过头,立刻拎着他的塑料袋拔足狂奔,喊:"老狗——"

这声号把马路震了三震,林温完全看不懂他们两兄弟在闹什么。

"肖邦在追。"林温提醒周礼。

周礼不为所动,说:"让他追。"

"你还是开回去吧,"林温扭着身一直在望车后,说道,"已经看不到肖邦了。"

周礼淡定地将车开到马路尽头才靠边停下,林温见他不像要掉头,问:"不开回去吗?"

周礼解开安全带,一边懒洋洋地舒展着肩颈,一边不走心地说:"他成天坐店里肌肉都僵了,让他跑一跑,运动运动。"

林温:"……"

肖邦近半年确实缺乏运动,但他腿够长,这点儿路跑得还算快,只是跑到后难免气喘,脸色不佳。

肖邦一把拉开后车门,先确保自己跟这辆车牢牢绑定,然后才口吐芬芳:"你知道我刚刚在想什么吗?"

他自问自答:"老狗开车果然听不懂人话。"

周礼发动车子,说道:"你知道我刚开走的时候在想什么吗?"

他也自问自答:"我在想,反正你也是四条腿,追个四轮车应该不难。你看,这不是追上了。"

"……"

林温老老实实旁听,心想男人的友谊真是让人难以理解。

两个二十七八岁的大男人斗了一会儿嘴,最后以周礼打开导航而休战。

肖邦口渴,问道:"有水吗?"

"有。"林温把矿泉水递到后面。

肖邦拧开瓶盖，咕噜咕噜喝完大半，见林温的塑料袋里好像有吃的，他问："你还带了吃的？"

"刚才在便利店买的饭团，你晚饭吃了吗？"林温问。

"没有没有，"肖邦摇着头，不客气地伸手过去，"我快饿死了。"

林温给了他一个，听到边上周礼问："还有吗？我也没吃。"

"有的。"林温又拿出一个。

之前林温考虑到周礼这么赶时间，也许来不及吃晚饭，有备无患，所以她总共买了四个饭团。

"帮我拆开。"周礼开车不方便。

"我帮你！"

肖邦嘴里塞着饭团，想去拿林温手里的，但林温手快，已经拆开了。

周礼接过林温递来的饭团，咬了一口，他睨向后视镜说："你要是不够吃，我现在就把你放到饭店门口。"

肖邦没接茬，他给了周礼一个意味深长的眼神，然后去拿第二个饭团，边拆边问林温："之前听袁雪说你在相亲，相得怎么样了？"

"……还可以。"林温不习惯跟异性交流这方面的事情。

"其实多认识一些人也不错，选择多，机会多，总能遇到真正适合你的。"肖邦扮演情感专家，说道，"不过相亲也要看经验，你经验少，不懂得怎么挑。这方面你可以向周礼学学，周礼相亲经验就很丰富，是吧？"

周礼淡淡地笑着说："我经验也不多，不过任何事道理都差不多，别没尝试就说不行，多接触接触，给别人机会，也是给自己机会。"

周礼意有所指，林温正襟危坐，生怕肖邦听出什么。

肖邦自觉失算，他立刻打岔，不让周礼继续往下蛊惑。

"算了，我都忘了你自己都没成功经验，还是别误导人家了。"肖邦又吐槽，"上回相的那位都已经在交往了，最后还是没个结果，你也就这样。"

"吃你的吧。"周礼回他一句，又瞥了眼身边。

林温被肖邦勾起记忆，她想起去年九月还是十月的某次聚会，周礼带来一个女人，女人漂亮优雅，周礼只介绍了对方的名字，叫齐舒怡。后来袁雪跟她嘀咕,说这是周礼目前的交往对象,相亲认识的人,自然是奔着结婚去的。

只不过那一次聚会后,周礼没再带人来。过了很久,袁雪想起这个,还问汪臣潇。汪臣潇不太关心这种私事,模棱两可地说:"那应该是分手了吧。"

夜间行车速度稍慢,他们到小镇的时候已经快九点半。

穿过镇中心,前往村子的一路,道路格外颠簸。周围没什么建筑,地面凹凸不平,前后左右全在施工。后半段路程,林温和肖邦都睡着了,突如其来的剧烈颠簸让两人都醒了过来。

周礼看了眼林温,放慢车速说:"还没到,你再睡会儿。"

林温揉着眼问:"还有多久?"

"大概二十分钟。"

"那快了。"林温不打算再睡,她拧开矿泉水瓶喝了几口。

后面的肖邦含含糊糊说:"那我再睡会儿。"

周礼见林温没再睡,他又把车速提到了正常。接下来全是坑坑洼洼,肖邦像在跳蹦床,根本没法儿睡觉,他抱着胳膊,死气沉沉地盯着周礼的后脑勺儿。

盯了二十分钟,一行人总算抵达了目的地。

汪臣潇家的房子是十几年前自建的三层小楼房,没什么造型,外墙只涂了简单的白漆,家里装修更是简单,一楼是水泥地,二三楼才铺地板。

汪臣潇和袁雪还没睡,就为了等周礼他们。夜深人静,汪臣潇把几人迎进屋。

"路是不是不好开?外面一直在修公路。"

公路看样子要一直修到这儿,周礼问:"你家能轮上拆迁?"

"嗐,这种好事还是别想了,通了公路后最多就是我们村出行方便了。"汪臣潇又道,"今天太晚了,要不你们就在我家睡?我镇上也给你们订了房间,随你们住哪儿。"

林温说好今晚和袁雪同床,周礼一直把车开到这儿,是为了将人送来。原本他和肖邦要去住镇上的宾馆,但进出村子的那段路实在难开,现在又已经十点多,周礼也懒得再折腾。

几人一道上楼,林温拎着便利店的塑料袋,周礼走在她身后,从袋子里抽出一瓶矿泉水。周礼直接拧开喝了,林温回头看了眼,继续往上走。

林温跟着袁雪进房，房门一关，袁雪立刻扑床上感叹："你一来，我心情都好了不少。"又指了下，"卫生间在那儿，你先去洗个澡。"

"你有没有多余的换洗衣物？我把行李落下了。"林温说。

"哎哟，那可太难得了，你居然也会丢三落四。"袁雪从床上爬起。

林温半个月没见袁雪，竟觉得她瘦了一点儿。林温不太确定地问："你是不是瘦了？怎么心情不好？"

"心情能好才怪。"袁雪翻白眼，跟林温抱怨，"一开始说了不办订婚宴，婚期本来就近，我根本不想多折腾，谁知道汪臣潇他爸妈出尔反尔，说谁谁谁讲了，这是规矩，不能怎么怎么样，否则得被人说闲话。"

"明天结束就好了。"林温安抚。

"我知道，我就是嫌烦。"袁雪翻出一件睡衣，又翻出一盒一次性内裤和两条新毛巾，塞给林温后说，"你先进去洗，洗完了我再跟你说。"

但袁雪根本等不及林温出来，她实在憋太久了，尤其今天又一整天面对汪臣潇父母，明天还要继续面对，她急需一个发泄口。

袁雪躺床上说："头两年还好，他爸妈不怎么来事，这两年汪臣潇不是挣大钱了嘛，又是买车又是买房，他爸妈就觉得自己儿子能耐了，我一个无业游民根本配不上他。我就奇了怪了，我花他儿子钱了？我老家两间店铺，光收租就够我过日子了，我用得着汪臣潇？！"

卫生间门板薄，一点儿都不隔音，但如果放水的话一定听不清袁雪说什么。林温知道袁雪想找人宣泄，所以她把水开得很小，一边艰难地洗漱，一边认真听袁雪抱怨。

"他爸妈知道你有店铺吗？"林温给她回应。

"当然知道，但他们不稀罕。"袁雪冷笑，"外面不是在造公路嘛，他爸妈认为这里一定能轮上拆迁，他们家的地和房子加起来，拆迁款怎么也得好几千万元，加上他儿子自己有本事，他们家足以娶回个天仙。"

"汪臣潇不是说了这里轮不上拆迁吗？"

"那他们也得听啊，你不知道他爸妈有多极品。"袁雪翻了个身，看着卫生间说，"你不知道，他爸妈早把客房收拾出来了想留周礼他们住，不是因为他们好客，是他们吝啬。周礼他们来这儿住宾馆，房钱总不能让客人自己付吧？他们就一定要让老汪留他们，老汪就骗他们说房钱周礼自己付，他爸妈又不乐意了，觉得这样丢家里脸，为了这事，他们吵了一个小时。幸好我早说好了你跟我睡，不然我也没个安生。"

袁雪继续抖搂："还有，你以为上回在别墅，汪臣潇爸妈为什么没买够菜？根本不是他们弄错人数，就是算计好了人数，他们才把饭菜量掐这么准，大家那顿不是刚好吃饱了嘛，没饿着谁。"

这点林温完全没料到，她一时不知道该说什么。

林温洗了一个快澡，将裙子浸在脸盆里，打算一会儿洗干净晾出去晒，明早应该来得及穿。她擦着头发走出浴室，坐床上继续听袁雪发泄。

袁雪以前从没对外说过汪臣潇父母的任何不是，她脾气再大也知道尊重长辈，最重要的是她要给汪臣潇留面子，那是他的父母。

但显然人的承受能力是有极限的，袁雪憋得太狠，怨气像泄洪，完全控制不住。汪臣潇父母抠门又好面儿，一朝得势后眼高于顶，既嫌她长相性格，又嫌她财力不够。还觉得她矫情，动不动就往医院跑。

将汪臣潇父母抖搂得一干二净，袁雪心里并没好受多少。她忽然抱住林温的腰，爆出隐藏在她心底最深处的秘密。

"你还记不记得上个月，任再斌刚跑那会儿，我把人都约到了肖邦店里，查他们的手机？"

林温一愣，回答："记得。"

"其实我不完全是为了你。"袁雪说。

汪臣潇父母有个很合他们心意的儿媳人选，两家自小相熟，那女的跟汪臣潇算是青梅竹马。最狗血的是，他们还有工作上的关系，想删微信也删不了。

两人已经为这事吵过好几次，汪臣潇落落大方，再三保证他不可能出轨，可是袁雪很难理性地控制自己的疑心病。

林温从海岛出差回来的那天晚上，袁雪发现汪臣潇和对方又在微信上谈事，有的语音有的文字，语音她根本听不清。她趁汪臣潇去洗手间，快速翻了翻他手机，文字目测没猫腻，语音却不清楚，时间紧张，她不可能一条条偷听。

她忽然想到个主意，先将聊天记录都拍了下来。

第二天袁雪重新安排饭局，提前示警汪臣潇要查手机。汪臣潇如果心里有鬼，单独留给他这么长的时间，他一定会删除某些聊天记录。

"我对照了照片，聊天记录没有删除的迹象。"袁雪抱着林温，小小地蹭了蹭说，"抱歉，我拿你当了借口。"

林温摸摸袁雪头发，完全没介意。

她道："事实证明老汪确实没有做越轨的事，你应该安心了啊。"

袁雪沉默。林温见状，心里一咯噔，只听袁雪慢慢开口："我五一过后那几天不是跟你说我家有事，所以让老汪先回来了吗？其实不是我家有事。"

是她故技重施，而这回，她发现汪臣潇删除了几条聊天记录。

她需要冷静，需要养胎，所以找了借口，节后留在了家中。

房里寂静片刻，林温才开口："你要不要跟老汪聊一聊？"

袁雪苦笑道："你太看得起我了。我当初劝你快刀斩乱麻劝得利落，真轮到自己，我不敢。"事情没落到自己头上，她永远不知道自己原来跟那些她从前看不起的女人一样，那么孬。

"算了，别说我了。"袁雪转移话题，"等我这边忙完了，我再继续给你物色帅哥。"

林温现在没心情听这个，袁雪不管，非要拉着她聊。

过了一会儿，林温意识到袁雪是想借其他话题来逃避此刻的情绪，于是她配合着说："你看着办。"

"我上次就看着办了，不是一个合你心意的都没有嘛。"袁雪想了想说，"我到时候再问问周礼，上回的六号就是他帮你介绍的，这次我再让他擦亮眼睛介绍几个。"

"……"林温不知道怎么接话。

袁雪感慨："其实周礼真不错，我让他帮忙介绍，他还真介绍了。你之前脚受伤，他还帮了你……"

袁雪说到这里，莫名其妙地回想起先前上楼梯的一幕。

周礼一声不响地拿了水，林温也只是回头看了眼，格外地自然，甚至默契。

说不上来具体感觉，袁雪道："欸，我怎么觉得你俩现在特别熟了？之前你还说我跟他比你熟，现在我倒觉得你跟他的熟悉程度不亚于我跟他了吧。"

"……没吧。"

"够熟了好吧。"袁雪说，"其实上回你肯单独跟他去吃饭我就很惊讶了。你这算迈开社交步伐了吧？这样也好，别老缩在自己圈子里，也多往外面转转。"

林温跟周礼单独吃饭的次数屈指可数，都发生在她脚受伤之后，可是当时袁雪回了老家，她也没跟袁雪提过。

林温以为袁雪发现了什么，袁雪看她表情，却以为她不记得了。

袁雪提醒道："喷，就是上个月你出差回来那天，我本来想帮你摆鸿门宴，结果肚子痛没摆成，你不是跟周礼一块儿去吃饭了嘛。"

林温差点儿把那回忘了，那天饭后到家，她跟袁雪聊了几句微信，也顺便说了她晚饭是跟周礼一起吃的。

林温松口气，说："那是因为你通知晚了，我们已经快到饭店了。"

"胡说，我一去医院，老汪就给周礼打电话了，那个时候才五点半多，你们那么早就出发了？"

林温一愣，她清楚地记得收到消息的时候他们遇到堵车，当时六点多。袁雪也不会记错时间，因为事关肚子里的孩子。林温忽然想起袁雪刚才说"老汪给周礼打电话"，当时在车上，周礼没接过电话。倒是在她家的时候，周礼跟人通过一次电话。

林温揪了一会儿床单，心不在焉地对袁雪道："哦，那是我记错了。"

"你这记性！"

袁雪难得宣泄了一次，又聊得累了，这会儿困意袭来。

林温把灯关了，将电扇开低挡，又给袁雪披了披毯子，和她一道躺下。但她一时睡不着，睁着眼看了许久的天花板。

第二天醒来，林温才想到她忘记一件事。

"你这记性！"袁雪又重复一遍。

林温将浸泡了一夜的裙子搓洗出来，对袁雪道："你给我找件衣服。"

袁雪放在这里的衣服没几件。她孕前走欧美风，衣服都是火辣性感的款式，拿给林温一看，林温问她："还有其他的吗？"

"没了。"袁雪提议，"不然你穿老汪的衣服？"

"……"

总共四款衣服，两件紧身深V短裙，袁雪现在孕肚还不明显，这是她这两天要穿的。还有两件，一件露背系脖背心，一件超短的红色针织小开衫，这是她从前留在这里的。剩下两条牛仔短裤，算是比较正常。

林温硬着头皮，换上了牛仔短裤和针织开衫。红色开衫法式风格，大小像童装，两粒系扣，领口是深V。林温身材没有袁雪这么丰满火辣，但风格一换，有种别样风情，令人眼前一亮。

袁雪评价："又纯又欲。"

林温毫无安全感，她瞟向床上的睡衣。

袁雪看出她的想法，将她推出卧室门，说："你别想给我丢人现眼！"

房子后院要摆酒，一早就有厨师过来忙碌，乒乒乓乓噪声不断，所以今天大家都早起。林温和袁雪端着早餐从厨房出来，到餐厅的时候周礼几人都到了。

肖邦正在擦眼镜，见到林温，他把镜片贴到眼睛前面，确定没认错后，他又默默放下眼镜，转个身继续擦拭。

汪臣潇直接"哇哦"一声。

周礼很少在不用工作的时候早起，他刚起床时不爱说话，脸上也没什么表情。看了会儿林温，周礼把墙上的吊扇开关调大了一些，问道："早饭在厨房？"

"对，自己去拿。"袁雪指指后头，又凶汪臣潇，"你哇哦什么哇哦，去拿早饭！"

凳子都是长条的，林温坐下后调整了一下距离，又使劲把衣服往下扯了扯。

袁雪边吃包子边笑她，说："衣服扯烂了你赔哦，还有，你这是扯了下面忘了上面。"

林温又赶紧把领口往上提。

"遮什么遮，这是青春知道吗？"袁雪乐道。

林温忍不住说："其实你那件睡衣挺好看的。"

"你敢——"

下一秒，一块布罩住了林温的脑袋，林温拽下来，才发现是一条围裙。

周礼将林温坐着的长条凳往后拖了一下,接着坐到她身边,淡声道:"穿上。"

汪臣潇吃着早饭,浑然没觉异样。

袁雪噤了声,和戴上眼镜的肖邦双双看向对面两人。

林温低头催眠自己,一声不响系上围裙。

围裙是最普通的碎花款式,系好后胸口和腰终于不再走光,林温的安全感也回来了。只是这场景让她的心脏像要跳出胸口。林温侧过头,故作镇定地对周礼说:"谢谢,不过我刚才想让你帮我拿的是反穿衣。"

反穿衣是带长袖的围裙。

对面的袁雪听到这话,愣了一下,问:"你什么时候让周礼帮你拿围裙了?"

林温道:"你跟老汪说话的时候啊。"

袁雪"哦"了声,估计是自己没留意,她刚才差点儿想歪了。松了口气,袁雪继续吃包子。

肖邦也收回了视线。

周礼似笑非笑,眼神淡淡地看向林温,对了个口型:"影后。"

"……"

林温拿起调羹,继续小口喝着碗里的白粥。只是耳根通红,根本藏不住。

周礼看了一会儿她的耳朵,收回视线后端起粥碗。

他也喝粥,但他盛得稀,勺子也没拿,吹几下,他直接端碗当水喝。喝了两口才开始吃包子。

包子是汪臣潇母亲做的,有肉馅的,也有菜馅的,调味很正,分量十足,个头比女孩子的手掌大。

袁雪手拿包子啃了一半,胃有点儿堵,她叫汪臣潇:"这包子好吃,你尝尝。"

汪臣潇吃得鼻尖冒汗,抬头看见袁雪手里的半个包子,道:"你是吃不下了吧。"

"胡说。"袁雪道,"我是替你尝过味了,这个好吃。"

汪臣潇人往后倒,伸长胳膊去够墙边柜上的纸巾,擦着汗故意道:"那你吃吧,包子馅都一样,我待会儿自己吃一个。"

袁雪一口气没提上来,桌底下踩汪臣潇一脚,汪臣潇敏捷闪开,这一幕恰好被汪母撞见。穿过餐厅是厨房,厨房后门出去就是后院,全天的饭食都在后院准备,汪母要过去忙活,谁知道她刚进餐厅就撞见袁雪的"暴行"。汪母笑容压了压,瞥了眼袁雪,才又笑着问众人:"昨天晚上睡得还好吧?"

肖邦道:"睡得很好,谢谢伯母。"

"那就好,那就好,你们多吃点儿,千万别客气,想要什么就跟潇潇说。对了,房子前面有个池塘,你们待会儿要是无聊,可以去那儿钓鱼。"

林温一直在低头喝白粥,白粥配酱菜,桌子中央的几碟酱菜她却一直没伸胳膊夹,她心跳还没恢复过来。直到汪母过来说话,林温才礼貌地放下调羹看着对方。

众人的注意力都在汪母身上,等汪母离开,林温重新拿起调羹,才发现有一碟酱菜摆在了她的面前。她朝身边看了眼。周礼夹了一筷子酱菜,再配一口米汤,什么话都没说,也看了她一眼。

早饭结束,袁雪要回房间化妆换衣服,拉着林温走出餐厅,准备上楼的时候在拐角处碰见汪臣潇的表哥,袁雪跟他打了声招呼,表哥的目光黏在林温身上,上下打量着,问袁雪:"这是你的朋友?"

"啊,是。我赶时间,先上去了。"袁雪赶紧拉着林温上楼。

一进房门,袁雪就吐槽:"那家伙眼珠子都盯你身上了,你看他那副色眯眯的样子,还看你胸,好恶心。"

林温低头看自己装扮。袁雪扯了扯林温身上的围裙,笑着说:"幸好你穿了这玩意儿,没吃亏,也亏你想得出来,我真是服了你了。"

林温一边解着围裙,一边说:"行了,你快去化妆。"

"我要先换衣服!"

林温把解下的围裙放到柜子上,袁雪大大方方在卧室里换了一件修身的礼服裙。

"怎么样?"袁雪问。

林温点头,说:"好看。"

"你也不会换个花样夸夸我。"

"好美。"林温说。

袁雪好笑,捏捏她的脸。卧室里没化妆台,书桌被临时征用,上面摆着镜子和一堆化妆品。袁雪打开镜灯,坐下开始化妆。

林温站在床边心烦意乱,各种情绪一直压抑着,没在脸上表现出来。

她亟须平静,告诫自己那句人生格言,人要先解决情绪,再解决问题。想到这儿,林温吐出口气,看了眼混乱的房间,她索性动手整理起来,转移自己的注意力。

袁雪画着眼影,在镜子里看见林温。林温叠好毯子,把毯子放到柜子上,再把床单铺平整。她身上的衣服短到刚遮肚脐,紧身的布料勾勒出漂亮的胸形轮廓,一节细腰随着她的动作若隐若现,配上她那张小脸蛋,真是让人难以招架,所以有人见色起意也不奇怪。林温确实不适合穿这样的衣服。袁雪慢慢化着妆,画完后她起身,将早上翻出一遍的几件衣服再次翻出来,往林温身上比画。

"你要不穿这件裙子吧。"袁雪提议。

林温比了比长短,这裙子齐臀,她推回袁雪怀里说:"不要。"

"哎……"袁雪想了想,去小阳台把林温的裙子拿了进来。

今天天气不好,阴沉沉的看起来要下雨,裙子布料偏厚,不知道什么时候能晒干。

袁雪把房里空调打开,将裙子挂在衣架上,说:"吹到晚饭前一定能干,你到时候记得换上。"

林温直点头。

再下楼的时候袁雪不让林温系围裙,订婚宴上这样的着装显然会让人误以为她有什么怪癖。林温不太自在地跟下楼,楼下的红色棚子已经搭建完毕,八张桌子也摆放整齐。

汪母和几个亲戚正在挨桌摆放酒水饮料和糖果,汪父在摆放香烟,帮厨们先将凉菜端上桌,热菜还在后院准备中。客人陆续到来,一大半是村里人,小半是汪家镇上的亲戚。林温陪在袁雪身边,几个年轻男人的目光一直在她身上打转。

周礼和肖邦坐在棚子里聊天,汪父过来给他们分香烟。

肖邦摆摆手说:"我不抽烟。"

周礼道谢接了,眼一直瞧着外面。汪父顺着他的视线望向棚子外,笑着说:"袁雪和她小姐妹感情真好。"

还要忙,汪父跟两人打了声招呼就去后院了。周礼胳膊肘搭在桌子上,慢慢抽着烟。

肖邦拿起一瓶酒看标签上的度数，说："别盯了，再盯人家也不过来，没见人家之前说了，'谢谢，我想让你帮我拿的是反穿衣'，避免了一场世纪大尴尬。"

"肖邦。"周礼叫他名字。

"嗯？"肖邦头也不抬。

"你性取向有没有问题？"

"嗯？"肖邦抬起了头。

"你要不是暗恋我，就一边儿去。"周礼说。

"……我想吐。"

周礼顺手拿起只一次性纸杯说："吐吧。"

肖邦："……"

过了会儿，肖邦放下酒杯，严肃道："我问你，你要是真的追上了林温，能跟她好多久？"

周礼看向他，没有开腔。

"你看，你对着我多诚实。"肖邦老调重弹，"我相信你现在对林温很有兴趣，可是连你自己都不知道，你这份兴趣能保持多久。"

两个帮厨端着大托盘进来，托盘上码着八道相同的热菜，他们按桌摆放，紧接着又有其他热菜进来。今天的菜都很硬，鲍鱼、澳龙、基围虾、河鳗一溜烟上了桌，客人们开始抢位置坐下。

林温也快进来了，周礼这时开口："未来的事没人知道，你要能知道你告诉我。但有一点你刚才说错了——"

周礼抽了两口烟，道："我对她已经过了感兴趣的阶段。"

说着，周礼掐烟起身，换了个靠最角落的座位。

等到林温走进棚子，周礼招呼她过来："这里！"

林温一看，周礼边上的位置最好，她穿的这件衣服，一坐下就露后腰，角落避着人，她不用太担心走光问题。林温没的选择，只能走了过去。

订婚宴吃两顿，晚上还要接着吃，所以午饭后部分客人留在这儿，汪臣潇和袁雪还要招待他们。

房子里闹哄哄的,楼上楼下都是小孩儿的奔跑声和大人的聊天声。

林温陪着看了会儿电视,袁雪抽空过来说:"你要不出去找周礼他们?"

周礼和肖邦去钓鱼了,出院门右拐,几十米外有一个池塘。

林温问:"我能不能上楼?"

"那帮小孩儿在楼上闹呢,你上楼干什么。"袁雪说着,又凑到林温耳边,"你别待在这里,没看见好几个男的一直在看你?"

林温下意识地扯了扯衣服。

"别再拽了,你上面走光。"袁雪赶她,"去吧去吧,去看他们钓鱼。"

林温无奈起身,袁雪又抓了几把零食给她。

林温拎着一兜小零食,慢吞吞地走到池塘边。池塘护栏前面是停车位,周礼的车就停在那里。护栏另一侧有台阶,肖邦正站在台阶下甩鱼竿。

没看见周礼,林温快步走了过去。

"肖邦。"林温叫人。

肖邦转身,说:"你过来了,是不是里面太无聊了?"

林温点头,说:"嗯。"

"要不要钓鱼?"

"你钓吧,我看一会儿。"

"估计钓不上来。"肖邦说。

"这里没鱼吗?"林温问。

肖邦把鱼竿甩起来,给林温看。林温没看出什么问题,不解地看向肖邦。

肖邦解释:"没有鱼饵。"

"……没有鱼饵,你来钓鱼?"

"反正无聊。"肖邦耸肩,"老汪他们家只有鱼竿没有鱼饵。"

林温实在忍不住笑。

周礼的车就停在最近台阶的停车位,肖邦要学姜太公,周礼懒得理这白痴,干脆上车睡觉。天气阴沉没太阳,周礼调整椅子,拉下半截车窗,躺着正要睡着的时候,就听见了林温跟肖邦有说有笑。

林温问:"你要吃零食吗?"

"有什么吃的?"

"坚果,还有巧克力。"

"不要。"肖邦顿了顿,问,"坚果能当鱼饵吗?"

林温迟疑道:"我不知道。"

"要不试试?"

"……好。"

林温正要给肖邦送下台阶,忽然她身后的一辆车按了下喇叭,她吓了一跳,回头一看,周礼从车中走了下来。林温这才发现停车位上的车是熟悉的那辆奔驰。周礼走到林温跟前说:"傻不傻?"

林温:"……"

"在这儿等着。"

周礼说着,径直走到路边,折了一根树枝,他往泥地里戳了几下。

没一会儿,他挑起一条长长的蚯蚓,走到台阶上方,把蚯蚓朝下面一甩。

"嗷——"肖邦蹦离地。

"鱼饵。"周礼说。

"你居然还会挖蚯蚓?!"肖邦从头顶拿下那条长蚯蚓。

"你忘了我经常去乡下?"

"哦,我差点儿忘了你总是去你爷爷奶奶那儿。"肖邦把蚯蚓放上鱼钩,正式开始钓鱼。

周礼靠着栏杆,看向旁边,伸手道:"坚果。"

林温:"……"

另一边,汪家正在准备晚饭,陆续又有客人过来。

袁雪招待了大半天,身体有点儿受不了,闻到了食物的味道,她忍不住去卫生间吐了一会儿。什么都没吐出来,她忍着恶心回到客厅,想让汪臣潇上楼给她拿点儿话梅。客厅和餐厅都没见人,袁雪问亲戚:"有没有看见汪臣潇?"

亲戚说:"来客人了,潇潇去了棚子。"

袁雪又去棚子那里找。结果刚绕到棚子那头,她就看见汪臣潇和他的青梅竹马站在棚子外谈笑风生。袁雪再也忍不住:"汪臣潇——"

两个人当场吵了起来。

最后这场争吵彻底失控，源于汪母的忽然出现。汪母下了楼，叉腰教训："房间里没有人，你居然开着空调，你当我们家的钱是大风刮来的？！"

袁雪转身，头也不回地跑了出去，汪臣潇去追，被汪母死死拉住。

池塘边，林温把塑料袋清空，往里装了一条小鱼。这会儿她已经站在台阶下面，肖邦甩出鱼竿说："你先把鱼送回去，再给我拿个大桶来。"

周礼手机来电，他听了两句，看向正护着塑料袋的林温，对电话那头说："林温跟我在一起，没看见袁雪。"

林温听到了，她回过头。

周礼站在台阶上，朝她招了招手："回去，袁雪不见了。"

林温一怔。

三个人匆忙赶回院子，一入内，林温就听见汪母在跟汪父抱怨："我就说了她一句，她房间里没人还要开空调，她这是什么有钱人家，啊？我有说错？就说了这么一句她就跑了，还有——"

汪母气道："小倩家里跟咱们家是什么关系，我请他们过来吃个订婚饭也不行了？她这是完全不讲道理，吃醋也不看看是什么时候！"

旁边亲戚劝："行了行了，快让潇潇去找找。"

"找什么找，你不准去，惯的她！"汪母命令儿子。

林温看向站在一旁的汪臣潇，插话道："袁雪不接电话？"

汪臣潇的烦躁、着急还写在脸上，他说："她手机没拿。"

"那你还不去找人？！"林温突然大声。

汪臣潇一愣，他从没听过林温这么大声地命令过什么，连汪母都吓了一跳。

林温上前几步，冷着脸去推汪臣潇，说："去啊，还愣着！"

"快去。"周礼微蹙着眉，直接一锤定音，"分头去找！"

村子很大，四周环境又复杂，村外在建公路，村内还有山，袁雪已经跑出去了一会儿，汪臣潇说她是往东边跑的，一行人出了院子往东，然后分散开来找。

临近晚饭时间，天已经快黑了，起初林温并不慌，她想这边人多，袁雪应该也不会走太远,她更担心袁雪会动胎气,所以才会凶人。可是等到天彻底黑下来,他们还没碰见袁雪,电话那边的几人也说没找到,林温终于开始慌了。

周礼又给汪臣潇打了一个电话,让他问问他爸妈,袁雪有没有回去。

汪臣潇说没有。

已经飘起小雨,林温一路都在喊着袁雪的名字,嗓子都有点儿哑了,还是没有得到半点儿回应。田地一望无垠,林温出了一身汗,她脸色发白,有点儿脱力。

周礼拽住她说:"别找了,回去吧。"

"再找找。"林温道。

"这里没人,回去再说。"

林温摇头,说:"再找找看,我不放心,她还怀着孕,万一摔一跤晕倒了,我们叫她她也听不见。"

林温这一路已经设想过各种各样的可能,袁雪最近身体状况显然不好,又心事重重,万一晕倒,摔在这种田里,没人发现得了她。

林温想,如果没有开空调这件事,袁雪是不是就不会跑出去,那样的话,也不会有发生任何危险的可能。

周礼看着她的脸色,说:"要找也不差你一个人,让男人去找。再说袁雪是个成年人,跑是她自己跑的,不管发生什么事,都是她自己做的决定,她只能自己负责。"

林温一愣,问:"你觉得都是她的错?"

周礼冷静道:"她至少有错。"

林温一言不发,周礼想带她回去,林温抽出手臂道:"那你走吧,我在附近再找找。"说着,她继续往前。

周礼皱眉,拽住她手臂道:"我说了回去。"

林温用力将手臂抽出,再也无法克制自己复杂的情绪。

"她开空调是为了帮我晒裙子,她吃醋是因为汪臣潇没给她足够的安全感,她到底犯了多大的错,让你们一个两个都这么冷漠!

"你们男人是不是总喜欢吃着碗里看着锅里,然后再把所有责任往女人身上推,任再斌是这样,汪臣潇是这样,你也……"

林温大声说到这里,意识到不对,立刻停住了。她转身又要走,周礼再次将她拽回来。

他没忽略林温最后一个音,问道:"我什么?"

"放手!"

"你先说清楚,我什么?"

"你给我放手,你不想找我自己去找!"

"我什么时候吃着碗里看着锅里?"

林温咬紧嘴巴,周礼掐住她两颊,说:"你说清楚。"

林温偏开头,忍不住脱口而出:"你跟你上一任是什么时候分手的?是去年年底还是今年?你又是什么时候喜欢上我的?"

周礼一愣。

林温昨晚才知道,她四月初从海岛出差回来那天,周礼是刻意和她吃饭。

那时任再斌才走七天。任再斌是在三月底离开的,也就是说,周礼在此之前就已经对她有意。可是从今年一月到三月,大家只聚过两次,一次肖邦开店,一次玩剧本杀。周礼怎么可能在这两次聚会中喜欢上她。所以时间再往前推,周礼在有女友的同时,吃着碗里,还看着锅里的。

"你们男人都是这么恶心!"林温破罐破摔。

周礼脸色冷下来,死死拽着林温不放。林温使劲挣扎,说:"你放手!"

手机铃响,周礼看了眼号码接起电话,林温挣扎得厉害,趁他晃神的工夫将人甩开,转过身又往前跑。

周礼几步追上去,一把箍住她的腰,提着人返回。

林温被他带着走,脚底都不着地,她使劲去扒腰上的手臂,喊:"你松手,周礼!"

周礼一句话就让她静下来:"汪臣潇已经找到袁雪了,现在人正在家里。"

林温一顿。

周礼接着道:"你想知道我的事,回头你慢慢问。现在我只想问你,你承不承认你对我有好感?"

"什……"

周礼收紧力,没给她否认的机会,打断她。

"你是不是忘了,你拒绝我的理由都是因为别人,你讨厌复杂的关系,你不想跟前男友的朋友有牵扯,你不想让朋友间尴尬,但你从头到尾都没说过你不喜欢我。"周礼从后贴近她的脸,低声问,"你承不承认?"

林温手还掰着周礼的胳膊,但力气已经用完。

细雨绵绵,带起凉风,衣服领口有些下滑,林温身上似乎被寒意激起了一层小疙瘩。

周礼无声地替她提起衣领,掌心底下是浮着疙瘩的微凉皮肤,还有过快的像敲鼓般的心跳。

周礼垂眸看着她,过了会儿,他慢慢低头,吻了下去。

从后方而来的吻,让人避无可避。

林温耳垂和下颌的衔接处像被一烫,头皮到尾椎骨一阵过电般的麻,这股麻让她不自觉地蜷缩,手肘向后推人。

她的力道轻飘如云,没有半分威胁,但周礼顿了顿,还是顺势将人放开了。

突如其来的"意外"也就短短两三秒,两人间的气氛却骤然从剑拔弩张变成了无言相望。林温退两步远,用手捂着自己滚烫麻痒的耳朵,心跳如雷。

周礼也是第一次遗忘了语言能力,只知道盯着人看。

田地里响起几声蛙叫,划破寂静空气,催醒了林温。林温猛地转身,快速沿原路返回。周礼慢了半拍,一言不发地跟在她身后。

天黑,乡下地里也没路灯,林温一味向前,周礼打开手机电筒给她照明。

手电光照距离有限,离远了照不清,周礼缩短与林温的距离,林温却像被鬼追,走得更加快。

直到她脚下一绊,两人才再次并排。周礼扶住她的胳膊,皱眉看着她又变得苍白的脸。之前林温找人着急,气色已经很差,现在连嘴唇都失去血色。

周礼终于开口:"你哪里不舒服?"

林温没什么力气地摇摇头。

周礼两手扶住她肩膀,问:"去医院?"

林温再次摇头,有气无力道:"可能是低血糖。"

她大学以后远离父母，偶尔饮食不规律，有过几次乏力头晕犯恶心的情况，后来知道是低血糖，吃点儿东西就好了。

现在林温浑身没劲还想吐，周礼没多浪费时间，背过身弯腰，将人一下背起。

林温早已熟悉这道肩膀和后背，她无力折腾，也不想在这种时候矫情。

林温忍着胃里的不适，闭上眼睛趴在宽阔肩头上。

手机不方便拿，被周礼放回口袋。周礼步伐大，走得稳，偶尔回头看一眼肩膀，昏暗中面容是模糊的，但轻弱的呼吸近在咫尺。

很快走到汪臣潇家，林温推推周礼，周礼自觉地将她放到地上。

大门敞开，灯光流泻。进门的客厅里摆着一张长桌，桌上摆满各种小零食，用来白天招待客人的。

肖邦托腮坐在桌前，用手指滚着桌上的一颗山核桃，周礼进屋，挑出托盘里的几枚巧克力，问肖邦："他们人呢？"

肖邦指了指对面关着的门，那里是个有沙发的小客厅。

"那两个在里面。"

周礼把巧克力塞给刚坐下的林温，一边走进厨房，一边继续问："老汪他爸妈呢？"

"被他们家亲戚带走了，老汪让他们先在亲戚家过一夜。"

周礼打开厨房灯，拿了只小瓷碗，往里面加两勺白糖，倒了热水出来说："算他还没太傻缺。"

说着，将糖水摆到林温跟前，说："喝了。"

"我看难，袁雪刚才特别冷静。"暴脾气的人忽然变得冷静，反而像是山雨欲来风满楼。

肖邦说完又看向林温，问："你怎么了？"

周礼坐下来，替林温回答："低血糖。"

林温吃下巧克力，捧着糖水小口喝，眉心紧皱，视线一直落在对面那道小门上。

当初袁雪摆鸿门宴审讯他们，大嗓门隔墙都能听到，现在这道薄薄的小门里没漏出袁雪的半点儿声音，林温跟肖邦同感，忧心忡忡。

林温问："他们进去多久了？"

肖邦说："十几分钟吧。"

三人足足坐了一个小时，那道小门终于打开了。

袁雪先走出来，她眼睛还红着，像要尝试扯一个笑，可惜扯不出来。

她朝林温伸手，说："温温。"

林温立刻拉住她，两人手牵手上楼。汪臣潇一直紧跟到楼梯口。

关上卧室门，林温问："你怎么样？有没有哪里不舒服？"

袁雪摇头，说："没有。"

"吃过东西了吗？"林温道，"你去洗一下，我给你做点儿饭菜上来好不好？"

"不要，我吃不下。"

"水呢？要不要喝点水？"

"我不渴。"

"那你想要跟我说什么？"

"嗯。"

林温没主动问起什么，她给袁雪拿来睡衣，哄她先去洗漱。

洗漱完，袁雪坐在床上，泛红的眼睛已经恢复正常，她道："我跟老汪说好了，明天回到宜清，我先从他那儿搬出来，以后的事以后再说。"

林温的心一沉，坐到袁雪边上。

袁雪看着她道："我刚才跟他摊牌了，我告诉他我查过他手机。"

"那他……"

袁雪摇头，说："他没有。"

汪臣潇没想到她查过他的手机，还是以那样一种方式。

之前在小客厅里，汪臣潇把手机拿出来，急巴巴解释："我的内存满了，所以才会删聊天记录！"

他的手机里，微信内存占比最大。五一假期到了袁雪老家，汪臣潇手机内存几乎全满，清完一遍缓存，还远远不够，汪臣潇只好对微信下手。

他先把跟周礼几人的聊天记录全删了，再把跟父母亲戚的也删了，因为他跟他们平常都是聊闲话，删除也无关紧要。剩下那些好友基本跟工作相关，他当时闲着也是闲着，索性挨个儿点进去，挑挑拣拣删些工作以外的内容。

那个小倩本来就跟他有工作上的关系，他也挑拣着删了一点儿。但那些挑拣着删的，他删得不多，因为实在太麻烦。

"我是打算促销季换手机的，现在这个先将就用着。"汪臣潇把微信打开，怕袁雪不信，他先让袁雪看他跟周礼几人的聊天记录，早前的确实都没了。

再给袁雪看了一些其他的，再三保证："你要是还不信，我把小倩找来！"

"小倩？叫得这么亲热？"

楼下后院，周礼和肖邦坐在躺椅上，汪臣潇坐小板凳，几人手边放着些点心，边填肚子边说话。肖邦听汪臣潇提"小倩"，于是接了这么一句。

汪臣潇没胃口，他没碰吃的，他道："她以前跟我们家是邻居，这次订婚请人随意，又没喜帖，见着村里人就叫一声，我也不知道我爸妈叫了他们家。我爸妈确实喜欢她，但我们两个完全不来电。而且说实话，这两年我身边的诱惑少了？我真要找，不能找个比小倩漂亮的？"

周礼道："怎么，你完全没动过歪心？"

汪臣潇想了想，老实道："我不能保证我十几年后怎么样，我只能保证，我现在对袁雪是一心一意。我只想着现在的首要任务是赚更多的钱，真没想过那些乱七八糟的。"

肖邦说："那袁雪还说要跟你分开？"

汪臣潇叹了口气，搓揉几下脸，半晌才道："因为我爸妈，还因为我。"

"我这么跑出去了，他竟然没有追出来，他这算什么？把我当什么了？"袁雪抱着毯子，看着林温道，"你知道我当时一个人的时候在想些什么吗？"

她从汪家跑出，根本没辨认方向，跑累了才在一处破屋前停下。

破屋是间小平房，窗户碎了大半，木门都歪了，不知道是哪户人家弃之不用的，袁雪觉得她跟这破屋一样，千疮百孔，也被人弃了。

汪臣潇没有追出来，她坐在破屋前的石头上发呆，从跟汪臣潇初识到现在，她脑中像放电影似的放了一遍。

"我是有很多缺点，这我知道，但汪臣潇也有一堆毛病，我难道平常就没容忍过他？他爸妈完全看不到。"袁雪道，"我跟他爸妈的问题不是最近才有的，汪臣潇不是不作为，他是做得完全不够。像今天，他想出来追我，可他妈一拽一号，他就迈不开腿了。他想两边都讨好，天平左右摇摆，在我这儿狠不下心，在他妈那儿也狠不下心，最好万事都和稀泥。"

袁雪说："可事实上，婆媳关系里最大的问题根源，不是我们女人，而是他们男人！"

"男人得有魄力，得头脑清醒，这份魄力和清醒我都用在了工作上，回了家我就是个软蛋。"汪臣潇也有着清晰的自我认知。

"哼，"肖邦吃着饼干说，"你今天可够软蛋了。"

汪臣潇道："袁雪说我就是吃着碗里看着锅里——"

周礼没吃什么东西，只时不时喝两口水，听到汪臣潇忽然冒出这句话，他放下水杯，朝他瞥去一眼。

"——既想讨好这边，又想讨好那边。"汪臣潇说，"我承认，我确实想和稀泥，我是真不知道怎么做啊，我疼我爸妈，也爱袁雪，我两边都不想伤着，其实我们所有人都有问题，我知道我妈有时候比较过分，也知道袁雪的脾气，我都清楚！可她现在说想先分开，我……我问你们，你们要是碰上这情况怎么办？"

肖邦把饼干碎屑倒手上，往嘴里一倒，说："我带头母猪回家我爸妈都能乐半天，你这假设在我身上施展不开。"

"……"

汪臣潇无语地转向周礼，问："老周，你呢？"

周礼用手指勾着弧形的杯柄，慢条斯理道："爸妈不是你选的，你没的挑，老婆你能自己选，有的挑。既然你挑了一个你爸妈不喜欢的，你做出决定的那一刻就应该有个明确的认知，你得对你老婆负责，也得承担起一切后果。"

汪臣潇一愣，傻坐半晌。然后他起身，去厨房弄了点儿吃的。端到楼上，他把托盘放在门边，给袁雪发了一条微信："我给你热了点儿鸡汤，放在你房门口了。"

袁雪看完微信，把手机翻身放到枕头边。林温给她掖了下毯子，问："要睡了吗？睡了我关灯。"

"嗯。"

林温把灯关了，陪袁雪躺下。

林温毫无睡意，脑中纷纷杂杂，心总吊着，既担心袁雪，又理不清自己。耳朵似乎还烫，林温伸手摸了摸，一时间，担心袁雪的那份心，全归拢到了"理不清自己"。

林温咬唇，翻身闭眼。

躺了半天，依旧没睡意，她摸到手机，看了眼时间。才刚过十点。

袁雪晚上什么都没吃，林温想了想，还是轻手轻脚下了床。

走出房门，她看见地上的托盘愣了一下，打开盖子一看，里面是已经冷了的鸡汤和白米饭。林温把托盘端进厨房，又找了一点儿蔬菜出来。晚上宴席没开，厨房里最不缺的就是菜，林温打算给袁雪做一些清淡的食物。

周礼躺在后院的躺椅上，看见厨房灯亮起，不一会儿就传来了水流声。透过小门，有道小身影在里面忙前忙后。周礼弹了弹烟灰。

汪臣潇和肖邦早就上楼了，他想再吹会儿风，所以没上去。

晚上的小雨只下了很短的时间，地面很快就干了，空气中有青草香，闻着舒爽宜人。他心里想着事，点了一支烟慢慢抽着，现在才抽一半。

周礼又看了一会儿。里面水声没了，那道小身影不知道走到了哪个角落。

周礼将烟掐灭，拿起空水杯和零食盒走进厨房。林温正在切菜，听到动静吓了一跳，转头看见周礼从黑漆漆的后门进来，她惊魂未定道："你怎么在这里？"

"吹了会儿风。"周礼把东西放下，问她，"你做夜宵？"

"……我给袁雪做点儿吃的。"

"袁雪还没睡？"

"睡着了，我怕她醒来饿。"

"老汪给她送了吃的上去。"

"我知道，鸡汤已经冷了。"林温说，"我做点儿清淡的。"

"你自己晚饭也没吃。"周礼道。

"……嗯。"林温低下头，继续备菜。

周礼靠在水池边，看着她问："袁雪怎么跟你说的？"

"……说准备先跟老汪分开，剩下的事以后再说。"被周礼一提，林温又开始担忧，"老汪有什么打算？"

周礼就把之前的聊天内容概括了一遍。

"你说他们……会好吗？"林温忧心。

周礼说道："婆媳关系是世纪难题，老汪要是还想着逃避，不把这问题解决了，也不用想着跟袁雪再有个什么结果了。"

林温原本还想听一句宽心的话，谁知周礼这样直白。她垂下头，慢吞吞地继续切菜。

周礼接着道："但老汪这次应该不会再逃避了，只不过婆媳关系这种事太复杂，他们还需要时间慢慢磨。"

林温听着，稍稍安心。

紧接着，林温又听到一句："你说我们的关系，有他们复杂吗？"

林温一顿。

"你喜欢简单，讨厌复杂，可是复杂来了，也不能只想着抗拒逃避，否则逃避成老汪那样，事情只会变得更复杂。"

水池和菜板相隔一米半的距离，周礼站在水池这头，始终没靠过去，至少此刻，和林温保持着一个让她安心的界限。

"还有你之前说什么，吃着碗里看着锅里。我大学之后没谈过女朋友，只去过相亲，上一任相亲对象，我跟她现在算是朋友，虽然我跟她只见过三次，从去年说过彼此不合适后就没再见过面。"

林温拢了拢菜板上的蔬菜。

"林温，"周礼看着她侧脸，温声道，"我们试试看，好吗？"

菜刀停留在菜叶上方，磨啊磨，刀刃似乎变钝，这一刀怎么都切不下去。

周围静悄悄的，半天，林温才轻轻地吐出五个字。

"你让我想想。"

Chapter 12
只有"你"知道

> 这是林温松开警戒线的第一天。

第二天一早,众人返回宜清市。袁雪不想看见汪臣潇,所以坐了周礼的车,林温自然陪着她。因为出发早,早餐没来得及吃,车子开到镇上后,周礼问后面两人:"想吃点儿什么?"

袁雪说:"随便。"

周礼问林温:"你呢?"

林温看向袁雪,说:"你想下车吃还是在车上吃?"

前方就是汪臣潇的车,袁雪现在连他的车都不想看见,她想跟他错开来,进店吃能拖延更多时间,于是袁雪道:"去店里吃吧。"

车子靠边停下,袁雪站在人行道上观望一圈,挑选出一家客人最多的早餐店,店门口占道摆了一张长条桌椅,客人们几乎坐满。

林温跟着袁雪进店,看见店内的人海后又呆了一下。店内座无虚席,点餐的队伍排得密密麻麻。周礼皱皱眉,但没说什么。

袁雪去店外占座,周礼去排队,林温挤到窗口前看餐单。食物品种太多,她拿出手机拍了三张照片,觉得挤出人海太费力,她把照片给袁雪发过去,找到周礼的队伍后,她挤去了那边。

"你看看要吃什么。"林温把手机给他看。

人多声杂,听不太清,周礼低下头问:"你看好了?"

"还没。"林温说。

有人挤来挤去,周礼抬手护在林温背后,带着她往前两步,说道:"听他们说前两天有个千万粉丝级的大网红来这里探店,把这家店炒火了。"

火得也太夸张,才七点多,感觉全小镇的人都来了这里抢购。

林温说:"那这里的东西应该很好吃。"

周礼没拿她手机,低头跟她一块儿看,边看边跟着队伍慢慢前进。

林温瞧着这么多人,她问周礼:"你今天是不是还要工作?"

大家原定计划是昨天晚饭后就返程,谁知道发生意外。

周礼确实要工作,不过时间是在下午,能赶得及,但这样一来行程会比较紧张。只是看着林温,他没多说什么,"不着急。"他道。

这是林温松开警戒线的第一天。

袁雪回了微信,她要一份牛肉饼和豆浆,林温也选好了,她跟袁雪一样,只是把豆浆换成绿豆汤。

周礼让她出去等,林温点点头,转身挤出人群。几分钟后周礼出来,把号码牌扔桌上说:"等着叫号。"

还没轮到叫号,周礼手机铃声响起,是肖邦打来的。

肖邦问:"你们车呢,开到哪儿了?"

周礼说:"我们在镇上吃早饭。"

"什么?!"肖邦跟汪臣潇说了一声,汪臣潇冲话筒喊,"你们在哪家店?"

袁雪在对面冲周礼使眼色,周礼道:"你们开你们的,我这边吃完就出发,等到了宜清再联系。"

袁雪满意。

挂断电话,又等了一会儿,还是没能吃上早饭。袁雪不耐烦地玩起手机,林温擦桌子打发时间。她今天穿回了来时那件长裙,半边头发落在胸前,另一边头发绾到了耳后。她耳朵不再红,白玉似的耳垂上没有打耳洞。

周礼一直看着,等林温折起纸巾抬头,他也没把目光避开。林温起先如常,后来她选择低头继续折纸巾,把纸巾折成小粒,再也折不动时,对面递来两颗巧克力。

"先吃着。"周礼跟她说。

袁雪抬头,抓走一颗巧克力道:"见鬼了,你身上居然带巧克力?"说着扒开就吃。

周礼见林温没动，他抬了抬下巴。林温其实不饿，也没头晕乏力，但她还是拿了过来，慢慢剥着纸衣，小口咬下去。坚果伴着浓郁甜香，开启了六月的第一天。

十点多，终于到达宜清市。周礼先送袁雪回家收拾行李。

汪臣潇的车子比他们早到半个小时，把肖邦送回店里，汪臣潇连公司也不去了，守在家等袁雪。结果袁雪一来，什么都没说，直接进卧室收拾衣服了。

林温跟着袁雪进去，汪臣潇求助周礼："老周！"

"叫我没用，叫你老婆。"周礼往沙发上一坐。

汪臣潇垂头丧气。

行李很快收拾好，汪臣潇一直跟到楼下，还想上周礼的车。袁雪直接扑到驾驶座把车门锁上，林温怕她伤到肚子，赶紧伸手垫住她腹部。

"开车！"袁雪催促。

周礼隔窗跟汪臣潇招呼了一声，开车走了。

袁雪在宜清市没有房产，昨天商量后她准备先住到林温家里，再慢慢找房子搬出来。到了林温家小区，袁雪有点儿伤脑筋，六楼没电梯，行李箱太大，她还没试过让周礼给她当苦力。但她是孕妇，林温又柔柔弱弱的，这么大的箱子周礼总不至于袖手旁观。

袁雪尝试着说："周礼，再帮个忙，帮我把箱子拎上去。"

周礼伸手一招："包也拿来。"他赶时间，拎起行李箱和一个大包，先快步上楼了。

袁雪惊喜，挽着林温的胳膊慢慢跟在后面，说道："我知道他肯定会帮忙，但我还以为他会先嘲讽两句再帮忙呢，毕竟他这家伙可没那么乐于助人。结果他今天这么好说话，早知道我再多收拾点儿行李了。"

谁知袁雪刚说完，楼梯上方就传来一句："你想听嘲讽那先记着，今天我赶时间。"

袁雪："……"

楼梯传声效果最佳，袁雪被逮个正着，林温抿嘴笑笑。她们走到三楼的时候，周礼正好下来，林温和袁雪靠墙避让，周礼道了声："走了。"

"拜拜拜拜。"袁雪送客。

周礼经过林温身边时，看了她一眼才继续下楼。

林温家里有三间卧室，主卧、次卧和阁楼的小房间。袁雪只来过这里两次，对林温家不是太熟悉，她以为林温会让她睡次卧，结果林温把她带进了主卧。

"你睡这里。"林温说。

"你住次卧？不用这样，"袁雪说，"你还是睡这儿，我住次卧就行。"

"不是，次卧不住人，我睡阁楼。"

"啊？"

"你就睡这里，你怀着孕，阁楼爬上爬下不方便。"

说完，林温又清出半边衣柜，让袁雪慢慢收拾，她去厨房做饭。

饭后袁雪午睡，林温打扫完一遍房子，洗了一个澡。

她擦着头发坐到客厅，视线落在电视柜上。过了会儿，头发还没干，她走向电视柜，拿起帆布袋，回到沙发上。林温小心地将帆布袋里的两幅拼图取出。她看了看完整的那幅，放到一边，将没拼完的那幅摆到茶几上。林温取了一只靠枕垫到屁股底下，盘起腿，她慢慢拼起来。从头发半干，拼到头发全干，不知不觉余晖映满天空，她度过了一个静谧充实的下午。

另一边，周礼一直忙到晚上九点多才回家，第二天又早早出门，连轴转到下午快四点半，他才匆匆忙忙开车离开电视台。

周礼直接开到了林温公司楼下，见还没到下班时间，周礼松开领带，点了一支烟。边抽边转着手机，抽完烟，他下车扔烟头，然后拨通林温的电话。

响了一会儿才被接起。

"喂？"

林温的声音轻轻柔柔，周礼解开领口的一颗衬衫扣，清了一下嗓子，开口："下班了吗？我在你公司楼下，老汪让我给袁雪送点儿东西。"

"……你等我两分钟。"

"嗯。"

周礼收起手机走回车边，他双手插兜，靠着车门等待。不一会儿看见林温走了出来。林温今天穿了一身白色连衣裙，裙长过膝，走动间裙摆柔柔地飘动，干净得一尘不染。周礼看着她走近,打开副驾车门,说道:"我送你回去,顺便把东西给袁雪。"

"……我还要去买菜。"

"嗯,上车。"周礼偏了下头。

"……"

林温坐了进去,周礼关紧车门。

林温把包盖在腿上,系好安全带,问道:"老汪怎么让你送东西?"

周礼发动车子说:"袁雪不搭理他,老汪又没你联系方式,不敢直接上门,就问到了我这里。"

"那他自己不过来了?"

"你想让他过来?"

"得问袁雪。"

周礼说:"我就给老汪送个快递,其余的他自己会看着办。他们要是开口,就看着帮一帮,不开口的话,我们外人还是少掺和。"

林温想了想,点点头。

菜场在林温家小区附近,周礼没去过,跟着导航走。

到了地方,他停好车,林温说:"我买一点儿菜很快,你在车上等就行。"

周礼没吭声,他自顾自解开安全带,下车后绕到了林温身边。

林温提了提包包的肩带,没再说什么,转身带着他去逛菜场。周礼头一次来菜市场,走进入口,先闻到一股味,他微拧了一下眉,又很快松开了。

"准备买什么?"周礼问。

"买条鱼,再买点儿蔬菜。"林温说。

林温先买蔬菜。走到摊位,她先问价,再撑开塑料袋挑选。

包包肩带滑下来,她挑菜的时候时不时要把带子提一下,周礼等她第三次提肩带时,摘下了她的包。

林温愣了愣。周礼手上拎着她的包,很自然地拣了一根胡萝卜扔进撑开的塑料袋里,说道:"我晚饭顺便在你家吃了。"

林温低头,默默地又挑了一点儿蔬菜,过了一会儿问:"那你有什么想吃的?"

周礼勾唇道："再买点儿肉。"鱼对他来说不算肉。

于是林温又去买了一条猪肉。

两人拎着满满的菜和水果到家，开门闻到饭香，袁雪已经把饭煮好了。

"你回来了？"袁雪走出厨房，看见门口的周礼时诧异道，"你怎么过来了？"

林温放下手里的袋子，还没来得及给周礼拿拖鞋，周礼已经自己打开鞋柜，熟门熟路地拿了出来。

"老汪让我给你送点儿东西。"周礼穿上拖鞋道。

袁雪皱眉，过去看了看，见是补品和几件衣服，她就没让周礼拿回去。

周礼留下吃晚饭，袁雪本来想帮忙做菜，但她实在闻不了味道，干呕了几声就回卧室躺下了。电视机开着，周礼看了看摆在电视柜上的多肉盆栽，转身的时候注意到了放在茶几下的拼图。他拿了起来，发现原先只拼了一半的拼图，如今已经快要完成。周礼看了一会儿，又将拼图放了回去，走进厨房。

林温系着围裙，头发随意扎了起来，几缕发丝落在颊边。水池边是一袋子荷兰豆，林温已经择了大半，周礼走过去拿起一个，帮林温一起择。

周礼动作生疏，直接把荷兰豆给腰斩了，他看也能吃，就扔进了洗菜篮。林温看了他一眼，默默地把腰斩的两截拣出来，重新掐头撕边，再扔回洗菜篮里。

"你去看电视吧。"林温说。

"没什么好看的。"周礼道。

周礼不走，林温把择好的荷兰豆浸泡在水里，然后把鱼下锅煎了，两面煎完后加水熬鱼汤，接着她开始切猪肉。夜幕降临，厨房里烟火升腾。周礼就靠着后排橱柜，看着前面纤细单薄的背影，安安静静、有条不紊地忙碌着。

这顿饭结束得较晚，席间有袁雪在，周礼和林温也没怎么说话，饭后周礼没多待就走了。

他下了楼，没有走出楼道门。周礼抽起今天的第二支烟，抽完半截，他看了眼时间，垃圾投放点还有十分钟就要关门了。

楼上传来脚步声，感应灯亮了起来。周礼衔着烟，眯眼盯着上面。白裙在栏杆间一晃，林温出现在了一楼的楼梯上。

烟雾袅袅，林温拎着垃圾袋，看见靠墙站着的周礼，她愣了一下。

这才是林温松开警戒线的第二天。

周礼拿下嘴里的烟,几步踩上楼梯,说:"走,陪你去扔垃圾。"

说着,他很克制地只是攥紧了她的小手,带着人走下楼。

楼梯十三个台阶,走到第七个台阶时,林温感觉滚滚热浪从她的手烘上了胳膊、肩膀、脖颈,最后直冲脑门儿。按理她应该往回抽,但她在体温瞬间升高后没能做出这个反应,她只是动了动手指。

不过是很细微的几下,周礼却将她的手攥得更紧了。

这次和以往不同,上回他牵她,只是很自然的一握,这次周礼把她的手整个裹住,裹得密不透风,她的手指在他掌心里被迫蜷曲,甚至有点儿轻微的疼。

明明几分钟之前还是平平和和的。

走下最后一级台阶,前方就是楼道门,夜风给这开始燥热的夏季带来一丝清凉。林温闻到了爽身粉的香气,外面传来小孩儿的嬉笑声,大人在那儿说话:"你慢一点儿!"

小孩儿滑着滑板车,在楼道门前方的空地打转,两圈后他一脚往前冲,家长在他身后追。孩子滑走的瞬间,夜风送来了最后一丝爽身粉的清香,提神醒脑,让林温找回了语言的能力。林温双脚锁紧地面,小声开口:"你那个……"

周礼回头,神情自若,问:"什么?"

语言能力是找回来了,但语言组织能力并没有跟着回来。林温其实并不知道自己想说什么,她大多时候冷静自持,很少有紧张无措的时刻。

林温仅有的两次恋爱经历都是很平顺的,那两个人外表阳光,成绩优异,家世普通,性格不是特别外向,但跟周围人相处得都很融洽,和她在一起时也一样。

林温很喜欢那种平静自然的相处。

可是现在,全然不同,眼前这人的每一次出现、每一次说话、每一次动作,都在她所能掌握的状况之外。

"我帮你拿?"周礼又说话了,手伸向她拿着的垃圾袋。

周礼指间还夹着烟,烟丝一缕一缕跟着微风打转,缠在了她身上。

林温没给他。

也许是这独有的强烈的烟味，再次提醒了她眼前这人的不同，林温终于顺利组织好语言。

"我还没有想好。"她轻声说。

"嗯，我不是在给你时间？"周礼没什么异样，他语气如常。

于是林温又动了动手指。

周礼再次将她的手攥紧，林温看向他。

周礼抬起两人握在一起的手，说："但我们相处的时间太少，林温，机会不是按你那么给的，你得试着让我靠近。"

"……"

林温根本张不开手指，这样的靠近方式让她完全没有后退的余地，"歪理。"她忍不住说。

"你不认同的就是歪理？那你也歪。"周礼道。

"你每次都要这么跟我争？"之前也是这样。

"我才跟你争过几次？"

林温小小地深呼吸。

周礼一笑，说："歪不歪的总要验证了才知道。"

林温不被他带偏："那就按我的验证。"说着，林温开始抽手。

"你的早验证过了，之前全是按你的来，你公平点儿。"周礼不让她逃，用力攥紧了说，"现在该轮到我了。"

墙壁上贴着不少小广告，周礼把烟头往广告上揿了揿，直接将人家的电话号码烫少了两个字，断了人家的财路。

他把林温手上的两个垃圾袋拿了过来，垃圾袋没有封口，他自觉地将半支烟扔进了干垃圾的袋子里。

"走吧。"周礼就这么一手拎着垃圾，一手牵着人，走出了楼道门。

两人都走得慢，林温是速度向来如此，周礼是配合她，等快走到垃圾投放点时，一阵臭味飘来，卡车轰着尾气从小路上慢慢驶出。

"啊……"林温上前。

"怎么了？"周礼拽住人。

林温看向他:"垃圾车开走了。"

周礼:"……"

竟然耽搁了十分钟,连垃圾车都开走了,两人还是走到了投放点,一看,站点门已经关上,室外一个垃圾桶都没有。

周礼觉得正好:"那扔外面去。"

于是他牵着林温,又慢悠悠走出了小区。

"……"

离小区最近的垃圾箱在中学对面,两个人沿着河走得不紧不慢。河边的风更加凉爽,但两人的手像裹着厚棉袄,又闷又热还不让脱。

再次回到小区,周礼把人送进了楼道门,林温总算脱了"棉袄",轻声说了"再见",她转身就上楼。白裙又一晃,转眼消失在楼梯转角,只剩轻盈的脚步声一下一下敲在周礼耳边。

周礼回到车上,拉下车窗往楼上看,阳台拉着窗帘,遮光效果绝佳,什么都见不着。周礼手握方向盘,舒展了一下紧绷了许久的手指,然后发动车子,慢慢开出了小区。

接下来几天,周礼一直给人当快递。起初汪臣潇还觉得不好意思,毕竟周礼工作向来忙,就像杀鸡用了牛刀,让周礼帮忙这种小事,怎么想都觉得浪费。

但周礼主动开了口:"行了,你还想送什么过去?"

就这样,汪臣潇厚着脸皮,顺理成章让周礼成了中间人。

第二天,周礼又等在了林温公司楼下,这次送的是炖好的燕窝,有两盅,让两个女人一人一盅。

第三天,周礼送来的是燕窝和孕期看的书。

第四天,燕窝照旧,又另外加了一堆零食和一锅土鸡汤。

第五天,周礼迟到了。

林温公司的两间办公室在装修,五点一过,工人工作没了顾忌,把门打开了,乒乒乓乓的声音变大。林温在公司坐不住,拎上包去楼下等,等到快五点半,周礼终于来了。林温背对着大门没看见,周礼直接下了车,走进大厦,站她背后揉了下她的脑袋。

"怎么又在这里等？"

林温回头，看见周礼皱着眉。

"公司在装修，太吵了。"她说。

"下次找个能坐的地方。"周礼道。

两人上了车，周礼说："老汪说他待会儿下了班去你家。"

"问过袁雪了？"

"没问。"周礼道，"问了也是不答应，老汪让你帮忙提一下，省得袁雪没个准备动了胎气，他到时候直接过去。"

林温想了想，说："那等吃完饭再告诉袁雪。"免得袁雪连晚饭也不吃。

周礼笑了笑，说："嗯。"

晚饭是袁雪做的，她厨艺远没林温好，但煮的饭菜也能凑合。

袁雪今天精神不错，没有孕吐也没怎么嗜睡，她见到周礼后总算记得吐槽了一句："你这几天蹭吃蹭喝蹭上瘾了？"

周礼把燕窝放下，说："那你让老汪另外找个人送。"

"谁要他的东西！"

"之前的喂了狗？"

林温刚把饭盛出来，闻言她张了张嘴。周礼瞟向她，见她这副表情，忍不住笑了一下。

吃过饭，林温跟袁雪说："老汪待会儿过来。"

袁雪不乐意了，说："谁让他来的！"

"他自己长了脚，"周礼道，"你不想见，待会儿就别放他进来。"

没多久汪臣潇就到了，他先在楼下给周礼发了一条微信。

周礼看完，拍了拍林温的胳膊示意。林温点头，对袁雪道："我下楼扔垃圾。"

"哦。"袁雪在厨房准备榨果汁。

林温拎上垃圾袋，跟着周礼下楼，准备给他们夫妻腾出谈话的空间。

到了楼下，双方碰头，汪臣潇刚开完会，还穿着一身剪裁考究的西装，下车几分钟就热出了汗。他打了个招呼，然后匆匆忙忙跑上楼。

陪林温扔完垃圾，周礼拐着她的胳膊走向车子。

"要去哪儿?"林温问。

"钓鱼。"周礼说。

周礼把车开到小区旁的那条河边上,取出后备厢里的钓鱼用具,带着林温走下台阶。

台阶够宽,能够两个人坐,林温坐下问:"你怎么想起要钓鱼?"

周礼笑笑,没说话,他把鱼饵放上钩,找了找位置,抛出鱼线。

鱼漂浮在水面,闪闪发着光,像是河上的星星。

林温不由得想起上回在这里看见的钓鱼场景。

那位钓鱼的大叔反复抛了好几次才选定位置,周礼却一击即中。

月光如水,微风拂面,河上荡着小小的涟漪,两人坐在水泥台阶上守着鱼竿,怕惊扰到水底下的鱼,连说话都特别小声。

"你以前也钓鱼?"林温问。

"嗯,钓得不多,小时候玩得多。"

"乡下吗?"林温记得上次肖邦提起过,周礼的爷爷奶奶住在乡下。

"对,基本都是暑假的时候过去,那个时候鱼多。"

聊完钓鱼,周礼又道:"老太太过几天回港城。"

"郑老先生呢?"林温问。

"当然陪她一起。"

"那张力威跟他们一起去吗?"

周礼看了她一眼,问:"那不是你老同学?"

"我跟他没联系过。"

周礼看回鱼竿,说:"他不去,老太太过段时间就回来了。"

"哦。"

过了一会儿,鱼漂有了动静,周礼拍拍林温放在膝盖上的手。

林温有点儿困,刚刚眼皮耷拉了下来,被拍了一下,她清醒两分。

"困了?"周礼轻声问,一边把她垂落下来的头发拂向了后面,一边拿起鱼竿。

小鱼在夜空中一甩,林温跟着站起来:"钓到了!"

鱼只有半个巴掌大,周礼没把它放进桶,他翻了翻箱子,找出一个塑料袋,舀了点儿水将鱼装进去,递给林温,说:"拿着玩。"

林温低头看鱼,手指伸进塑料袋里拨了拨,想起之前在汪臣潇家的村子里钓到的那一条,原本已经被她装袋了,最后又被她扔回了河里,没能带回来。

林温看向周礼。周礼也在看她。

那双眼睛刚醒不久,此刻像是清醒着,却又带着几分瞌睡时才有的纯然。

林温又低下头看鱼,周礼却还看着她,两人离得近,从上往下,他能看见她轻扇的睫毛和翘挺的鼻尖。

桥上有车经过,一轰一轰带出热浪,桥底下夜风含香,那香味清淡却诱人。

周礼跟汪臣潇一样,也是穿着上班的衣服,西装脱了,但衬衫裹得闷热,出了一层薄汗。

他揉了揉林温的脑袋,语气自然道:"走吧,困了就回去。"

将林温送回,半个多小时后周礼到家。

在浴室待了半天,周礼腰上围着浴巾出来,取了一瓶冰水,他走到书桌前,看了看拼图,还剩一点儿。周礼坐下,耐着性子慢慢将拼图完成。

取下拼图,周礼打开立在落地窗边上的柜子,将拼图放了进去。周礼站着看了一会儿。

柜子里已经有几十幅拼图,都是他这一两年拼出来的。第一幅拼图难度低,只有三四百片。当他意识到他在聚会上,总是将目光放在任再斌身边的女孩儿身上后,他把这幅拼图买了回来。难度太低,不够他磨性子,于是他又买了第二幅、第三幅、第四幅。

从几百片到几千片,直到现在……他拼得越来越多,却越来越难以忍耐。

周礼把柜门关上,回到书桌前,将剩下的冰水一饮而尽。

林温拎着小鱼到家,进门时没看见地垫上有男士皮鞋。

汪臣潇已经走了,客厅留着一盏灯,主卧房门关着。

林温换好拖鞋,走到主卧门口,没有听到什么声音。她犹豫几秒,又附耳贴了贴门,里头静悄悄的,袁雪应该没在哭。

林温小心翼翼地叩了一下门,轻声唤人:"袁雪?"

袁雪没有应，林温等了一会儿，没再打扰。

小鱼还装在塑料袋里，巴掌大点儿也不能煮来吃，林温家里没有鱼缸，她在厨房找到一只漂亮的玻璃沙拉碗，将小鱼倒了进去。小鱼尾巴一摆，游得生龙活虎。

没有氧气泵，也不知道这条鱼能活多久，林温捧着沙拉碗出神。

这一晚林温前半夜睡得很香，后半夜睡得并不好，她是被热的。

六月真正入了夏，气温在三十摄氏度徘徊，阁楼本身冬冷夏热，当年林父林母没打算把这儿用作卧室，只当储藏室和书房用，所以没有安装空调，甚至连房门都没弄。

林温现在睡的这张小床，是父母在她念大学前买来的。

她从前不知道她家在宜清市还有房子，考上大学后父母才告诉她。

大一开学前母亲忧心忡忡，总觉得她离家太远，万一有个什么事，他们鞭长莫及。又担心她从小身体不好，适应不了高强度的军训，琢磨着是不是可以想办法找医生开请假条，让她逃过"折磨"。

后来还是父亲提议，说他们可以先回宜清市住一阵子，等林温军训结束之后再看情况。

于是大一开学前的八月下旬，林温跟着父母提早来了宜清市。房子虽然十九年没住过人，但看起来并不是特别脏，林温后来才知道父母每年都会过来打扫一番。八月下旬天气还是偏热，林温帮着大扫除，忙完后身上像刚蒸过桑拿，除了汗流浃背，连脸都烫得像闷熟的虾。

她把自己的行李拎进次卧，打开衣柜想先看看空间，待会儿洗完澡再整理衣服。谁知柜门一开，樟脑丸的味道扑鼻而来，衣柜里或挂或叠，已经有不少衣服。

"你干什么？当心汗滴进去，要发霉的！"母亲忽然冲进来，一把将她拽离衣柜前。

看见她的行李箱，母亲又急道："这个房间你不能住，出来出来，把行李拿上！"

父亲过来一看，也说："温温，今天晚上你睡主卧，我和你妈打个地铺。"

母亲大约太着急，下手忘记轻重，林温的手腕被捏得特别疼，疼得她面红耳赤，像滚进了热油锅。

但幸好她早就出了一身汗，脸也热成了熟虾，所以父母没有看出来。

最后林温坚持自己睡地铺，父母又舍不得，趁天没黑，父亲匆匆忙忙去家具城买回一张小床。小床就此摆在没有门的阁楼上，林温大学四年始终住校，父母偶尔过来看她，她才来这阁楼住一晚。住的期间都不是寒暑假，天气不热也不冷，所以也就一直没有安装空调。

谁知道现在，在这么闷热的天气里，她又睡到了阁楼上。电扇完全不顶用，林温翻来覆去，身上热得发痒。半梦半醒间，林温听到"噔噔噔"的脚步声，袁雪的声音隐隐约约传进她梦中。

"温温，温温起床了，别睡了。"

林温睁开眼，发现天才蒙蒙亮。身上的毯子早被她踢到了地上，她的脖颈和后背一层汗，睡衣摸上去也湿了。

头发也湿了几缕，林温偏了下头发，哑声问："怎么了？"

"你今天休息吧？陪我去看房子。"袁雪说。

林温没什么精神地起床，她先把床单扔进洗衣机，再进浴室洗澡。

洗完出来，袁雪已经把早饭摆上桌。

袁雪像小学生一样端坐桌前，正色道："温温，我打算重新开始。"

林温刚拿起筷子，闻言惊得她差点儿撞到粥碗，她不确定地道："你跟汪臣潇……"

袁雪摆摆手，说："你先听我说，我昨晚跟老汪聊了很久，后来我也想了一晚上，想这几年是怎么过来的，又想我要是跟老汪彻底分开了是什么样，得过且过又会怎么样。我也反省了很多……不对，不能用'反省'这个词，这样显得我太卑微了，应该说我重新梳理了一下自己。"

袁雪其实很清楚自己的问题，更清楚汪臣潇父母对她的看法，她也曾试图妥协，可她脾气摆在那儿，要不了多久她又撂挑子，想着凭什么要她伏低做小，她也是父母从小宠到大的。

"昨天晚上我列了一个单子，把我自己身上的优缺点都写了出来，发现我的优点可真是少，从前算得上是心直口快的优点现在也成了霸道不讲理，但你要我改，我又不乐意，比如你说让我找工作，我就是不愿意朝九晚五，不愿意每天听人指挥、命令，每天看人脸色，所以我当初才会辞工当起无业游民。更何况我有店铺傍身，我自己活得痛快就好了，干吗要委屈自己，你说是不是？"

林温缓缓点头，能让自己活得痛快的人，这世上已经太少。

"哎……说到底，其实是我对老汪的爱，抵不过我对自己的爱，我更爱我自己，所以委曲求全到现在，已经是我的极限。"袁雪道，"两个人相爱太容易，我跟他只谈爱的时候每天都是开开心心的，可真要走到一起，就真不是这么容易的了。现实太复杂，有些事情不是上下嘴皮子一碰，说解决就能解决、说忽视就能忽视的。"

袁雪最后下结论："所以我跟他说好了，下个月的婚期先暂缓，我们先考虑清楚将来。我也趁这段时间重新正视一下我自己的人生。"

林温看向袁雪的腹部，被桌子挡着，她这角度看不到。

她没问袁雪孩子该怎么办，袁雪已经考虑得这样清楚，想必她心里有数。

饭后两人去看房，正值毕业季，租房变得抢手，一时半刻找不到合心意的，连看三天，袁雪还没定下。

这日周礼收工，正要离开，就被王摄影叫住了。

"周大主持，前几天台长找你是有什么事？"王摄影冲他挤眉弄眼，暗示是其他同事指使他来问。

周礼似笑非笑，说："你先滴两滴眼药水吧。"

"哎哎……"王摄影拉住他，"好吧好吧，我也好奇，你就满足一下我呗，是不是在开条件留你？"

周礼打算辞职这事不算秘密，隐隐约约有传出风声。

只是现在没有可替代他的主持人，上头也在留他，事情就一直拖着，直到前几天，听说台长也开出了条件挽留他。

"你猜有没有这么好的事？"周礼没否认也没承认，正好电话响，他拍拍王摄影的肩膀就走了。

"喂？"出了门，周礼接起电话。

"周哥，是我！"张力威道。

"我知道，有事？"周礼问。

"嗐，我是想问问你林温的手机号码是多少。"张力威说。

周礼按下电梯键，没有回答他："怎么？"

"我发 QQ 给她，她不回啊，她也一直没给我她的电话号码，害得我现在想找她都不知道上哪儿找。"

"你找她什么事？"

"同学会呗，这个月不是要开同学会了嘛，把人联络齐了我们就得定具体时间了，我在群里一说联系上了林温，好家伙，那帮孙子都激动坏了！"

周礼进了电梯，信号一般，但也没断，他问："你们同学都这么要好？"

"那是，多少年的交情了。"

"关系这么好，怎么你们没一个人能联系上她？"

"呃……"张力威蒙了下，"是啊，但我们关系是挺好啊。"

"哦，怎么个好法？"

张力威一五一十举例："她是课代表兼文艺委员，我们平常会帮她收作业，元旦文艺会演，我们几个男生还帮她出节目。我们谁过生日都会邀请她，她身体不舒服我们还帮她做值日……"

全是小男生对她大献殷勤，周礼挑眉听着，出了电梯，坐上车，电话还没断。周礼时不时抛个钩，张力威每次都自动咬上，老老实实把林温和他们男生间的那档子交情全盘交代了。

最后周礼道："行，我帮你转告林温。"

"哎，谢了周哥，你让她尽快联系我！"

挂断电话，周礼扯了个笑，翻通话记录，直接找到这几天频繁联系的那个姓名。电话响了好几声才接通，周礼开着车，手机开扩音，问道："在哪儿？"

"在陪袁雪看房子。"林温说。

"看好了吗？"

"还没。"

"都三天了还没找到？"

"不好找，合适的房子太贵，便宜的房子甲醛严重，她怀着孩子，不能太随便。"

周礼说："让老汪给她找。"

林温道:"袁雪要自食其力。"

"自食其力还拖着你?"

"……我只是陪她而已。"

周礼看了眼时间,又问她:"晚饭是不是还没吃?"

"嗯。"

"我过来接你?"

"老汪又让你送东西了?"

这几天老汪不敢再送,上回他们交谈后袁雪特意提了。

周礼绕到附近一家超市,说:"之前送的有一样落下了,我现在给你们送过去。"

林温这才告诉他地址,因为是在看房途中,地址有变动。

周礼进超市随便买了两本孕妇看的书,十五分钟后跟林温会合。

将书甩给袁雪,周礼道:"之前落车上了,现在还你。"

袁雪拿着书吐槽:"老汪是想让我眼瞎?他都给了我多少本书了!"

林温看看书,又看看周礼。

房产中介扯着袁雪去一边嘀嘀咕咕,周礼问林温:"怎么了?"

林温说:"那两本书,其中一本跟前几天老汪让你拿来的重复了。"

之前汪臣潇让周礼送来一沓书,林温怕照顾不好孕妇,她自己也跟着翻了翻,袁雪要看的东西太多,应该还没看到那本。

周礼闻言,面不改色道:"哦,你要不想穿帮,回去就把那本书偷了。"

林温:"……"

周礼问:"待会儿想吃什么?"

林温憋了半天,然后说:"吃全素。"

周礼不算嗜荤,但每顿饭通常都要沾点荤腥,林温自然已经了解他这方面的喜好和习惯。

周礼听林温硬生生憋出"吃全素"三个字,他含笑"嗯"了一声,没有反对。

看完房子,三人找了一家素食餐厅。食物口味很好,有几样素菜能以假乱真,尝得出肉的味道。

趁袁雪去洗手间,周礼提起张力威:"他电话打到了我这里。"

"嗯？"

"他说你QQ不回。"

"……我没登。"

"你们初中同学聚会就在这个月，不过具体时间还没定，他让你联系他。"

"哦。"林温吃着菜回应。

周礼观察林温面色，也没问她是去还是不去，他略过这个话题，跟林温聊起了其他。

过了几天，袁雪搬家的事情终于敲定，房子离林温家不远，步行不到三十分钟，一室一厅，适合独居。

合同签下，押一付三，只等着租客搬走，她就能入住。

汪臣潇这天晚上才出差回来，听说这事后就想再次跑去林温家，人都到楼下了他才意识到时间太晚，踟蹰半天，他还是开车走了。

开到中学门口，他看见对面热火朝天的夜宵摊。把车停一边，他过马路到对面，叫了一桌菜和一打啤酒，又打电话叫周礼出来。

周礼正和人谈公事，郑老先生夫妇临时回了港城，他代表二老先和对方进行初步沟通。手机铃响，他掐断电话改静音，等谈完，他上车后才给汪臣潇回电话。

汪臣潇醉醺醺道："老周，你没良心，电话都不接，你还是不是我兄弟……"

周礼脱了西装，没耐性听他醉话，直截了当问："你一个人？没叫其他朋友？"

"当然，不然呢？"

周礼捏了捏眉心，忍着疲惫道："你在哪儿？"

"林……林温家——"

周礼皱眉。

汪臣潇继续道："——家边上，中学对面的，老纪烧烤、烧烤摊。"

周礼放下拧眉的手，说："我现在过来，你喝醉了别瞎跑。"

"我没醉！"

周礼撂下手机，加快油门。

等到了老纪烧烤摊一看,汪臣潇一个人干完了七瓶啤酒和半瓶白的,菜倒没动几口。汪臣潇见到周礼出现,拿起一瓶啤酒,往他面前用力一磕。

"你迟到了,自罚三瓶!"

他永远这副德行,每次喝醉逮着人就要罚。

周礼想起从前某回,林温聚会迟到,汪臣潇在 KTV 里也是冲她这么嚷。他当时坐在角落,看到林温穿着厚厚的羽绒衣,背着书包站在门口一脸蒙,他没动作,任再斌也没反应,还是袁雪帮林温解围。

周礼把啤酒瓶拿开,问醉鬼:"能不能自己走?"

汪臣潇磕磕巴巴:"走什么走,喝……喝不完不准走!你不要黄的?那喝白的!"说着,他拿起白酒,要给周礼倒上。

周礼卷起衬衫袖子,慢慢起身,走到对面,拎起汪臣潇的衣领说:"要么你今晚睡大街,要么就给我老实起来。"

蝉鸣声声,热浪一波波涌进阁楼,林温再一次被闷醒,她坐起身,抹了一下脖颈上的汗,伸手转了转停摆的电风扇。

电风扇没反应,她又下床试了一下插头。

插座没问题,看样子是电风扇罢工了。

林温有气无力地下楼,因为被强行热醒,眼皮还撑不开,大脑运转得也昏昏沉沉。

傻站了一会儿,她才想起来另一台电风扇在主卧,主卧关着门,袁雪在睡觉。

林温去浴室冲了把脸,扶着水池缓了一会儿。

她穿的是居家款睡衣,上身白色短袖,下身粉色九分裤,从浴室出来,她穿上内衣,拿上钥匙和手机出了门。

河边有风,她沿河边慢慢走。半空中甩着鱼漂,一会儿靠左,一会儿靠中,一会儿又靠右,钓鱼的大叔探来探去,始终举棋不定,没有周礼干脆。

林温一顿,然后继续往前。走到路口,对面就是夜宵摊,林温准备过马路,忽然听到一声呕。转头一看,路边停着一辆奔驰,汪臣潇正扒着草丛呕吐,脚边滚着一瓶矿泉水。周礼站在一旁,手上也拿着瓶水,他似有所觉,转头看向路口。

两人在路灯下四目相对,飞蛾在昏黄中盘旋乱撞。

顿了顿，周礼走了过去。林温眼底泛着点儿黑，湿漉漉的头发贴着脸颊，脚下习惯性地穿着拖鞋，周礼看了看她粉色的裤子口袋，不像是能装进小瓶白酒的。

周礼开口："出来吃夜宵？"

"……嗯。"

"你这是汗还是水？"

"……都有，出门的时候洗了脸。"

"这么怕热？"几步路出了这么多汗。

"不是，是我的电扇坏了。"

"没开空调？"

"我睡阁楼，阁楼没空调。"林温垂眸看了眼周礼拿着的水，瓶子上一层水珠，这是冰的。

周礼瞟了一眼，把冰水拧开给她，林温摇摇头，又看向他拿在另一只手上的盖子。

周礼默契地把瓶盖拧回去，林温接过冰水，捂了捂脖子和脸颊。

周礼一笑，问她："明天陪你去买空调？"

林温摇头，袁雪马上就要搬走了，阁楼没必要装空调。

周礼又轻声问："那陪你去买电扇？"

林温看着周礼。大约因为照顾汪臣潇，他头发有点儿乱，额前的头发再次搭到了眼角。衬衫也有点儿乱，袖子卷得一截长一截短。林温看看着，鬼使神差地缓缓点头。

周礼定定地看着她，过了一会儿，他抬手想拂开她颊边的头发，但最后停了停，只是握住她手腕。

"想吃什么？"周礼更轻声地问。

林温看向草丛边的汪臣潇。周礼松开人，回去把快睡着的汪臣潇扔进了车里，打开空调，又留了点儿窗户缝。

走回林温身边，周礼再次反手紧紧握住她。

林温没真的坐下吃夜宵，她随便打包了一点儿烧烤，又坐着周礼的车回家了。

第二天下班，周礼准时来接她。

两人去了最近的一家商场，地下车库车位已满，保安指了一个路面停车位，离这里稍远。

周礼提前将林温放下，说："你去里面待着，我停好车就过来。"

林温点头，一个人走进商场。入口处有家冰激凌店，林温买了一支蛋筒。蛋筒刚拿到手，她就听见有人叫她。

"林温？"

林温顺着声音转头。

她记性不错，相亲大会又才过去不久，林温叫出对方名字："徐向书？"

徐向书扶了扶眼镜，笑得斯文腼腆，说："你还记得我啊。"

林温笑笑，说："嗯。"

徐向书身边的女孩催他："你要什么口味？"

"蓝莓。"徐向书说了一声，头又转回来，不太好意思地跟林温介绍，"这是我女朋友。"

徐向书的女朋友很可爱，边买冰激凌边抽空跟林温打了个招呼。

林温也回了一声，又看向他们身边的大号行李箱。箱子全新，标签还挂着。

徐向书推了推箱子，说："这是刚刚跟我女朋友在商场里买的，我下个礼拜有长假，准备跟我女朋友去旅游。"

林温还记得徐向书之前说的话，她问："长途游吗？"

徐向书点头，说："我们这次去藏区，自驾。"说到这儿，徐向书不免提道，"我上次不是跟你说过我有两个旧同事断舍离去旅游了嘛，前两天我那个女同事发朋友圈，说他们马上就要回来了，我就是问我同事要的攻略。"

"……哦，是吗。"

人过了一批又一批。

商场入口挂着透明的帘子，有人进就热浪滚滚，没人进就沁凉舒适。

林温站在入口，慢慢吃着冰激凌，帘子被掀开，又一阵热浪涌入。

林温望过去，周礼正朝她走近。